O PORTAL

NATSUME SOSEKI

O PORTAL

Tradução do japonês e notas
Fernando Garcia

Estação Liberdade

Título original: *Mon*
© Editora Estação Liberdade, 2014, para esta tradução

Preparação	Ronald Polito
Revisão	Vivian Miwa Matsushita
Assistência editorial	Fábio Bonillo
Editor assistente	Fábio Fujita
Imagem de capa	Harunobu Suzuki: "Casal partilhando um guarda-chuva em dia de neve" (1765). © Leonard de Selva/Corbis/Latinstock
Ideograma à p. 7	Hisae Sagara
Composição	Miguel Simon
Editores	Angel Bojadsen e Edilberto F. Verza

CIP-BRASIL. CATALOGAÇÃO NA PUBLICAÇÃO
SINDICATO NACIONAL DOS EDITORES DE LIVROS, RJ

N231p

    Natsume, Soseki, 1867-1916
        O portal / Natsume Soseki ; tradução Fernando Garcia. - 1. ed. - São Paulo : Estação Liberdade, 2014.
    240 p. ; 23 cm.

    Tradução de: Mon
    ISBN 978-85-7448-241-5

    1. Romance japonês I. Garcia, Fernando. II. Título.

14-14216   CDD: 895.63
                      CDU: 821.521-3

18/07/2014   23/07/2014

Todos os direitos reservados à Editora Estação Liberdade. Nenhuma parte da obra pode ser reproduzida, adaptada, multiplicada ou divulgada de nenhuma forma (em particular por meios de reprografia ou processos digitais) sem autorização expressa da editora, e em virtude da legislação em vigor.

Esta publicação segue as normas do Acordo Ortográfico da Língua Portuguesa, Decreto nº 6.583, de 29 de setembro de 2008.

Editora Estação Liberdade Ltda.
Rua Dona Elisa, 116 | 01155-030 | São Paulo-SP
Tel.: (11) 3661 2881 | Fax: (11) 3825 4239
www.estacaoliberdade.com.br

心

I

Sosuke trouxera uma almofada para a varanda, colocara-a em um local ensolarado e ora se sentava sobre ela com as pernas cruzadas. Não demorou, entretanto, para que lançasse longe a revista que segurava e deitasse o corpo no chão. O tempo estava bom como nos melhores dias de outono, então era possível ouvir o eco dos *geta*[1] daqueles que passavam na rua, ainda mais audível devido à calmaria da vizinhança. Deitado com o braço a servir de travesseiro, ele olhou para o alto por sob o beiral da casa, onde o bonito céu se estendia em uma limpidez azul. Comparado à estreiteza da varanda em que se deitava, o céu lhe parecia o extremo da imensidão. Refletindo sobre como eram diferentes os raros dias de domingo, somente por poder ficar assim, contemplando tranquilo o firmamento, franziu o cenho para fitar o sol cintilante. Logo se sentiu ofuscado e rolou o corpo para o lado contrário, voltando-se de frente para o *shoji*.[2] Por detrás da porta, sua esposa cosia algo.

— Ei, está um belo dia, não é? — puxou assunto. A esposa apenas respondeu que sim. Sosuke tampouco parecia estar particularmente procurando conversa, e manteve-se calado. Passado algum tempo, foi a esposa quem disse:

— Por que não vai dar uma caminhada?

Sosuke, no entanto, apenas murmurou:

— É...

Dois ou três minutos depois, a mulher aproximou o rosto do vidro do *shoji* e espiou a imagem do marido estirado na varanda. Não

---

1. Tamanco japonês.
2. Porta corrediça de papel usada para separar cômodos da casa, ou separar o acesso à varanda. Algumas também contêm uma pequena janela de vidro na parte inferior, como é o caso aqui.

sabia o que ele estaria pensando, pois estava encolhido como um camarão, com ambos os joelhos dobrados. Ademais, porque pressionava as mãos entrelaçadas contra os cabelos negros, não se lhe podia ver nenhuma nesga das faces, escondidas entre os cotovelos.

— Se você dormir num lugar desses, vai ficar resfriado — advertiu a esposa. Suas palavras carregavam o tom peculiar compartilhado pelas estudantes de então, o qual parecia ser ao mesmo tempo típico de Tóquio e de outro lugar qualquer.

Piscando com força os olhos por detrás dos cotovelos, Sosuke respondeu em voz baixa:

— Não vou dormir, não se preocupe.

Com isso, voltou a imperar o silêncio. Após a sineta de um riquixá com rodas de borracha que passava lá fora tocar duas ou três vezes, fez-se ouvir ao longe o cantar de um galo a anunciar as horas. Sosuke saboreava deliciado o calor dos raios de sol, que penetravam naturalmente pelas costas através do quimono novo tecido a máquina, até lhe chegarem à camiseta. Ouvia ao acaso os sons que vinham da rua quando, como se subitamente se lembrasse de algo, chamou a esposa por trás do *shoji*, perguntando:

— Oyone, qual era mesmo o ideograma de "kin", na palavra *kinrai*?[3]

Sem demonstrar espanto nem soltar a risada repentina típica de mulheres mais jovens, ela respondeu:

— Não é o mesmo ideograma de "O" em Omi?[4]

— Mas eu não sei qual é o ideograma do "O" de Omi.

A mulher abriu pela metade o *shoji*, que até então estivera fechado por completo, esticou para fora uma régua comprida, e com sua ponta desenhou o caractere para o marido, riscando traços imaginários sobre o chão da varanda.

— Não é assim? — manteve a ponta da régua estática no local onde tinha escrito e quedou-se ela também a contemplar o céu límpido.

---

3. "Recentemente", em japonês.
4. Antigo nome da atual província de Shiga.

Sosuke, sem olhar para o rosto da esposa, disse um "Ah, é mesmo", e nem sequer esboçou um riso, mostrando portanto que sua dúvida não era brincadeira.

A esposa, sem fazer maior caso do ideograma, falou como que para si mesma "Está um dia lindo de verdade", e com o *shoji* ainda aberto retomou a costura de antes. Sosuke então soergueu de leve a cabeça envolta pelos cotovelos e olhou pela primeira vez para o rosto da mulher:

— Ideogramas são mesmo algo extraordinário.

— Por quê?

— Como, por quê? Não importa como eles sejam fáceis, basta duvidarmos um pouco se estão certos e já não sabemos mais nada. Estes dias também fiquei completamente perdido devido ao "kon" de *konnichi*.[5] Escrevi a palavra no papel e, ao ficar olhando para ela, tive a impressão de que havia algo errado. No fim das contas, quanto mais eu olhava, menos o ideograma se parecia com o "kon" correto. Você já não passou por uma experiência assim?

— Até parece.

— Será que sou só eu? — Sosuke levou a mão à cabeça.

— Qual é o problema com você?

— Talvez seja culpa da minha neurastenia.

— Deve ser — Oyone fitou o rosto do esposo. Ele enfim se pôs de pé.

Deu um passo largo para saltar sobre a caixa de costura e os restos de linha atirados no chão, foi até o quarto do chá e abriu a porta corrediça, que levava direto à sala de estar. O lado sul era ocupado pelo vestíbulo, o que fazia com que o *shoji* ao fim do corredor se refletisse levemente frio nas pupilas que haviam acabado de sair da luz. Abriu a porta, onde um íngreme paredão de terra como que se projetava contra o beiral, erguendo-se alto a partir da varanda e tornando difícil a passagem dos raios de sol matinais, que de outro modo haveriam de iluminar a casa. O mato crescia no paredão. Não havia uma pedra sequer sustentando sua base, o que tornava o risco

---

5. "Hoje", em japonês.

de desabamento sempre presente. Não obstante, como a princípio jamais houvera nenhum deslize de terra, o proprietário do terreno desde havia tempos deixava tudo por estar.

Certa vez o velho da quitanda, que já morava no bairro havia vinte anos, viera à porta dos fundos e lhe contara que a terra ali era mais firme do que se poderia imaginar. Consoante esse senhor, isso se devia ao fato de que o dono do terreno, quando cortou o bambuzal que havia ali, em vez de extrair também as raízes, deixou-as dentro do monte de terra. Naquela ocasião, Sosuke perguntara:

— Mas, se deixaram as raízes, o bambuzal não deveria ter crescido de novo?

— Bem, quando se abre um matagal daquele jeito, ele não cresce fácil assim. Mas pode ficar tranquilo quanto ao paredão. Não importa o que aconteça, aquele monte de terra ali não cai de jeito nenhum — o velho esforçou-se por defender a propriedade como se fosse ele o dono, e depois seguiu para casa.

O paredão, mesmo com a chegada do outono, não dava sinal de mudar a coloração. Apenas arrefecia o cheiro do capim verdejante crescendo à revelia por toda parte. Plantas mais exuberantes, como eulálias ou heras-japonesas, eram assaz difíceis de encontrar. Em contrapartida, como vestígio do bambuzal de outrora, erguiam-se dois bambus vigorosos no meio do monte, e mais três no cimo. Tingiam-se parcialmente de amarelo, fazendo com que se tivesse a sensação, ao se esticar o pescoço por baixo do beiral nas horas em que o sol incidia sobre os caules, de que se podia visualizar toda a ambiguidade do outono no alto do monte. Como Sosuke saía pela manhã e só voltava depois das quatro horas, eram raras as vezes em que podia se dar ao luxo de espiar o alto da colina depois que os dias passavam a se tornar mais curtos. Saiu do banheiro mal-iluminado e, enquanto lavava as mãos com a água da bacia, olhou por sob o telhado para o alto, sem pensar, e pela primeira vez lembrou-se dos bambus. No topo de cada caule agrupavam-se folhas minúsculas que lembravam a cabeça raspada de um monge. As pontas dos caules curvavam-se pesadas para baixo, como que embriagadas pelo sol do outono, e nelas as folhas se sobrepunham perenes, sem ensaiar movimento nenhum.

    Sosuke fechou o *shoji* e retornou à sala de estar, onde se sentou em frente à mesa. O cômodo poderia ser chamado de sala de estar apenas porque era ali que eles recebiam as visitas, posto que, na verdade, seria mais adequado descrevê-lo como um escritório ou uma sala de tatames comum. No canto norte havia uma alcova, e, como que tão somente para justificar sua existência, se via pendurado ali um estranho pergaminho[6], servindo de fundo a um arranjo floral grosseiro em cor de cerâmica. No espaço entre o teto e o *shoji*, onde comumente se colocaria algum enfeite, não havia quadro ou o que o valesse. Apenas se via cintilarem dois pregos de bronze dobrados. Havia ainda na sala uma estante de livros com porta de vidro. Dentro dela, entretanto, não se guardava nada que pudesse ser chamado de excepcional.

    Sosuke abriu uma gaveta da escrivaninha com detalhes em ouro e começou a procurar algo lá dentro com afinco, mas, sem encontrar o que procurava, voltou a fechá-la com um movimento suave. Em seguida, retirou a tampa da caixa de instrumentos para escrita e pôs-se a escrever cartas. Terminou a primeira, selou-a, refletiu um tanto e perguntou à esposa, que estava atrás da porta corrediça:

— Mulher, a casa dos Saekis fica em que número da Nakaroku-bancho mesmo?

— Não é no número 25? — respondeu ela, e, quando Sosuke estava prestes a terminar de escrever o destinatário, ainda acrescentou: — Carta não adianta, viu? Você tem que ir lá para falar pessoalmente.

— Bem, pode não adiantar, mas vou tentar mandar ao menos uma. Se não der certo, vou lá — concluiu, e, como a mulher não respondeu, insistiu: — Ei, diga, não está bom assim?

---

6. Em japonês, *kakejiku*, pergaminho ornamental contendo uma pintura ou caligrafia, tipicamente usado como adorno na alcova japonesa.

Ela não parecia capaz de dizer que não, que seria mau, e acabou não discutindo o assunto. Com a correspondência em mãos, Sosuke deixou a sala em direção ao vestíbulo. Ao ouvir os passos do marido, Oyone levantou-se e foi também à entrada para se despedir, saindo do quarto do chá pela varanda.

— Vou dar uma caminhada.

— Até logo — respondeu a mulher com um sorriso.

Não se passaram nem trinta minutos e Oyone ouviu o som da grade se abrindo com força, o que a fez mais uma vez deixar o trabalho de lado e passar pela varanda até o vestíbulo, onde receberia o marido que imaginava haver retornado. Quem entrou, contudo, foi o irmão mais novo deste, Koroku, com o chapéu do uniforme da Escola Superior[7] na cabeça.

— Que calor — disse, enquanto ainda desabotoava a longa capa de lã negra, tão comprida que só deixava de fora uns quinze ou vinte centímetros de seu *hakama*.[8]

— Também, pudera. Sair com uma coisa grossa dessas num tempo como o de hoje?

— Achei que ia esfriar quando o sol se pusesse — disse Koroku como justificativa, enquanto seguia a cunhada até o quarto do chá. Pondo os olhos sobre o quimono que ela costurava, comentou apenas: "Trabalhando duro como sempre", e logo se sentou no chão com as pernas cruzadas, em frente ao armarinho provido de braseiro. A cunhada afastou sua costura para um canto da sala e, sentando-se diante de Koroku, retirou por um momento a chaleira do braseiro para começar a repor o carvão.

— Se vai servir o chá, não precisa — disse Koroku.

— Não quer? — insistiu Oyone com seu falar de estudante, e perguntou com um sorriso: — Um doce, então?

— E tem? — quis saber Koroku.

— Não, não tem — respondeu ela com franqueza, mas, como

---

7. À época, as escolas superiores eram instituições de ensino que forneciam cursos sequenciais ou preparatórios para o ingresso na universidade.
8. Espécie de calça bastante folgada, utilizada sobre o quimono.

se houvesse lembrado de repente, corrigiu-se: — Espere um pouco, talvez tenha sim. — Tão logo se levantou, removeu do caminho a caixinha de carvão que estava ao lado e abriu o armário na alcova. Ela parecia procurar por algo, porém, como a busca estivesse dando muito trabalho, Koroku disse:

— Pode deixar o doce de lado. Quero é saber de meu irmão, onde ele está?

— Seu irmão deu uma saidinha agora — disse ainda de costas, sem desistir de vasculhar o armário. Depois de algum tempo, bateu de leve a portinhola e voltou para o outro lado do braseiro, dizendo: — Não adianta. Seu irmão deve ter comido tudo.

— Prepare algo gostoso hoje à noite, então.

— Preparo, sim.

Ela olhou para o relógio de parede, que já marcava perto das quatro horas. Calculou o tempo. "Quatro, cinco, seis horas..." Koroku olhava calado para o rosto da cunhada. A verdade era que ele não tinha grandes expectativas quanto ao jantar que ela prepararia.

— Cunhada, diga, por favor, meu irmão foi até a casa dos Saekis? — inquiriu Koroku.

— Ele já vem dizendo que vai, vai sim. Mas seu irmão sai de manhã e só volta ao entardecer. Quando volta já está cansado, e mesmo tomar banho parece um sacrifício. Por isso não o culpe, coitado.

— Eu sei que o mano está ocupado, não tenho dúvida disso, mas acontece que, enquanto não se der um jeito nesse assunto, eu também fico preocupado e não consigo estudar direito — tomou a pinça de bronze do braseiro e entreteve-se escrevendo algo sobre as cinzas. Oyone observou a ponta da pinça se movendo.

— Bem, pois ele acabou de mandar uma carta — disse ela para reconfortá-lo.

— Dizendo o quê?

— Isso eu também não vi. Mas só pode ser sobre aquele assunto. Pode perguntar ao seu irmão quando ele voltar. Só pode ser.

— Não preciso perguntar, se ele mandou de fato uma carta, é certo que deve ser sobre aquilo.

— Ele mandou, sim. Digo, agora mesmo seu irmão saiu com a carta em mãos para enviá-la.

Koroku não tinha vontade de continuar dando ouvidos às palavras de sua cunhada, que misturavam um tom de escusa e de consolação. Não ficou muito satisfeito ao pensar que, se Sosuke tinha tempo de sobra para dar uma caminhada, poderia antes ter ido até lá em pessoa. Foi até a sala, retirou um livro ocidental de capa vermelha da estante e virou algumas páginas a esmo.

II

Sosuke, que não fazia tanto caso do assunto, foi até a esquina e comprou na mesma loja um selo e cigarros da marca Shikishima, livrando-se logo da correspondência. Não lhe satisfazia, no entanto, retornar pelo mesmo caminho que viera, portanto andou sem destino enquanto misturava ao dia de outono a fumaça do cigarro que pendia da boca. Enquanto perambulava, atiçou-lhe a vontade de ir até um ponto distante qualquer e tentar gravar vividamente em sua memória como era de fato este lugar chamado Tóquio, para então voltar para casa e dormir um sono que ficasse de recordação daquele domingo. Conquanto já vivesse respirando o ar de Tóquio havia muitos anos, e fosse ademais um sujeito que sempre usava o bonde para ir à repartição pública, passando destarte duas vezes por dia pelo alvoroço urbano, não tinha descanso físico ou mental, transitava sempre alheio ao céu sobre sua cabeça, de modo que jamais lhe ocorrera a reflexão de que ele também vivia dentro daquela animada cidade. Não lhe incomodava o fato de estar frequentemente ocupado, mas bastava chegar a única folga que tinha a cada sete dias, dando-lhe a oportunidade de acalmar o espírito, e seu dia a dia de súbito ganhava um tom de tribulação. Ainda que vivesse em Tóquio, constatava com frequência desconhecer a cidade, o que o levava a experimentar um sentimento peculiar de solidão.

Em tais momentos, como se subitamente houvesse se lembrado de algo, ele saía à rua. Por vezes, se tinha algum sobrando no bolso, cogitava ir à farra. Porque sua solidão, todavia, não era algo intenso a ponto de induzi-lo ao extremo da resolução — antes de chegar a esse ponto, ele achava a ideia uma tolice e acabava por desistir. Ademais, era tão corriqueiro esse cidadão não ter o fundo da carteira abarrotado, que não era preciso reprimir sua inconsequência; em vez de maquinar planos enfadonhos, sabia-lhe mais fácil enfiar as mãos nos bolsos e voltar para casa sem pensar em nada. A solidão de Sosuke, afinal, carecia apenas de uma caminhada ou um passeio por uma loja de departamentos, distrações que bastavam para reconfortá-lo até o domingo seguinte.

Igualmente distraído naquele dia, Sosuke tomou o bonde. Não obstante o belo dia de domingo, os passageiros eram em menor número que o de costume, o que tornava o interior do veículo aconchegante. Além disso, todos traziam a expressão serena, transparecendo sossego. Enquanto tomava um assento, Sosuke refletiu sobre a própria sina de ir todas as manhãs para os lados de Marunouchi a brigar por um lugar no bonde, procurando não ser deixado para trás pelos demais passageiros. Não havia nada tão desolador quanto a imagem de companheiros de viagem em um bonde no horário de pico. Fosse dependurado no couro das alças que pendiam do teto ou recostado sobre o veludo dos assentos, jamais até então vira brotar dentro do veículo algum sentimento humano de simpatia. Indignado com a situação, ele se via sempre obrigado a ir até o local desejado como se fosse uma máquina, com os joelhos grudados e os ombros alinhados aos do vizinho, descendo aos trambolhões. Agora, no entanto, tinha à sua frente a cena de uma vovó que levava a boca ao ouvido da neta, de cerca de 8 anos, para lhe dizer algo. A mulher sentada ao lado dessa senhora, aparentando estar na casa dos 30 e ser a esposa de algum comerciante, achou a menina muito graciosa, perguntando-lhe o nome e quantos aninhos tinha. Sosuke sentiu que havia entrado em um mundo à parte.

Sobre sua cabeça estava colado um sem-número de panfletos. Nos dias usuais, nem sequer nesse detalhe Sosuke reparava. Experimentou ler o primeiro que lhe chegou aos olhos, e era o anúncio de uma companhia de mudanças, que dizia ser muito fácil se mudar. No segundo havia três linhas em paralelo — "Você que entende de economia", "Você que se preocupa com a saúde", "Você que quer se precaver contra incêndios" —, seguidas pelo conselho "Use fogão a gás", complementado inclusive pelo desenho de um protótipo com a chama acesa. O terceiro continha o nome "Neve Perpétua"[9], associando a obra-prima do grande escritor russo, o conde de Tolstói, com o nome da trupe de teatro cômico popular Kotatsu, ambos escritos em branco sobre o fundo vermelho do panfleto.

Sosuke chegou a se ocupar por cerca de dez minutos em ler e reler, três vezes até, cada um dos cartazes. Conquanto não houvesse nada que quisesse comprar, tampouco algum lugar a que quisesse ir, a folga de espírito que lhe permitiu perceber com clareza os anúncios e ler cada um por completo, compreendendo-os todos, proporcionou a Sosuke relativo contentamento. Salvo pelas saídas de domingo, sua vida cotidiana era tão azafamada que até uma folga como essa lhe enchia de orgulho.

Sosuke desceu do bonde em Surugadaishita. Assim que desceu, chamou-lhe a atenção um livro ocidental belamente exposto em uma vitrine à sua direita. Ele parou ali em frente por um momento, observando as vívidas letras douradas impressas sobre o vermelho, o azul, as listras e os motivos da capa. Apesar de, naturalmente, ele entender o sentido do título, não tinha a mínima curiosidade de pegar o livro para averiguar o conteúdo. Para Sosuke, já iam longe os tempos em que ele passava em frente a uma livraria e se sentia compelido a entrar, não contendo enfim o desejo, uma vez lá dentro, de adquirir algum livro. Ora, aconteceu apenas de este volume, *History of Gambling*[10], incutir em sua cabeça um sabor extravagante de novidade, devido à encadernação particularmente bonita e ao fato de estar exposto em uma posição central.

Com um sorriso no rosto, Sosuke atravessou para o lado oposto do passeio movimentado, dessa vez contemplando uma relojoaria. Não eram poucos os relógios e correntes de ouro, embora estes também se refletissem em suas pupilas tão somente como itens de cores bonitas ou estilo refinado, o que não bastava para fazê-lo pensar em gastar dinheiro. Não obstante, ele puxou o cordão de cada etiqueta para ler o preço, comparando o valor ao artigo. Espantou-se em ver como na verdade eram baratos os relógios de ouro.

---

9. Adaptação teatral japonesa da obra *Ressurreição* (1899), de Lev Tolstói.
10. "História dos jogos de azar".

Em seguida, parou brevemente diante de uma loja que ostentava guarda-chuvas para vender. Na fachada do estabelecimento, que negociava diversos artigos do Ocidente, ele atentou para uma gravata que se encontrava dependurada ao lado de uma cartola. As cores dessa gravata eram bem melhores do que aquela que ele vinha usando todos os dias; chegou a fazer menção de entrar na loja para perguntar o preço, mas, ao cabo de pensar melhor, achou que seria estúpido aparecer no dia seguinte com uma gravata diferente. Ficou aborrecido de súbito com a ideia de abrir a niqueleira, e passou sem parar pela loja. Gastou um bom tempo olhando ainda outras lojas de roupa. Aprendeu diversos nomes que jamais ouvira antes, como *uzura-omeshi*, *koki-ori* e *seiryo-ori*.[11] Em frente à filial de uma rede de Kyoto chamada Erishin, aproximou-se da vitrine a ponto de encostar com a aba do chapéu no vidro e esqueceu-se do tempo enquanto observava os colarinhos femininos confeccionados com esmero. Entre eles havia um muito elegante, que cairia perfeitamente em sua esposa. Surgiu uma ponta de vontade de fazer um mimo à mulher, de pronto seguida pela reflexão de que isso era algo que ele faria cinco ou seis anos atrás, não agora, abafando portanto a agradável ideia que tivera de comprar um presente. Com um sorriso amarelo no rosto, Sosuke afastou-se da vitrine e retomou sua caminhada. Pelos próximos cinquenta metros, no entanto, sentiu certa indisposição de espírito que o manteve de todo alheio à rua ou às lojas.

Quando deu por si, estava junto a uma grande loja de revistas na esquina, sob cujo beiral eram anunciadas em letras garrafais as publicações mais recentes. Entre os anúncios, havia papéis colados em uma comprida viga que parecia uma escada de mão, e outros pintados a tinta afixados em uma tábua, com uma mistura de cores que parecia formar algum motivo qualquer. Sosuke leu-os todos. En-

---

11. Termos de tecelagem. O primeiro designa um tecido de seda brilhante de construção similar ao crepom, porém com plissado bastante mais crespo. O segundo termo refere-se a tecidos de seda pré-tingida com ligamento de sarja à teia, com padrão de riscas diagonais, comumente usados na confecção de roupas masculinas. O último designa um tecido duplo que combina seda de gaze com alguma outra fábrica, de utilização comum na confecção de faixas de verão para quimonos.

tre nomes de autores e de obras, teve a impressão de já haver visto alguns mencionados no jornal, enquanto outros lhe pareciam completamente novos.

Dobrando a esquina, onde a loja projetava sua sombra, um homem de uns 30 anos, que usava um chapéu-coco preto e sentava-se à vontade no chão, enchia balões enquanto anunciava: "Uma boa diversão para as crianças!" Os balões assumiam naturalmente a forma de um boneco *daruma*[12] ao se encher de ar, e, com efeito, havia até olhos e boca desenhados a tinta, algo que atraiu o interesse de Sosuke. Achou curioso ainda o modo como eles permaneciam cheios após ser assoprados, ou como o traseiro do boneco inflável se equilibrava livre na ponta do dedo ou na palma da mão. Bastava o homem lhes espetar o traseiro com um objeto fino como um palito de dentes, no entanto, para que eles esvaziassem em um piscar de olhos. Eram muitos os transeuntes que passavam pela rua movimentada, mas tal cena não fazia ninguém mais parar em seu caminho para observar. O homem de chapéu-coco sentava-se plácido no chão a um canto daquela zona animada e, como se não percebesse nada que acontecia a seu redor, ficava a encher balões e repetir quanto eles divertiriam as crianças. Sosuke tirou um centavo e meio de iene do bolso, comprou um dos balões e, após o homem esvaziá-lo, meteu-o no bolso da manga do quimono. Deu-lhe vontade de ir até uma boa barbearia para cortar o cabelo, mas, por mais que procurasse, não encontrou em lugar nenhum um barbeiro de seu agrado antes que o sol começasse a se pôr, de modo que acabou por tomar novamente um bonde na direção de casa.

Quando Sosuke entregou o bilhete ao motorista no fim da linha, já era chegada a hora do dia em que a cor do céu perdia sua luz e sombras negras se projetavam sobre a rua úmida. Sentiu um frio repentino quando se agarrou à barra de ferro para descer do veículo. As pessoas que desceram com ele se dispersaram cada qual para um lado, caminhando com o ar apressado de quem tinha algo para tratar.

---

12. Boneco tradicional japonês vermelho e de formato redondo, sem braços nem pernas, que representa o monge budista Bodhidharma. O boneco é também considerado um amuleto de bons augúrios.

Ele olhou para os limites da vizinhança e viu que as casas de todos os lados pareciam envoltas, do solo aos beirais, por uma fumaça esbranquiçada que se movia em meio à atmosfera. Sosuke também apressou o passo, dirigindo-se para casa por um caminho repleto de árvores. Este dia de domingo, junto com seu clima tão agradável, já chegava ao fim. Tal reflexão proporcionou-lhe um sentimento único de efemeridade, ou mesmo de solidão. Pensando ainda que no dia seguinte teria de, como de costume, entregar o corpo mais uma vez às duras penas do trabalho, lamentou despedir-se da metade do dia que passara e aborreceu-se deveras com os seis dias e meio de ações mecânicas que viriam pela frente. Mesmo agora, enquanto caminhava, vinham-lhe aos olhos as imagens da sala ampla — porém mal-iluminada devido às poucas janelas —, dos rostos dos colegas de trabalho a seu lado e da pose do chefe a chamá-lo, "Nonaka, venha cá um momento".

Após passar pela peixaria Uokatsu, dobrou cinco ou seis casas adiante em uma ruela que não dava para saber se era apenas uma passagem entre os terrenos ou uma via transversal, e deu com o conjunto de meia dúzia de casas de aluguel que se enfileiravam na direção do alto paredão de terra. Até pouco tempo, misturava-se às demais construções do terreno, nos fundos de uma coluna esparsa de criptomérias, uma casa de ares antigos que se poderia imaginar ser mesmo a residência de algum *gokenin*[13] dos tempos do xogunato. Contudo, logo que o terreno fora comprado pelo senhor Sakai, que mora no alto do paredão, removeram-se as criptomérias e destruiu-se o telhado de palha da casa velha, reconstruída afinal do modo como ficaria em definitivo. A casa de Sosuke ficava no fim da passagem, à esquerda, logo ao pé do paredão, o que a fazia um tanto lúgubre. Por outro lado, porque era também a casa mais afastada da rua principal, refletira ele com a esposa, havia de ser relativamente tranquila, motivo pelo qual optaram por ela.

Com o encerrar de mais um domingo, dia único entre cada sete,

---

13. Durante o período Edo, posto conferido aos vassalos diretos do xogum que não possuíam o direito de vê-lo pessoalmente.

Sosuke abriu com pressa a grade de casa, imaginando tomar logo um banho e, se ainda houvesse tempo, cortar o cabelo, para enfim desfrutar de seu jantar com calma. Na cozinha, fazia-se som de louça. No instante em que tirava os calçados para entrar, colocou inadvertidamente os pés sobre os *geta* de seu irmão. Koroku apareceu quando Sosuke ainda se posicionava melhor no vestíbulo para conseguir descalçar-se. Oyone perguntou da cozinha:

— Quem é? É o seu irmão?

— Ora, você apareceu? — disse Sosuke, já passando para a sala. Desde que colocara a carta no correio, durante todo o tempo que estivera caminhando em Kanda e até descer do bonde e chegar a casa, o nome do irmão não lhe havia sequer cruzado o pensamento. No momento em que viu o rosto de Koroku, Sosuke sentiu um pouco de vergonha, como se houvesse feito algo de errado.

— Oyone, Oyone! — chamou pela esposa para que viesse. — Já que Koroku veio, pode preparar algo bom para o jantar.

Ela havia saído da cozinha com aparente pressa, sem se reter para fechar a porta corrediça, apenas para chegar à entrada da sala e ouvir tão óbvio aviso.

— Sim, já estou fazendo — limitou-se a dizer, dando meia-volta, mas interrompeu o movimento para acrescentar um pedido: — Koroku, faça você também um favor. Feche a porta da varanda e acenda o lampião, que eu e Kiyo estamos ambas com as mãos ocupadas agora.

Koroku apenas murmurou que sim e se levantou.

Era possível ouvir a criada, Kiyo, cortando algo na cozinha. Logo veio o som de água correndo na pia, entrecortado pela voz de Koroku:

— Mana, onde está a tesoura para cortar o pavio do lampião? — a água parecia haver fervido no fogareiro, saltando com um chiado sobre as chamas.

Em meio à escuridão da sala, Sosuke estendia em silêncio as mãos sobre um pequeno braseiro. Tudo que se podia ver era o vermelho das chamas que se juntavam coloridas sobre as cinzas do carvão. Nesse instante, no alto do paredão dos fundos da casa, a filha do senhorio começou a tocar piano. Como se houvesse se lembrado de algo, Sosuke levantou-se, abriu a tela de proteção e saiu para a varanda. Os bambus quebravam com uma opacidade tênue a cor do céu, onde cintilavam uma ou duas estrelas. As notas do piano ressoavam por detrás dos bambus.

III

Sosuke e Koroku voltaram do banho público cada um com sua toalha em punho, encontrando bem no centro da sala uma mesinha quadrada posta habilmente com os pratos preparados por Oyone. Ela tomara também o cuidado de deixar o fogo do braseiro queimando de forma ainda mais incandescente do que quando os dois haviam saído. Inclusive o lampião, agora, iluminava com intensidade.

Sosuke puxou uma das almofadas que havia em frente à mesa e sentou-se lânguido sobre ela, entregando a toalha e o sabonete para Oyone, que perguntou:

— Estava boa a água?

— Sim — embora Sosuke tenha respondido de forma lacônica, o que podia soar como desconsideração, era possível entender que o banho fora tão bom que até sua cabeça estava relaxada.

— Estava mesmo boa — Koroku olhou para Oyone e concordou.

— Mas, cheio de gente como estava, não se pode aguentar — falou Sosuke langoroso, com os cotovelos apoiados na borda da mesa. Ele costumava ir ao banho público sempre após retornar da repartição, ao anoitecer, justo na hora anterior ao jantar, na qual todos iam lá. Nos últimos dois ou três meses não vira as águas do banho iluminadas pela luz do sol uma única vez. Esse ainda não era o maior dos problemas, entretanto, pois às vezes acontecia de passar três ou quatro dias sem nem sequer atravessar a porta do estabelecimento. Pensava sempre que, chegado o domingo, acordaria cedo e na primeira hora do dia iria ao banho para aproveitar a água ainda limpa, nem que fosse somente para lavar o pescoço; todavia, ao enfim chegar o dia de folga, sentia que era essa afinal a única vez na semana que podia dormir despreocupado. O que quase sempre ocorria, destarte, é que ele se mantinha preso ao leito a matar o tempo, enquanto este transcorria sem lhe dar atenção. No final, achava uma maçada ter de sair e desistia do plano, deixando o banho matinal para o domingo seguinte.

— Eu queria mesmo era poder ir para o banho pela manhã — lamentou Sosuke.

— Diz que quer, mas quando chega o dia de folga fica sempre dormindo até tarde — disse a esposa, em tom de troça.

Koroku ponderou consigo mesmo ser esse um defeito que seu irmão já trazia de berço. Para um rapaz como ele, que ainda levava a vida de estudante, era impossível compreender como era precioso o domingo para Sosuke. Este lançava, no curto espaço de 24 horas daquele único dia, todas as esperanças que possuía de revitalizar com tépido reconforto sua mente, imersa na escuridão por seis dias a fio. Por isso as coisas que planejava fazer tornavam-se muitas, e acabava deixando de realizar quase um terço delas. Por outro lado, lhe parecia que, caso se esforçasse por executar o terço de planos que ficava pendente, estaria apenas desperdiçando o tempo, de modo que cruzava novamente os braços e ficava ao léu, desatento ao dia que passava. Sob tais circunstâncias, Sosuke se via forçado a usufruir com parcimônia do tempo de que dispunha, pensando no próprio descanso e relaxamento, ou ainda em sua diversão e seus interesses individuais. Se não usava seu tempo para tratar dos assuntos de Koroku, não era porque não o queria fazer, mas antes porque não encontrava a paz de espírito para tanto. Aos olhos de Koroku, todavia, isso nunca era visível. O rapaz chegava a pensar que seu irmão era apenas um egoísta, no fundo uma pessoa de pouca compaixão, que só fazia vadiar e passar o tempo com a esposa sempre que tinha alguma folga.

Contudo, Koroku passou a sentir-se assim em relação a Sosuke apenas de uns tempos para cá — na verdade, desde que começara a história com os Saekis. O jovem Koroku era impaciente com tudo, motivo pelo qual acreditou que estaria o assunto resolvido já no mesmo dia ou no seguinte, assim que confiasse o caso ao irmão. Não obstante, a história não se resolvia nunca, e o rapaz agora se incomodava porque Sosuke nem sequer havia ido até os Saekis para conversar.

Naquele dia, apesar de Koroku haver aguardado pelo retorno de Sosuke, quando se encontraram e começaram a falar sem rodeios, já que eram irmãos, Koroku sentiu algo de suspeito no tratamento que recebia, o que o fez postergar entrar no assunto; acabaram indo juntos ao banho público, o que serviu para deixá-lo mais à vontade.

Os irmãos sentaram-se relaxados para jantar. Oyone, do mesmo modo, tomou seu lugar sem cerimônias a um canto da mesa. Tanto Sosuke quanto Koroku logo esvaziaram duas ou três taças de saquê. Antes de se lançar à comida, Sosuke disse:

— Ah, lembrei que tinha algo interessante.

Rindo, retirou do bolso na manga do quimono o balão de borracha em forma de *daruma* e o encheu para lhes mostrar. Colocou-o então sobre a tampa de uma tigela e os fez ouvir uma explicação sobre como funcionava o brinquedo. Oyone e Koroku acharam graça ao olhar para aquela leve bola de ar. No fim, Koroku deu um sopro que jogou o brinquedo de cima da mesa para os tatames. Mesmo assim, ele permanecia de cabeça para cima.

— Olhem só para isso — disse Sosuke.

Por ser mulher, Oyone não conteve um riso alto, mas logo abriu a tampa da panela e, enquanto servia o arroz para o marido, voltou-se para Koroku:

— Viu, seu irmão também sabe ser bem descontraído — um tanto como que para defender Sosuke. Este recebeu sua tigela de volta das mãos da esposa e se pôs a comer, sem dizer nenhuma palavra em favor próprio. Koroku acompanhou-o sério, empunhando também seus pauzinhos.

Conquanto o boneco não fosse chamado a tópico de conversa, serviu de estopim para um diálogo alegre entre os três, o qual prosseguiu até o fim da refeição. Foi Koroku quem no final mudou o clima da conversa:

— Por sinal, que caso incrível aquele do Ito, não foi?

* * *

    Cinco ou seis dias antes, quando Sosuke vira na edição extra do jornal a notícia sobre o assassinato do ministro Ito[14], ele fora até a cozinha, onde Oyone trabalhava, e disse: "Ei, veja que horrível, o Ito foi assassinado", colocando sobre o avental da esposa o periódico que tinha em mãos e retornando em seguida para o escritório. A julgar pelo tom de sua voz naquela ocasião, contudo, ele estivera bastante indiferente.

    Ao ver o marido dar as costas, Oyone chegara a dizer, à guisa de zombaria: "Você vem me dizer como é horrível isso, mas pelo tom da sua voz nem parece tão abalado." Nos dias que se seguiram, por certo ainda apareceu nos jornais uma meia dúzia de parágrafos sobre o ministro Ito, mas Sosuke aparentava estar alheio ao caso do assassinato, tanto que não se saberia dizer se ele estava ou não acompanhando as notícias. À noite, quando ele voltava para casa, Oyone até lhe perguntava ao servir a comida: "Hoje também saiu alguma nota sobre o ministro?" Entretanto, ele respondia apenas que "sim, só falam disso", o que tornava impossível para a esposa saber da notícia do dia sem antes buscar no bolso do marido pelo periódico que ele lera pela manhã. No fim das contas, uma vez que Oyone só mencionava o ministro em uma tentativa de puxar assunto com o marido depois que ele retornava do trabalho, ela não fazia questão de tentar alongar uma conversa que não o empolgava. Desse modo, do dia em que saíra a edição extra do jornal até essa noite, quando Koroku falou sobre o caso, nenhum interesse em particular sobre as coisas que aconteciam neste mundo havia despertado no casal.

    — Por que será que ele morreu? — Oyone repetiu para Koroku a mesma pergunta que fizera a Sosuke quando vira a notícia.

---

14.   Hirobumi Ito (1841-1909), político respeitado, fora primeiro-ministro do Japão por quatro mandatos, e em 1909 atuava como representante do governo japonês na Coreia, que havia se tornado um protetorado do Japão desde 1905. Ele foi assassinado por um nacionalista coreano em 26 de outubro de 1909, com três tiros no peito.

— Dispararam vários tiros com uma pistola, *bam*, *bam*, e acertaram bem no alvo, que era ele — Koroku respondeu a pergunta ao pé da letra.

— Sim, sim. Mas por que será que ele morreu?

Koroku tinha a expressão de que não entendera. Com o tom tranquilo, Sosuke disse "foi o destino", e sorveu com gosto o chá de sua xícara. Oyone, dando sinal de que ainda não estava conformada, indagou:

— Por que ele teve de ir para a Manchúria de novo?

— É verdade... — Sosuke estufou a barriga, com ar de quem estava satisfeito.

— Dizem que ele tinha algum assunto secreto com a Rússia — mencionou Koroku com o rosto sério.

Oyone concordou:

— Isso, isso. Mas é horrível ser morto assim.

— Para um assalariado comum como eu, ser morto pode ser horrível, mas para alguém como Ito é até melhor ir até Harbin[15] só para ser morto — pela primeira vez Sosuke disse algo com alguma empolgação.

— Como assim? Por quê?

— É evidente: agora que ele foi morto, vai entrar para a história como uma personalidade. Mas se apenas morresse de velho, ninguém daria pelo caso.

— De fato, isso pode até ser verdade — Koroku demonstrou haver sido capturado pelo comentário do irmão, mas deu continuidade: — De qualquer forma, seja Manchúria ou Harbin, são todos lugares muito turbulentos. Eu não consigo deixar de pensar que é um perigo ir para lá.

— Isso é porque há muitas pessoas diferentes misturadas lá.

Nesse momento, Oyone fez uma expressão de estranhamento e olhou para o rosto do marido, que acabara de responder com tais palavras. Sosuke pareceu haver se apercebido disso, e instou a esposa:

---

15. Cidade no nordeste da China que, no final do século XIX, recebeu grande influência da Rússia, país para o qual serviu de base militar durante a Guerra Russo-Japonesa.

— Você bem que já podia retirar a mesa, não? — recolheu o boneco, caído sobre os tatames, e o equilibrou sobre a ponta do indicador. — É mesmo espantoso. Não é possível acreditar que eles fazem coisas assim, tão bem boladas.

Kiyo veio da cozinha para recolher os pratos e tigelas sujos juntamente com a mesinha. Oyone a acompanhou ao sair da sala para ir ao cômodo adjacente servir mais chá, deixando os irmãos a sós, um de frente para o outro.

— Ah, agora está arrumado. Não dá a impressão de que fica tudo uma bagunça depois que se acaba a refeição? — Sosuke fez uma expressão de quem não sentia a menor falta da mesa de jantar. Na cozinha, Kiyo ria sem parar.

— Kiyo, o que há de tão engraçado? — ouviu-se a voz de Oyone além do *shoji*, dirigindo-se à criada. Kiyo apenas soltou uma exclamação e voltou a rir. Sem dizer nada, os irmãos ficaram ouvindo, um tanto alheios, o riso da criada.

Após alguns instantes, Oyone retornou carregando dois pratos com um doce em cada, mais a bandeja do chá. Utilizando um grande bule decorado com vinhas de glicínia, ela serviu em xícaras quase do tamanho de tigelas o chá-verde torrado, que não produz efeito nem no estômago nem na cabeça, e ofereceu aos irmãos.

— O que houve, para ela rir daquele jeito? — perguntou-lhe o marido. Seus olhos, no entanto, não estavam voltados para ela, mas para o prato de doce.

— Foi porque você comprou aquele brinquedo e estava se divertindo com ele na ponta do dedo. E nem filho nós temos.

Como se não se importasse com o fato, Sosuke disse apenas "ah, sim", mas em instantes acrescentou:

— De qualquer forma, ao menos antes nós tivéramos — disse calmamente, com ar de quem saboreava as próprias palavras, e ergueu os olhos tépidos para a esposa. Ela retesou-se, emudecida.

Passado algum tempo, Oyone dirigiu-se a Koroku:

— Você não vai comer o doce? — contudo, nem sequer esperou para ouvir o rapaz — que disse que sim, comeria —, pois partiu logo para o quarto do chá. Os irmãos ficaram mais uma vez a sós.

Por estar a casa localizada em lugar afastado, quase vinte minutos a pé do fim da linha do bonde, o silêncio da vizinhança já era surpreendente, embora a noite ainda estivesse no começo. Vez por outra se distinguia claro em frente a casa o som de alguns *geta* de saltos finos passando, o que ajudava a tornar o frio mais intenso.

— De dia está quente, mas quando anoitece fica frio de repente, não é? Já estão usando o aquecedor a vapor no seu dormitório?

— Ainda não. Na escola, enquanto não ficar frio para valer, eles não ligam nem aquecedor nem nada.

— É mesmo? Você deve ter passado frio, então?

— É. Mas com o frio eu não me importo muito... — Koroku parecia querer dizer algo mais, mas estacou por um momento, até que enfim resolveu-se: — Por outro lado, mano, como está o assunto com os Saekis? Falei com minha cunhada antes e fiquei sabendo que você mandou uma carta.

— Sim, mandei. Nos próximos dois ou três dias alguma resposta deve vir. De acordo com o que ele disser, eu vejo se devo ir até lá ou fazer outra coisa.

Em seu íntimo, Koroku observava insatisfeito a atitude indolente do irmão. Todavia, Sosuke não demonstrara em nenhum momento alguma aspereza capaz de provocar a ira alheia, ou algum sinal grosseiro de que tentava defender a si mesmo, o que arrefeceu em Koroku a coragem de atacá-lo. Ele apenas confirmou os fatos:

— Até hoje, então, você não havia feito nada?

— É, sei que foi um erro, mas deixei tudo por estar. Mesmo escrever uma carta é algo que até hoje eu não havia feito. Mas não há jeito. Nestes últimos dias fiquei atacado da neurastenia — disse Sosuke com franqueza. Koroku riu a contragosto.

— Se não der certo, estou pensando em largar a escola e talvez ir para a Manchúria ou para a Coreia.

— Manchúria? Coreia? Lá vem você de novo com resoluções disparatadas. Você não acabou de dizer que não queria saber da Manchúria porque era turbulenta?

A discussão foi e veio nesse mesmo ritmo, sem chegar a conclusão nenhuma. No final, um comentário de Sosuke encerrou a conversa:

— Vamos, não é nada. Não precisa se preocupar, tudo vai dar certo. Assim que vier uma resposta eu o aviso. Depois nós discutimos novamente.

Quando já estava de saída, Koroku foi espiar no quarto do chá e encontrou Oyone junto ao braseiro, ociosa.

— Mana, até mais ver — disse o rapaz.

Ela terminou por se erguer e despediu-se:

— Oh, volte com cuidado.

IV

Tal como esperavam, dentro de dois ou três dias houve uma resposta dos Saekis, a origem das preocupações de Koroku. A mensagem, no entanto, que não passava de rabiscos escritos pela própria tia dos rapazes, era simples ao extremo, algo que poderia caber até mesmo num cartão-postal, não obstante a remetente haver se dado o trabalho de lacrá-la em um envelope e colar neste um selo de três centavos.

Quando Sosuke voltou da repartição, após se despir com certo desconforto da roupa de mangas sem bolso que usava para o trabalho, tão logo se sentou em frente ao braseiro caíram-lhe os olhos sobre o envelope, cuja extremidade despontava como que de propósito de alguma gaveta. Bebeu de um só gole o chá-verde torrado que Oyone lhe servira e logo abriu o invólucro.

— Quem diria, Yasu foi para Kobe — disse enquanto lia a carta.

— Quando? — perguntou Oyone, ainda na mesma posição em que oferecera o copo de chá para o marido.

— Quando, não está escrito. Mas diz aqui que "posto que regressará à capital em data vindoura...", então ele deve voltar por estes dias.

— "Em data vindoura..." Sem dúvida é uma carta de sua tia.

Sosuke não demonstrou concordar nem discordar da observação de Oyone. Enrolou a carta que acabara de ler e lançou-a com certo repúdio a um canto, passando então, consternado, a mão sobre o queixo áspero, com barba por fazer havia quatro ou cinco dias.

Oyone logo recolheu a carta, porém não fez menção de lê-la. Deixou-a sobre os joelhos e olhou o rosto do marido, perguntando:

— O que ela quis dizer com "Posto que regressará à capital em data vindoura..."?

— Ela quis dizer que, quando Yasunosuke retornar, ela irá tratar do assunto com ele.

— Uma "data vindoura" é muito indefinido. Não diz mesmo quando ele volta?

— Não.

Por desencargo de consciência, Oyone resolveu abrir a carta que tinha nos joelhos. Em seguida a dobrou como estava antes e, estendendo a mão para o marido, pediu:

— Pegue o envelope para mim — Sosuke recolheu o envelope azul que se encontrava atirado entre ele e o braseiro e o estendeu para a esposa. Esta assoprou o papel para inflá-lo e guardar a carta. Feito isso, levantou-se e foi para a cozinha.

Sosuke não deu mais atenção à correspondência. Lembrou que naquele dia um colega da repartição lhe havia contado de como encontrara por estes tempos na ponte de Shin'bashi com o marechal Kitchener[16], que viera da Inglaterra em visita ao país. Poder-se-ia dizer que uma pessoa da relevância do marechal haveria de causar tumulto entre as gentes independentemente do lugar a que fosse, característica que, na prática, talvez já lhe viesse de berço. Ao pensar no próprio fado que havia tempos vinha arrastando, e considerando mesmo o futuro que haveria de se desenrolar ante seus olhos dali para diante, não era possível a Sosuke conceber que ele e Kitchener pertencessem de fato à mesma espécie.

Com esses pensamentos na cabeça, Sosuke tragava compenetrado um cigarro. O vento começara a soprar na frente da casa desde o crepúsculo, e seu som sugeria que ele se esforçava por vir de algum local longínquo apenas para lhes assaltar. Por vezes o vento cessava e, durante a pausa, dava espaço ao silêncio, o qual se sobressaía ainda mais assolador que os uivos. De braços cruzados, Sosuke ponderou que logo começaria a época em que se tornavam mais frequentes as sirenes de incêndio.

Foi até a cozinha e viu que a esposa fazia arder em vermelho o fogareiro, ao assar alguns cortes de peixe. Kiyo, por sua vez, lavava uns picles, curvada ao pé da pia. As duas se empenhavam em seus

---

16. Horatio Herbert Kitchener (1850-1916), célebre militar e procônsul britânico que desempenhou importante papel no início da Primeira Guerra Mundial.

respectivos trabalhos, sem nada dizer. Sosuke abriu o *shoji* e quedou-se por um momento a ouvir o que seria o som do molho ou do azeite a gotejar do peixe, mas logo fechou a porta, calado, e retornou ao assento de antes. A esposa nem sequer retirou os olhos do assado.

Terminada a refeição, quando o casal estava de frente um para o outro com o braseiro entre eles, Oyone retomou o assunto:

— Que dor de cabeça os Saekis, não?

— Bem, não há o que fazer. Até Yasu voltar de Kobe, não há outra saída senão esperar.

— Antes disso não seria bom ir até lá ver sua tia e adiantar o assunto?

— É. Bem, logo ela vem me dizer algo. Até lá vamos deixar como está.

— Pois Koroku vai ficar zangado. Você não se importa? — Oyone fez questão de prevenir o marido, e abriu um sorriso. Sosuke voltou os olhos para baixo e enfiou dentro da gola do quimono o palito de dentes que segurava na mão.

Sosuke deixou passar um dia inteiro antes de informar a Koroku que havia chegado uma resposta dos Saekis. Nessa ocasião, assim como antes, ao terminar a carta voltou a conjecturar que em breve as coisas se resolveriam de algum modo. Sentiu destarte que, ao menos por ora, havia lavado as mãos sobre o caso. Chegava a ter no rosto uma expressão que dizia: até que o curso natural das coisas viesse outra vez à frente de seus olhos para oprimi-lo, não haveria empecilho nenhum em esquecer o assunto. Era, portanto, com a mente limpa que ia e vinha todos os dias da repartição. Embora fosse verdade que chegava tarde a casa, após retornar era de todo raro haver algum assunto maçante que o levasse novamente à rua. Visitas, quase nunca recebia. Quando não havia nada para fazer, às vezes chegava a dizer para Kiyo que se recolhesse antes das dez. O casal sentava-se todas as noites, cada qual de um mesmo lado do braseiro, e conversava por cerca de uma hora após a refeição. Os tópicos da conversa eram sempre concernentes à vida que eles vinham levando. Questões delicadas do lar, entretanto, como o que haveriam de fazer para pagar a conta do vendedor de arroz no próximo dia 30, jamais chegaram à boca de algum dos dois. Críticas de romances e literaturas eram inimagináveis, e tampouco se ouvia com qualquer frequência, é evidente, trocas de flertes lisonjeiros, capazes de voar como miragens entre um homem e uma mulher. Conquanto não fossem de idade tão avançada, haviam superado esse ponto, parecendo se acostumar cada vez mais um com o outro a cada dia que passava. Ou quiçá se diria que, por serem ambos pessoas assaz triviais, pintadas a cores desbotadas, desde o início haviam se aproximado já com o intuito de estreitar por meio do cotidiano os laços de marido e mulher.

Ao observá-los de fora, não se diria pelo cenário que o casal fazia caso do mundo. Isso era perceptível inclusive ao considerar a postura que tomaram quanto aos assuntos de Koroku. Oyone, em sua condição de mulher, chegou a advertir uma ou duas vezes:

— Será que Yasu ainda não voltou? Por que você não aproveita o próximo domingo e vai até lá para ver?

— Sim, eu poderia ir — Sosuke respondia apenas em tais linhas, mas bastava chegar o domingo em que ele "poderia ir" para agir como se houvesse esquecido por completo. Oyone se apercebia, mas não se dispunha a repreendê-lo. Estivesse bom o tempo, dizia-lhe: "Quem sabe você não dá uma caminhada?" Fosse dia de chuva ou de ventania, ela mudava para: "Que bom que hoje é domingo."

Por sorte, Koroku não veio visitá-los de novo. O rapaz possuía um espírito obstinado, indo até onde fosse necessário uma vez que colocasse algo na cabeça. Nesse ponto assemelhava-se a Sosuke nos tempos de estudante. Por vezes, contudo, mudava subitamente de disposição e virava pelo avesso, exibindo o rosto descontraído como se houvesse desaparecido de seus pensamentos o que lhe ocorrera no dia anterior. Nesse ponto também se mostravam irmãos, pois o Sosuke de antigamente agia do mesmo jeito. O modo de pensar de Koroku era relativamente claro aos olhos: não se saberia dizer se era porque misturava ao raciocínio os seus sentimentos ou porque cercava os sentimentos com a razão, porém o certo era que não consentia em nada enquanto não colocasse ordem nos fatos, e, uma vez feito, não descansava enquanto não fizesse valer sua lógica. Acresce que sua contumácia persistia na mesma medida de seu vigor físico, o que não raro o levava a confiar em seu temperamento fervoroso de jovem para resolver algo.

Sempre que via seu irmão mais novo, Sosuke não podia deixar de reviver os tempos de outrora, pois era como se estivesse vendo a si mesmo diante dos olhos. Por vezes se quedava aflito. Havia ainda momentos em que sentia repúdio. Em casos assim, ponderava se os céus não teriam lhe colocado Koroku à frente para que, de vez em quando, ele se visse obrigado a relembrar as memórias amargas oriundas de suas atitudes passadas. Encolhia-se então de pavor. Ao refletir que o irmão porventura viera ao mundo para afundar no mesmo destino dele próprio, consternava-se. De acordo com a ocasião, todavia, sua consternação parecia antes desgosto.

De qualquer modo, até aquele dia Sosuke jamais dera voz a alguma opinião a respeito de Koroku, tampouco algum conselho ao rapaz sobre o futuro. O tratamento que dispensava ao irmão era apenas usual. Assim como não poderíamos imaginar o passado que Sosuke tivera ao constatarmos que sua vida ora afundava da maneira como fazia, tampouco era fácil notar no modo como ele agia para com o irmão algum sinal de que era o mais velho e, outrossim, experiente o bastante para poder dizer inclusive que já tinha um "passado".

Entre Sosuke e Koroku nasceram ainda dois meninos, ambos já ausentes por morte prematura, de modo que, apesar de irmãos, havia entre aqueles dois uma diferença de quase dez anos. Além do mais, devido a certas circunstâncias, Sosuke tivera de se transferir para Kyoto no primeiro ano da universidade, havendo convivido com o irmão apenas até seus 12 ou 13 anos. Sosuke ainda trazia na memória a imagem do pirralho birrento, de temperamento difícil, que esperneava por qualquer coisa. Naqueles tempos o pai deles ainda era vivo, e não eram ruins as condições da casa — viviam bem, mantendo inclusive o próprio puxador de riquixá morando com eles no conjunto de imóveis que possuíam. Esse puxador de riquixá tinha um filho três anos mais novo que Koroku, e os dois peraltas brincavam sempre juntos. Certo verão, sob pleno sol do meio-dia, os meninos amarraram cada qual um saco de doces à ponta de uma longa vara e entretinham-se sob um caquizeiro vendo quem conseguia apanhar cigarras. Notando isso, Sosuke chamou o amiguinho de Koroku: "Kenbo, você vai pegar uma insolação se ficar com a cabeça no sol desse jeito", e em seguida atirou-lhe um velho chapéu de palha que pertencia ao irmão. Este, enfurecendo-se por um pertence seu ter sido dado sem permissão a outra pessoa, puxou num átimo o chapéu que Kenbo recebera, lançou-o ao chão e saltou-lhe por cima, pisoteando-o até o destruir por completo. Sosuke pulou de pés descalços da varanda e deu um murro na cabeça de Koroku. Desde esse ocorrido, o irmão menor firmou-se em seu imaginário como um pirralho birrento.

No segundo ano da universidade, Sosuke viu-se obrigado a abandonar os estudos. Esteve ainda impossibilitado de retornar para a casa da família em Tóquio. Mudou-se logo de Kyoto para Hiroshima e passou lá meio ano, época em que seu pai morreu. A mãe já havia falecido seis anos antes. Restaram na família apenas a namorada do pai, que tinha cerca de 25 anos, e Koroku, que contava então com 16.

Sosuke recebera um telegrama dos Saekis e pela primeira vez em muito tempo foi para a capital, onde, depois de encerrado o velório, lançou-se a ajustar os negócios da família. À medida que investigava, no entanto, descobriu que a fortuna que imaginava possuir seu pai era muito aquém do esperado e, para seu espanto, as dívidas, que julgava não haver, pelo contrário, se faziam muitas. Consultou Saeki, seu tio, que lhe disse não haver alternativa senão vender a casa. Decidiu-se que dariam uma quantia razoável de dinheiro à companheira do pai e cortariam laços com ela. Koroku seria levado para a casa do tio, e por ora dependeria dele. Todavia, o problema principal, vender a casa e o terreno, não se resolveria de uma hora para outra. Sosuke foi forçado a pedir provisoriamente uma quantia ao tio, para resolver sua vida em um primeiro momento. O tio era um empreendedor que já havia se arriscado em negócios diversos, sempre sem sucesso — um homem de espírito aventureiro, por assim dizer. Em tempos passados, antes de Sosuke sair de Tóquio, era costumeiro o tio aparecer para persuadir seu pai, o mais velho dos dois, usando de astúcia a fim de lhe arrancar dinheiro. Era provável que houvesse também algum interesse para seu pai nos assuntos, mas isso não mudava o fato de que não fora pouca a fortuna investida desse modo nos negócios do tio.

À época em que seu pai faleceu, a situação do tio não aparentava diferir muito da de antigamente. Contudo, além de que havia decerto alguma obrigação para com o defunto, e ademais porque, a julgar pelas aparências, era natural por parte do tio demonstrar relativa flexibilidade em momentos de necessidade, Saeki cuidou de bom grado para que tudo se colocasse em ordem. Em virtude disso, Sosuke confiou às mãos dele tudo que dizia respeito à venda da casa. Resumindo, o acerto era tal como se o rapaz houvesse oferecido a Saeki a propriedade como garantia pelo empréstimo de emergência que recebera. "Afinal, para vender um bem desses sem prejuízo, é necessário olhar quem compra", dissera-lhe o tio.

Os objetos da casa, por estarem apenas ocupando espaço, foram também todos vendidos, salvo alguns itens de maior valor, a saber, cinco ou seis pergaminhos ornamentais e uma dúzia de antiguidades. Seu tio defendeu que seria uma lástima não despender a devida paciência para procurar compradores interessados e, visto que Sosuke era da mesma opinião, entregou os artigos aos seus cuidados. Subtraindo todas as despesas, a quantia que restou nas mãos de Sosuke foi de cerca de 2 mil ienes, mas não tardou para que ele se apercebesse da necessidade de reservar parte disso para financiar os estudos de Koroku. Fosse enviar todo mês um determinado valor, todavia, naquele momento em que ainda não havia conseguido atingir a estabilidade de então, possivelmente acabaria em maus lençóis e se veria impossibilitado de perpetuar a mesada. Destarte, por mais que lhe fosse amargo fazê-lo, transferiu ao tio metade do dinheiro que sobrara e deixou o irmão a cargo dele. Uma vez que o próprio Sosuke abandonara os estudos na metade, ele desejava ao menos fazer do caçula alguém na vida, de modo que, antes de retornar a Hiroshima, despediu-se com a vaga esperança de que, quando acabassem os mil ienes, ele encontraria algum jeito de auxiliar Koroku novamente, ou conseguiria que os Saekis o fizessem.

Não se passou meio ano antes que chegasse uma carta escrita pelo punho do tio, dizendo que ficasse tranquilo, pois haviam enfim vendido a casa. Contudo, como não constava nada que indicasse o valor pelo qual realizaram negócio, Sosuke sem demora perguntou a respeito. A resposta custou duas semanas a chegar, e se resumia a uma reafirmação de que ele não precisava se preocupar, posto que o dinheiro era suficiente para cobrir o empréstimo de outrora. É verdade que Sosuke sentiu uma ponta de insatisfação diante dessa resposta e, porque o tio havia escrito na mesma mensagem que lhe contaria os detalhes quando pudessem encontrar-se pessoalmente, dispôs-se de pronto a ir até Tóquio. Relatou os fatos à mulher, em parte para consultá-la, e ela, com a expressão de dó, disse com o sorriso costumeiro: "Mas, se não podemos ir, não há o que fazer." Na ocasião, sentindo tal como se houvesse recebido de sua esposa pela primeira vez uma sentença, Sosuke cruzou os braços e quedou-se algum tempo a pensar. Contudo, não importava o plano que lhe ocorresse, estava aprisionado em uma posição e em circunstâncias tais que de fato tornavam impossível a viagem. Enfim, deixou tudo por estar.

Sem outra solução, trocou mais três ou quatro correspondências na tentativa de elucidar a questão a distância, mas a resposta era sempre idêntica, que tratariam de detalhes quando se encontrassem pessoalmente — era como se os Saekis possuíssem um carimbo com esses dizeres.

"Assim não há jeito", Sosuke fechava o rosto para exprimir sua raiva e olhava para Oyone. Passados três meses, finalmente acharam os meios para a viagem, mas, bem quando Sosuke pensava poder sair com a esposa para a capital depois de tanto tempo, acamou-se devido a um resfriado. O resfriado transformou-se em um tifo intestinal, que o prendeu ao leito por mais de sessenta dias e, mesmo depois desse período, manteve-o convalescente por outros trinta, a ponto de não conseguir trabalhar. Tão logo sarou por completo, Sosuke viu-se obrigado a deixar Hiroshima e transferir-se dessa vez para os lados de Fukuoka. Ponderou que essa seria uma boa oportunidade, pois poderia passar brevemente por Tóquio antes da mudança. Todavia, foi outra vez limitado por circunstâncias diversas, de modo que lançou seu destino na direção para a qual o trem o levou, sem realizar seu projeto. A essas alturas, ele já havia usado quase todo o dinheiro que restara para si depois de se desfazer da casa da família em Tóquio. A vida que levou por cerca de dois anos em Fukuoka foi deveras árdua. Lembrava-se bem do passado distante, quando ainda estava em Kyoto como estudante e, sob escusas diversas, pedia ao pai, sempre que bem entendesse, quantias elevadas para os gastos com os estudos, as quais acabava utilizando a seu bel-prazer. Ao comparar com suas condições em Fukuoka, prostrava temente à impassibilidade do carma. Certa feita, recordando uma primavera que encerrara sem alarde, pela primeira vez refletiu que aquela época fora o zênite de sua prosperidade, a qual ora lhe passava à frente dos olhos despertos como uma neblina distante. Quando não podia mais conter a angústia, manifestava-se:

— Oyone, faz tempo que não tocamos mais no assunto, mas que tal se tentássemos conversar com o pessoal de Tóquio novamente?

Oyone, é claro, não se opunha. Apenas fitava o chão e respondia com certa insegurança:

— Acho ruim. Afinal, seu tio não tem uma gota de confiança em você.

— Pode até ser que ele não confie em mim, mas eu é que tampouco confio nele — dizia Sosuke com empáfia, embora parecesse lhe amolecer de súbito a coragem ao ver a imagem de Oyone cabisbaixa. Trocas assim se repetiam a princípio todo mês, mas em seguida os intervalos passaram a ser de dois, depois de três meses, até que um dia Sosuke disse: — Bem, que seja, se ao menos Koroku fizer algo por si. Quanto ao que vai ser do futuro, quando pudermos vamos a Tóquio e conversamos com eles. Não acha, Oyone, não está bem assim?

— Está bem, sim — respondeu a mulher.

Desse dia em diante Sosuke deixou os Saekis de lado. Refletindo sobre o próprio passado, ele se deu conta afinal de que não tinha o direito de dirigir-se ao tio com o que não passava de uma exigência por dinheiro. Por consequência, desde o princípio e até então jamais colocara em papel consultas dessa sorte. Vez por outra lhe chegava alguma carta de Koroku, mas eram em sua maioria formalidades, sobremaneira curtas. Sosuke recordava o irmão apenas do modo como o encontrara em Tóquio após a morte do pai, razão pela qual ainda o imaginava quase como uma criança inconsequente, e porque não havia lhe ocorrido o ímpeto de pedir a ele que negociasse com o tio em seu lugar.

Sem aguentar o frio que sentia por se recluir dos raios do sol da sociedade, o casal se abraçava em busca do calor um do outro, contando apenas consigo mesmos para levar a vida. Nos momentos mais penosos, Oyone dizia sempre a Sosuke: "Ora, não há outro jeito, afinal", enquanto Sosuke dizia para ela: "É, a gente aguenta."

Conquanto palavras como desistência ou pertinácia fossem trocadas de modo contínuo entre os dois, futuro ou esperança eram termos dos quais pouco se viam a sombra. Não era comum falarem do passado. Por vezes aparentavam inclusive fugir do tópico, como se houvessem combinado a respeito. Havia ocasiões em que Oyone consolava o marido: "Dentro em breve, sem dúvida, vai acontecer algo bom novamente. Há de ser, porque o mundo não é feito só de desgraças." Para Sosuke, a sensação era de que o destino, que o manuseava como a um brinquedo, tomava emprestada a boca da mulher para dele escarnecer. Nesses casos, ele permanecia em silêncio e se restringia a esboçar um sorriso amargo. Caso Oyone, sem atentar para tanto, fizesse menção de continuar a falar, o marido lançava-lhe então resoluto estas palavras: "Creio que pessoas como nós não têm o direito de esperar algo de bom do futuro." Ela enfim compreendia a situação e selava os lábios. Quedavam-se destarte mudos a olhar um para o outro, inadvertidamente despencando juntos para dentro do negro e imenso buraco que eles próprios cavavam, chamado passado.

Por suas próprias ações, eles haviam borrado seu futuro. Por isso, sem serem capazes de reconhecer um matiz vívido na direção em que rumavam, apetecia-lhes apenas o fato de seguir de mãos dadas pelo caminho da vida. Inclusive no tocante à venda da casa pelo tio, nunca tiveram muitas expectativas. Se em alguma ocasião Sosuke dizia, como se houvesse recém-lembrado:

— Mas, pelos valores de mercado de agora, mesmo que a casa tenha sido vendida quase de graça, deve ter chegado ao dobro do que meu tio me emprestou naquela época. Que tolice eu fiz, não é mesmo? — Oyone sorria desamparada e respondia:

— Ainda aquele terreno? Está sempre pensando nisso. Pois você mesmo disse a seu tio que deixava tudo aos cuidados dele, não foi?

— Não tive saída. Se naquela ocasião não tivesse feito isso, não teria dado conta de me arranjar sozinho — dizia Sosuke.

— Pois é o que digo. Seu tio pode muito bem ter lhe dado o dinheiro já contando que ficaria com a casa e o terreno em troca.

— Mas, se ele contava de fato com isso, foi muito feio da parte dele — embora Sosuke replicasse assim, ao olhar o caso pelos olhos da esposa ele reconhecia que fora até razoável o modo como o tio havia resolvido o assunto, de modo que essa questão era relegada cada vez mais para o pano de fundo das conversas do casal.

Ao cabo de dois anos, ao longo dos quais o casal convivera desse modo íntimo e solitário, Sosuke por acaso encontrou um ex-colega de classe, um homem chamado Sugihara, com quem mantivera estreita amizade durante os tempos de estudante. Após se graduar, Sugihara havia sido aprovado em concurso público para algum cargo elevado, e já havia então assumido o posto em certo ministério. Nesse ano, entretanto, ele precisara sair de Tóquio e ir até Fukuoka e Saga, em viagem de trabalho. Sosuke chegou a tomar conhecimento, pelo jornal da região, de quando Sugihara chegaria e onde se hospedaria, mas, refletindo sobre sua condição de perdedor, cuidou que seria vergonhoso o contraste ao ter de se prostrar ante o bem-sucedido colega. Além do mais, possuía razões particulares para evitar um encontro com o velho amigo da escola, de modo que não houve nele a mínima vontade de visitar o hotel.

Sugihara, contudo, soubera por meios inesperados que Sosuke ora se recluía naquela mesma cidade, e insistiu por encontrá-lo, tanto que este se viu forçado a ceder. E foi justamente graças ao tal Sugihara que Sosuke pôde enfim se transferir de Fukuoka para Tóquio. Quando veio a carta do amigo dizendo que já havia feito os preparativos para ele, Sosuke largou os pauzinhos de comer:

— Oyone, enfim poderemos ir para Tóquio!

— Oh, que coisa boa! — disse Oyone mirando o rosto do marido.

Durante as primeiras semanas na capital, os dias se passaram vertiginosos. Atropelados pela inevitável atribulação que acompanha o estabelecimento de um novo lar e a busca por um novo emprego, bem como pela atmosfera da cidade grande que os envolvia, com seus estímulos a vibrarem intensamente dia e noite, acharam-se sem folga para pensar com atenção no caso ou para fazer algum plano com mais calma.

Quando chegou a Shin'bashi em uma maria-fumaça, Sosuke viu o rosto dos tios pela primeira vez em muito tempo. Porventura fosse efeito da iluminação, mas aos seus olhos a cor nas faces de ambos não se refletia de forma vibrante. Houvera um acidente no meio da viagem, o que atrasara a chegada do trem em trinta minutos, e ambos tinham o semblante de quem havia esperado demais, como se o imprevisto tivesse sido culpa de Sosuke.

As palavras que Sosuke ouviu da tia na ocasião resumiram-se a uma frase:

— Nossa, So, fico algum tempo sem o ver e você envelhece tanto assim?

Era a primeira vez que Oyone encontrava os tios do marido.

— Esta é aquela... — a tia olhou hesitante para Sosuke. Sem saber como cumprimentá-los, Oyone apenas fitou o chão, emudecida.

Koroku, é claro, foi junto com os tios para receber o casal. No que Sosuke avistou a figura do irmão, ficou estarrecido com o modo como este havia crescido, tornando-se mais alto que ele próprio. Koroku, naquela época, havia acabado de concluir o Ensino Médio e estava pensando então em ingressar em uma Escola Superior. Olhou para Sosuke e, sem lhe chamar "Mano!", ou mesmo desejar "Boas-vindas!", fez apenas uma saudação desajeitada.

Sosuke e Oyone passaram cerca de uma semana em um hotel, e depois se mudaram para a residência atual. Os tios foram assaz prestativos à época. Afirmando que não havia necessidade de comprar quinquilharias, como utensílios para a cozinha, enviaram ao casal um conjunto completo dos objetos que se fariam necessários para um pequeno lar, anunciando que eram velhos, mas, caso não se importassem, poderiam fazer uso deles. Não fosse o bastante, disseram: "Como você está construindo um novo lar, deve precisar de muitas coisas", e lhes ofereceram sessenta ienes.

Após fixar moradia, azafamado com isso ou aquilo, Sosuke viu passar a metade de um mês. Durante esse período, o assunto da casa, que tanto lhe causara preocupação quando estava morando longe, não havia sido ainda tratado com o tio. Certo dia foi Oyone quem indagou:

— Você falou sobre aquele assunto com o seu tio?

Sosuke respondeu como se a pergunta o fizesse lembrar de súbito:

— É, ainda não falei.

— Que estranho, e imaginar que você estava tão preocupado — a mulher deu uma leve risada.

— Ora, pois se não me sobra folga para falar daquilo com calma — defendeu-se.

Mais dez dias se passaram. Dessa feita foi Sosuke quem se manifestou:

— Oyone, ainda não tratei daquele assunto. Não gosto nem de pensar mais, pois não sei como abordá-lo.

— Se não lhe agrada, não precisa se forçar a falar.

— Não preciso?

— Vem perguntar para mim? O problema não era seu desde o início? Para mim nunca fez diferença — respondeu Oyone.

— Certo, acho que fica esquisito trazer o caso à mesa em ar solene, então vou deixar para perguntar quando surgir uma boa ocasião. Tenho certeza de que em breve vai aparecer a oportunidade — Sosuke acabou procrastinando.

Koroku dormia na casa do tio, onde nada lhe faltava. Caso prestasse o exame de admissão e ingressasse na Escola Superior, seria preciso que se mudasse para um dormitório estudantil, mas as aparências indicavam que ele já havia tratado sobre isso com seu hospedeiro. Quiçá porque não era seu irmão mais velho, recém-chegado à capital, quem lhe fornecia a verba para os estudos, o rapaz não ia até Sosuke para tratar de assuntos pessoais com a mesma intimidade que os tratava com o tio. Quanto à relação com seu primo, Yasunosuke, até então havia sido das melhores. Eles, sim, pareciam irmãos.

Começou a parecer distante a Sosuke o caminho da casa do tio. Se de vez em quando ia até lá, não passava de uma visita de formalidades, não lhe sendo possível evitar no caminho de volta uma sensação de aborrecimento. Com o tempo, já havia vezes em que desejava poder voltar tão logo findassem a troca de lugares-comuns a respeito do clima. Em dias assim, preferia mesmo permanecer sentado por trinta minutos seguidos a ter de se esforçar em falar banalidades. O anfitrião, da mesma forma, dava ares de se sentir um tanto irrequieto, reprimido.

O mais usual era sua tia dar cabo da conversa com um "ora, não está bem assim?", e com isso se agravava a sensação de que ele não queria estar ali. Não obstante, caso ficasse algum tempo sem ir até lá, sentia no fundo do peito uma insegurança como se lhe fosse ferido o espírito, e acabava por visitá-los de novo. Vez por outra, acontecia de ele ir apenas para agradecer: "Desculpem, sei que Koroku deve ser um estorvo." Quanto às despesas com os estudos do irmão, todavia, ou quanto ao terreno que pedira ao tio para vender em sua ausência, já não lhe apetecia mais falar. De todo modo se fazia claro que, se Sosuke volta e meia saía a algum lugar que lhe era tão desinteressante como a casa do tio, ainda que com certa falta de vontade, não era por nenhum sentimento trivial de obrigação, visando manter as relações familiares entre tio e sobrinho: suas visitas eram antes resultado de ele trazer no coração a esperança de solucionar todas as questões, caso um dia surgisse a oportunidade.

— So mudou completamente, não é mesmo? — perguntou a tia certa vez ao marido.

— É verdade. Não há dúvida, depois de um caso como aqueles, os efeitos duram para sempre — dando ares de quem achava temível a força do carma.

— É de fato assustador. No passado ele não era um rapaz assim tão apático; não, senhor, era animado até demais, um espevitado. Então ficamos dois ou três anos sem o ver, e ele envelheceu tanto que até parece outra pessoa. Agora está mais para um senhor de idade do que você.

— Isso já é exagero — replicou o tio.

— Não digo pelos cabelos ou pelo rosto, mas pela atitude — ela se defendeu.

Não foram uma ou duas vezes, desde que Sosuke se transferira para a capital, que o casal de tios trocara conversas dessa sorte. Na prática, sempre que ele aparecia para visitá-los, a imagem que se refletia nos olhos dos dois era a de um ancião.

Já Oyone, que fora apresentada aos tios na ocasião em que havia recém-chegado a Shin'bashi, jamais cruzara a porta da casa destes. Quando vinham os tios para visitá-los, tratava-os muito bem. Contudo, se antes de partirem a convidassem, "Por que você também não aparece alguma hora?", ela apenas baixava a cabeça agradecendo, mas jamais saía para vê-los. Inclusive Sosuke certa vez recomendara:

— Que tal se você fosse ao menos uma vez à casa de meu tio?

— Mas... — hesitou com uma expressão esquisita, e Sosuke desde então não tocou mais no assunto.

Os dois casais passaram cerca de um ano tratando-se nesses termos. Foi então que o tio, que diziam parecer mais novo que o sobrinho, morreu de repente. Caso agudo de meningite, disseram. Permanecera acamado por dois ou três dias acreditando se tratar de um resfriado, e teve um ataque fulminante ao ir lavar as mãos quando retornava do banheiro. Caiu ainda segurando a concha de água, e antes do fim do dia seu corpo já estava frio.

— Oyone, meu tio acabou morrendo sem eu haver conversado com ele — disse Sosuke.

— E você ainda pretendia falar naquilo? Você é obstinado mesmo.

Passou-se mais um ano e o filho de seu tio, Yasunosuke, graduou-se na universidade, enquanto Koroku iniciou o segundo ano na Escola Superior. A tia passou a morar com Yasunosuke, na casa em Nakaroku-bancho.

Nas férias de verão do terceiro ano, Koroku viajou para as praias de banho em Boshu. Permaneceu lá por mais de um mês, adentrando setembro. Seguiu em linha reta de Hota até a margem oposta, e depois seguiu pela costa de Kazusa, passando por Kujukuri até chegar em Choshi, de onde enfim se dirigiu para Tóquio, como se houvesse de súbito se lembrado da necessidade de voltar. Ele fora visitar a casa de Sosuke logo após retornar, quando não haviam passado senão dois ou três dias, em uma tarde de outono na qual o sol ainda se fazia forte. Bronzeado a ponto de poder ser confundido com outra pessoa, com um rosto negro no qual só os olhos reluziam, ele entrou na sala mal-iluminada pelo sol e quedou-se deitado à espera do irmão. Levantou-se de um salto assim que viu o rosto deste chegar e disse:

— Mano, eu vim porque queria falar sobre um assunto com você.

Como Koroku mantinha o tom austero, Sosuke sobressaltou-se e, a despeito do calor, deu-lhe ouvidos sem sequer trocar o terno que vestia.

De acordo com o que disse Koroku, poucos dias antes, na noite em que ele retornara de Kazusa, a tia havia lhe informado que, conquanto fosse uma lástima, só poderia lhe fornecer o dinheiro para os estudos até o final daquele ano. Posto que desde a morte do pai, quando o rapaz se mudara de imediato para a casa dos tios e continuara a frequentar a escola, a comprar à vontade as roupas de que precisava e ainda a receber uma mesada substancial, vivia até então sem dar pela falta de nada, tal como nos tempos em que o pai ainda era presente. Até a referida noite, portanto, não havia lhe passado pela cabeça a questão da verba para os estudos, de modo que ficara pasmo ao ouvir a declaração da tia e, dizia ele, não conseguira sequer responder.

O rapaz contou também que a tia, como mulher que era, com pesar lhe explicou por uma hora a fio o porquê de não poder mais financiar seus estudos. Entre as razões citadas por ela, incluíam-se a morte do marido, as mudanças financeiras decorrentes do falecimento, a graduação de Yasunosuke e ainda a questão do casamento deste, que surgiu após o término de seus estudos.

"Eu gostaria de poder ajudar ao menos até você completar a Escola Superior, e era pensando nisso que vínhamos nos esforçando até hoje", Koroku repetiu as palavras que a tia teria dito. Na noite em que falou com ela, o rapaz por acaso se lembrou de que, alguns anos atrás, quando Sosuke viera a Tóquio para tratar do velório do pai de ambos, após resolver tudo que havia para ser resolvido e, antes de retornar para Hiroshima, dissera-lhe que estava deixando o dinheiro para seus estudos com o tio Saeki. Ao perguntar a respeito desse dinheiro para a tia, no entanto, ela respondera com uma expressão de surpresa:

— Que naquela época So deixou alguma coisa, isso ele deixou, mas daquilo não sobrou nada. Desde quando seu tio ainda era vivo, nós já vínhamos tirando sua mesada do nosso bolso.

Como Koroku não havia perguntado ao irmão qual fora o montante reservado para seus estudos, ou quantos anos de despesas ele previra ao deixar o dinheiro com o tio, não achou meios de redarguir com uma palavra sequer.

"Mas você não é sozinho no mundo, também tem o seu irmão. Por que não tenta conversar com ele? Eu, de minha parte, também vou encontrar-me com So para explicar tudo. O problema é que nestes dias So já não aparece mais, e eu também tenho faltado em visitá-lo, por isso não houve como conversar com ele sobre você, de outro modo eu já o teria feito", sua tia teria acrescentado no final.

Quando ouviu a história toda de Koroku, Sosuke apenas fitou o rosto do irmão, e foi sucinto:
— Que problema.
Se por um lado ele não aparentava estar prestes a correr de pronto até a casa da tia para resolver o assunto, exaltando-se como nos tempos de outrora, por outro também não parecia desgostar da mudança súbita de tratamento que recebia do irmão, que até então passara muito bem sem ele, mantendo-se sempre distante.

Sosuke observou a silhueta de Koroku ao ir embora, reconhecendo nele o coração aflito de um jovem que já via meio em ruínas, e ademais por culpa de outrem, o belo futuro que havia idealizado para si mesmo. Em pé sobre a divisa do vestíbulo escuro, o irmão mais velho observou por alguns instantes a luz do poente que se projetava por detrás da grade da porta.

Naquela noite, Sosuke cortou duas folhas da grande bananeira que havia atrás da casa, estendeu-as sobre a varanda da sala para sentar-se com a esposa, a refrescar-se, quando contou a ela o que lhe dissera Koroku.

— O que sua tia pretende é que tomemos conta de Koroku? — perguntou Oyone.

— Bem, enquanto eu não for conversar com ela, não se pode saber o que ela está pensando.

— Com certeza é isso — replicou logo a mulher, enquanto abanava um leque em meio ao breu. Sem nada dizer, Sosuke apenas fitou a estreita linha de céu que se deixava ver por entre o beiral do telhado e o paredão. Ambos ficaram calados por algum tempo, até que Oyone continuou: — Mas não temos condições, não é?

— Formar alguém na universidade está completamente fora do meu alcance — Sosuke deixou claro suas próprias limitações.

A conversa desviou-se para outros assuntos, e não retornou mais nem para Koroku, nem para a tia. Poucos dias depois, chegando justamente o sábado, Sosuke aproveitou para ir até a casa da tia na volta da repartição.

— Minha nossa, que visita rara — disse, recebendo o sobrinho de forma mais hospitaleira do que de costume. Suportando o desgosto da conversa, Sosuke fez à tia todas as perguntas que guardara consigo desde cinco anos atrás. Ela não pôde deixar de contar-lhe tudo o que sabia.

Conforme o relato da mulher, embora ela não recordasse ao certo a quantia que seu marido conseguira com a venda do casarão, o dinheiro não apenas fora suficiente para cobrir o empréstimo que Sosuke havia feito no passado, como ainda o ultrapassava em cerca de 4,4 mil ienes. Entretanto, era do entendimento do falecido que Sosuke lhe havia cedido a propriedade, motivo pelo qual o dinheiro conseguido no negócio seria do tio por direito. Ele sentir-se-ia desconfortável, porém, caso o acusassem de estar lucrando com a venda de um bem alheio, o que o fez guardar os sobejos para Koroku, convertendo o capital em uma poupança para o garoto. Sosuke, que deveria afinal de contas ter sido deserdado depois do que fizera no passado, não mereceria, é claro, nem um centavo.

— So, não vá se zangar. Estou somente contando o que disse o seu tio — precaveu-se a mulher. Sosuke ouvia calado.

O capital que deveria ter sido guardado para Koroku, infelizmente, por obra do tio, logo se converteu em uma casa numa animada avenida de Kanda. Antes mesmo de o segurarem, o imóvel queimou por completo em um incêndio. Como desde o início não haviam mencionado nada a Koroku, deixaram isso por estar, ocultando a perda do dinheiro.

— Sei que é uma lástima para você ouvir isso, mas, de qualquer forma, é algo que não tem mais conserto: podemos apenas nos conformar pensando nisso como obra do destino. É claro, caso seu tio ainda estivesse vivo, talvez ainda se pudesse fazer alguma coisa. Mas Koroku também não está sozinho. Imagine, mesmo agora, que seu tio não está mais entre nós; tivesse eu condições, devolveria para

Koroku algo no mesmo valor da casa queimada, ou, quando pouco, faria o possível para ajudá-lo ao menos a terminar os estudos.

Com isso, a tia revelou-lhe outra história que se passava no pano de fundo da situação. Falou-lhe sobre o trabalho de Yasunosuke.

Yasunosuke era filho único dos Saekis, um jovem que no último verão havia acabado de sair da universidade. Além de haver sido criado em um lar aconchegante, não possuía tantas relações quanto os colegas de classe da mesma idade, de modo que ingressou na sociedade como um rapaz até alienado do mundo, poder-se-ia dizer, embora de certo modo carregasse nesse seu alienamento a virtude da complacência. Posto que sua especialidade era engenharia mecânica, é evidente que nas inúmeras empresas que existem no Japão haveria de existir uma ou duas vagas adequadas para ele, não obstante a febre industrial já haver se atenuado naquele momento. O rapaz aparentava, no entanto, levar dentro de si a tendência aventureira do pai. Cuidava que só estaria satisfeito caso trabalhasse em algum projeto pessoal, quando ao acaso encontrou um veterano egresso da mesma faculdade, o qual havia aberto uma fábrica pelos arredores de Tsukijima, um local de uso privado, conquanto pequeno. Consultou o companheiro e concordaram que ele também poderia tomar parte no empreendimento, mediante a contribuição de certo capital. Era esse o ponto oculto da história que a tia queria revelar.

— Nós usamos então, para esse fim, todas as poucas ações de que ainda dispúnhamos, e agora estamos praticamente sem um centavo, veja só. Claro, para quem vê de fora, somos uma família pequena, que tem casa própria, então não é de se espantar que nos achem muito bem de vida. Recentemente, a mãe de Hara veio aqui e me disse: "Nossa, não há ninguém mais livre de preocupações do que você, sempre que a visito está lavando com afinco as folhas de lírio japonês." Pois acontece que ela está muito enganada.

Sosuke estivera distraído enquanto ouvia a explicação, de modo que ao fim não lhe ocorreu nenhuma resposta que fosse. Em seu íntimo, reconheceu que talvez isso fosse prova da influência da neurastenia, que o privara da mente outrora capaz de julgamentos ligeiros e coesos. Como se a mulher suspeitasse que Sosuke não acreditaria nos fatos como ela acabara de contar, disse ainda a quantia do capital investido por Yasunosuke. Foram cerca de 5 mil ienes. Por ora, seu primo seria obrigado a viver apenas com o salário que recebia e os dividendos oriundos dos 5 mil ienes.

— E nem sabemos o que será desses tais dividendos. Caso dê tudo certo, não devem passar de 10 ou 15%, e ainda se corre o risco de terminar tudo em fumaça, caso um dia aconteça algum problema — acrescentou ela.

Visto que Sosuke não conseguia identificar na atitude de sua tia nenhum sinal claro de insídia, conquanto no íntimo se atormentasse em grande medida, sentiu que seria uma grande tolice retornar para casa sem falar nada a respeito do futuro de Koroku. Destarte, deixando de lado a questão de que tratavam até o momento, resolveu indagar a respeito dos mil ienes que no passado deixara para o tio com o propósito de pagar os estudos do irmão, ao que sua tia respondeu:

— So, aquele dinheiro, sim, Koroku usou todinho. Desde que ele entrou na Escola Superior, já de início se gastaram uns setecentos ienes com isso e aquilo mais.

Uma vez que já havia entrado no assunto, Sosuke aproveitou para confirmar também o destino dos pergaminhos e das antiguidades que confiara ao tio juntamente com o dinheiro.

— Ah, aquilo... aconteceu algo inacreditável... — principiou a dizer e, analisando a reação do sobrinho, perguntou: — Ah, é verdade, So, ainda não havíamos contado para você, não é mesmo? — Sosuke respondeu que não, e ela continuou: — Ora, pois é, é que seu tio esqueceu — e contou-lhe em seguida a história toda.

Não muito após Sosuke haver retornado para Hiroshima, o tio requisitara a um homem com quem mantinha grande amizade, um tal Sanada, que vendesse os itens da melhor maneira possível. Como esse homem era versado em negócios concernentes a objetos daquela sorte, estando sempre a frequentar locais diversos para mediar vendas, aceitou de pronto o pedido. Anunciando que um Fulano de Tal desejava comprar algum artigo, mas gostaria de averiguá-lo antes, ou que um Senhor Beltrano intencionava adquirir outro item, e seria bom mostrar-lho, saía com os objetos e não os devolvia mais. Caso insistissem a respeito, ele apenas pretextava que o possível comprador ainda não havia lhe dado resposta, sem jamais concluir nenhuma venda, até que, quando começava a tornar-se evidente que os itens já não estavam mais em suas mãos, fugia dos olhos do mundo.

— Mas um biombo ainda nos sobrou. Há pouco tempo demos por conta que era seu, na ocasião da mudança, e se me lembro bem Yasu ainda disse: "Quando tivermos a oportunidade, vamos devolver para o primo."

A história da tia sugeria que eles não conferiram a menor importância aos objetos que Sosuke lhes confiara. Todavia, como o próprio havia deixado até então o assunto de lado, sem dar-lhe maior atenção, não se irritou mesmo ao visualizar a expressão da mulher, que não aparentava ter nenhum peso na consciência.

— So, veja só, nós não estamos usando, afinal, então por que você não o leva consigo? Não dizem que coisas assim valem uma fortuna hoje em dia? — ouvindo essas palavras da tia, Sosuke sentiu de fato vontade de levar o biombo para casa.

Pediu que retirassem o objeto do armário e, ao observá-lo em local iluminado, lembrou que sem dúvida já havia visto antes aquela divisória de duas folhas. Na parte inferior, viam-se desenhadas lespedezas, campainhas-da-china, capins pisca-pisca, *kudzus*[17] e patrínias, uma flora encimada pela cor prateada de uma lua cheia, ao lado da qual se via um espaço com o título e a assinatura da obra: *Jardim e céu enluarado em redor de patrínias* — Ki'ichi.[18] Sosuke ajoelhou-se e observou atento a região onde a cor prateada enegrecia queimada, a imagem das folhas das *kudzus*, que eram sopradas do avesso pelo vento, mostrando seu verso de coloração seca, e passou por fim os

---

17. Vinha nativa do sul do Japão, pertencente ao gênero *Pueraria*.
18. Ki'ichi Suzuki (1796-1858), pintor japonês reconhecido como vanguardista do movimento *nihonga*, que privilegiava pinturas em estilo clássico japonês e ganharia popularidade pouco tempo após sua morte, como contraponto em relação às técnicas ocidentais de pintura.

olhos a outra assinatura, Hoitsu[19], localizada dentro do halo lunar encarnado, de enorme diâmetro. Não pôde deixar de recordar os tempos em que seu pai ainda era vivo.

Sempre que chegava o Ano-Novo, o pai de Sosuke retirava sem falta o biombo de dentro de um depósito lúgubre e o armava como divisória no vestíbulo, dispondo à frente uma caixinha de jacarandá quadrada para receber os cartões congratulatórios. Nessas ocasiões, ele também pendurava na alcova da sala de visitas um conjunto de dois pergaminhos ornamentais com o desenho de um tigre, pois, segundo ele, eram obra de um mestre. Sosuke nunca esqueceu de como certa vez o pai lhe fizera ouvir: "Não se trata de Ganku[20], mas de Gantai."[21] No desenho do tigre havia um borrão de tinta. O pai incomodava-se deveras com a pequena mancha no focinho do felino, que estendia a língua para beber da água de um vale. Toda vez que via Sosuke, o pai fazia uma expressão única que não se sabia ser de ressentimento ou de graça, dizendo: "Você se lembra de ter manchado este local aqui com tinta? Isto aqui foi traquinagem sua, nos tempos de peralta."

Sentado formalmente no chão em frente ao biombo, Sosuke pensava no seu passado distante em Tóquio.

— Tia, eu vou ficar com esse biombo, então.

— Ah, sim, fique mesmo. Deixe que eu entrego para o criado levar — acrescentou ela com gentileza.

Sosuke deixou para a tia cuidar dos detalhes e encerrou o dia, recolhendo-se para casa. Após o jantar, saiu com Oyone mais uma

---

19. Hoitsu Sakai (1761-1829), pintor e ator japonês responsável pelo renascimento da escola artística *rinpa*, caracterizada pelos motivos inspirados na natureza e na utilização de técnicas tradicionais japonesas. Foi mestre de Ki'ichi Suzuki.
20. Ganku (1756-1838), pintor japonês famoso por suas pinturas de tigres.
21. Gantai (1782-1865), filho de Ganku. Embora tenha seguido os passos do pai nas artes, suas obras são consideradas inferiores.

vez até a varanda e, um ao lado do outro com seus *yukata*[22] brancos, a se refrescarem, conversaram sobre os eventos do dia.

— Você não se encontrou com Yasu? — perguntou a esposa.

— Não, disseram que inclusive nos sábados ele fica na fábrica até anoitecer.

— Está fazendo das tripas coração, não é? — Oyone resumiu-se a esse comentário, sem acrescentar nenhum parecer sobre as medidas tomadas pela tia ou pelo tio.

— Mas eu me pergunto, e quanto a Koroku? — indagou Sosuke.

— Pois é — disse ela apenas.

— Sendo razoáveis, nós até temos motivos para reclamar. Mas, se tentarmos dizer algo, vai acabar em caso judicial, e sem provas não há como garantir que ganharíamos — previu Sosuke.

— Não precisamos ganhar causa nenhuma — disse Oyone logo em seguida, o que fez com que o marido desistisse da ideia com um riso amargo.

— Em suma, tudo isso aconteceu porque eu não pude vir para Tóquio naquela ocasião.

— E quando conseguimos vir para cá, também já nem nos importávamos mais com o caso.

Dando sequência à conversa, eles espiaram a estreita linha do céu por debaixo do beiral, trocaram opiniões sobre o tempo, e por fim foram para dentro do mosquiteiro.

No domingo que se seguiu, Sosuke chamou Koroku e lhe contou o que a tia havia dito, sem ocultar nada.

— Se titia não lhe ofereceu uma explicação melhor foi porque conhece o seu temperamento explosivo, ou porque pensa em você como uma criança e resolveu que seria por bem omitir; isso nem eu sei, mas os fatos são como eu relatei agora.

Por mais detalhada que fosse a explicação que lhe dessem, entretanto, Koroku não se dava por satisfeito. "É mesmo?", repetia apenas, encarando Sosuke com o rosto fechado de descontentamento.

— Ei, não há o que fazer. Nem sua tia nem Yasu estão mal-intencionados.

---

22. Quimono leve usado no verão.

— Isso eu sei — respondeu o irmão mais novo de forma áspera.

— Você acha que a culpa deve ser minha, então? Eu sou culpado, sem dúvida. Desde antigamente até o dia de hoje, só venho fazendo coisa ruim.

Sosuke deitou-se e ficou a fumar um cigarro, não falando mais nada. Koroku também se calou, contemplando o biombo de duas folhas de Hoitsu, armado a um canto da sala.

— Você se lembra daquele biombo? — perguntou o mais velho.

— Sim — respondeu Koroku.

— Os Saekis me entregaram anteontem. Dos bens do nosso pai, o que me resta nas mãos agora é só isso. Caso queira convertê-lo em dinheiro para os estudos, posso dar-lho agora mesmo, mas também não é graças a um único biombo embotado que alguém há de se graduar — disse Sosuke e, com um riso amargo, lembrou: — Com o calor que faz, colocar uma coisa dessas aberta aqui pode até parecer loucura, mas não tenho onde guardá-lo, então não há outro jeito.

Conquanto Koroku se sentisse sempre insatisfeito com o jeito despreocupado, letárgico do irmão, características que tanto distavam de sua própria disposição, mesmo nos casos extremos não era capaz de brigar com ele. Nessa ocasião, inclusive, perguntou amainado, como se de repente lhe houvessem puxado as rédeas:

— Não, não quero saber do biombo, gostaria apenas de saber o que será de mim daqui para frente.

— Essa é a questão. De qualquer modo, você pode aproveitar até o fim do ano para pensar com calma. Eu também vou pensar em algo — disse Sosuke.

Koroku começou então a protestar, dizendo que essa situação indefinida era detestável, em absoluto impossível de suportar, pois uma pessoa com o temperamento como o dele, mesmo que fosse às aulas, não conseguiria estudar sossegado, tampouco fazer em casa as leituras necessárias. A postura de Sosuke, porém, permaneceu inalterada. Diante das palavras de relativa insatisfação, ele acalmou os ânimos da conversa:

— Se você consegue se indignar a tal ponto por algo assim, estará bem haja o que houver. Pode até largar a escola e não vai ter problemas. Eu acho você muito mais digno que eu — ouvindo isso, Koroku finalmente voltou para seu dormitório em Hongo.

Sosuke tomou banho, deu cabo do jantar e, por ser dia de festa religiosa, saiu à noite com Oyone para um templo da vizinhança. Compraram dois vasos de flores, pequenos o bastante para carregar na mão, e voltaram cada qual segurando um. Por acharem melhor deixá-las expostas ao sereno da noite, abriram a porta da varanda sob o paredão e colocaram as flores uma ao lado da outra no pequeno jardim.

Quando foram para dentro do mosquiteiro, Oyone perguntou ao marido:

— Como ficou o assunto de Koroku?

— Ainda não se resolveu nada — respondeu Sosuke. Não obstante, cerca de dez minutos depois o casal já dormia tranquilamente.

No dia seguinte, ao abrir os olhos e iniciar mais uma semana na repartição, Sosuke não teve mais tempo para pensar em Koroku. Mesmo quando chegava em casa e podia relaxar, precavia-se para não trazer a questão ante os olhos e encará-la com clareza. O cérebro que trazia por debaixo dos cabelos não suportaria tamanho incômodo. Ao lembrar que no passado tinha predileção por matemática, possuindo ao menos a paciência para desenhar com definição dentro da cabeça problemas complexos de geometria, pareceu-lhe assombrosa a violenta mudança que o tempo provocou nele.

De qualquer maneira, ao menos uma vez por dia a imagem de Koroku lhe vinha por acaso à cabeça, únicas ocasiões em que ele refletia ser preciso pensar a respeito do futuro do rapaz. O que sempre acontecia, no entanto, era que logo em seguida ele próprio se contradizia, concluindo que, ora, também não era o caso de nenhuma sangria desatada. Passava destarte os dias com a sensação de que trazia um gancho preso no peito.

Logo setembro chegou ao fim e, numa noite em que se podia ver a Via Láctea densa no firmamento, Yasunosuke apareceu como que caído do céu. Posto que era uma visita rara a ponto de jamais passar pela cabeça de Sosuke ou de Oyone, inferiram ambos que só poderia se tratar de algum assunto importante, e com efeito o era: ele pretendia tratar do caso de Koroku.

* * *

Ainda por esses dias Koroku fizera uma visita inesperada ao primo na fábrica em Tsukishima, dizendo que, embora tivesse ouvido do irmão mais velho os detalhes da história do financiamento dos estudos, seria uma lástima ter avançado com sua educação até aquele ponto para desistir sem ingressar na universidade, e por isso queria tentar tudo que estivesse ao seu alcance, nem que fosse preciso fazer um empréstimo. Ao consultar Yasunosuke a respeito de alguma saída, este respondera que "tentaria falar com So" — o que suscitou protesto súbito do rapaz, pois acreditava que seu irmão não seria de utilidade nenhuma. Como este não concluíra a universidade, pensava ser natural para os outros seguirem o mesmo rumo e desistirem na metade. Afinal de contas, fossem analisar, veriam que o responsável por tudo nesse caso era mesmo Sosuke, o qual, a despeito, permanecia bastante tranquilo, sem dar ouvidos a nada que lhe dissessem. Por isso, Koroku agora só poderia contar com Yasunosuke. O rapaz dissera ainda que sabia ser estranho apelar para o primo uma vez que a tia já havia feito uma recusa formal, mas sabia que Yasunosuke era uma pessoa mais razoável. Enfim, não parecia disposto a arredar pé.

Yasunosuke, por estar ocupado ou algo assim, não ficou nem uma hora conversando na casa de Sosuke e logo foi embora, sem que surgisse entre os primos nenhuma ideia concreta a respeito do que fazer com Koroku. As palavras que deixou quando se despediu foram tão somente uma sugestão para que decidissem o assunto com calma entre todos — pois seria bom contar também com a presença de Koroku, quando se fizesse a oportunidade. Uma vez a sós, Oyone perguntou a Sosuke:

— O que está pensando?

Sosuke enfiou ambas as mãos na cinta do quimono e, retesando levemente os ombros, disse:

— Eu queria poder me tornar igual a Koroku outra vez. Eu aqui fico me preocupando que ele acabe com o mesmo destino que eu, e ele não está nem aí para mim. É de se respeitar.

Oyone recolheu a louça do chá e foi para a cozinha. O casal findou sua conversa desse modo, logo estendendo os futons para deitar. Sonharam sob a faixa da Via Láctea, que se suspendia ao alto como um símbolo do frescor da noite.

Na semana que se seguiu não vieram nem Koroku, nem mensagens dos Saekis, de modo que o lar de Sosuke retornou ao seu estado pacato de sempre. O casal levantava-se todas as manhãs à hora em que ainda reluzia o orvalho e observava o lindo dia debaixo do beiral. À noite, sentavam-se ao redor de um lampião montado sobre uma plataforma de bambu manchada de fuligem, projetando compridas silhuetas pelo aposento. Não eram raras as vezes em que, encerrando-se os assuntos, ficavam em silêncio e passavam a ouvir somente o tique-taque do relógio na parede.

Todavia, não tardou para que o casal abordasse mais uma vez o caso de Koroku. Se o rapaz intencionava a qualquer custo continuar os estudos, ou, ainda, sobretudo se não o fizesse, todos sabiam que seria necessário retirá-lo, ao menos por ora, do dormitório em que estava alojado. Nesse caso não haveria jeito: ou retornaria à casa dos Saekis, ou viria morar com Sosuke. Os Saekis, a despeito de haverem dito o que disseram, por bondade não haveriam de negar ao menos moradia ao rapaz, caso lhes pedissem o favor. Entretanto, fossem mantê-lo de fato na escola, Sosuke se veria obrigado nesse caso a arcar com as despesas das aulas e outras que houvesse. Seu orçamento familiar não bastava para tanto. O casal calculou minuciosamente os ganhos e gastos mensais, e juntos concluíram:

— É mesmo impossível — disse ele.

— Não há nada que possamos fazer — concordou ela.

Anexa ao quarto do chá em que os dois estavam sentados ficava a cozinha; à direita da cozinha, a dependência de empregada, e, à esquerda, um cômodo de seis tatames.[23] Incluindo a criada,

---

23. Usado também como medida de área, um tatame equivale a dois metros quadrados.

não passavam de três habitantes na casa, motivo pelo qual Oyone não via grande utilidade nesse último cômodo, e apenas mantinha nele seu armarinho com espelho, próximo à janela do lado leste. Sosuke, por sua vez, só entrava ali pela manhã, após lavar o rosto e terminar a refeição, para trocar de roupa.

— Em vez disso, não poderíamos esvaziar aquele quarto de seis tatames e trazê-lo para cá? — pronunciou-se Oyone. Conforme imaginava ela, fazendo isso precisariam providenciar somente o quarto e a comida, e o pessoal de lá que mandasse algum valor todo mês, para que Koroku pudesse estudar até terminar a universidade, como era seu desejo. — Quanto às roupas, basta reparamos aquelas que Yasu ou você não usam mais — acrescentou. Na verdade, essa ideia também já havia passado pela cabeça de Sosuke. Ele só não dera voz aos pensamentos porque, além de preocupar-se com a privacidade de Oyone, não lhe entusiasmara o suficiente a solução. Abordado inversamente pela esposa, no entanto, evidentemente faltou-lhe a coragem para refutá-la.

Sosuke informou a Koroku sobre o que pensavam ele e a esposa, dizendo-lhe por carta que, caso não houvesse ressalvas por parte do rapaz, ele iria mais uma vez à casa dos Saekis para tratar do assunto. Na mesma noite que chegou a correspondência, Koroku saiu em meio à chuva com a água a martelar no pano da sombrinha e chegou à casa do irmão, feliz como se estivesse já garantido o dinheiro para a escola.

— Sabe, sua tia só fala daquele jeito porque nós nunca demos atenção para você, nós o deixamos solto. Seu irmão já teria feito mais por você se tivesse condições, mas, como você mesmo sabe, estivemos sempre de mãos atadas. No entanto, se nós formos até lá com essa sugestão, nem sua tia, nem Yasu hão de achar ruim. Pode ficar sossegado, com certeza vamos poder arranjar tudo desse jeito, eu garanto.

Com a garantia de Oyone, Koroku voltou para o dormitório em Hongo com o som da chuva a martelar novamente sobre a cabeça. Após deixar passar um dia inteiro, retornou perguntando se o irmão já havia ido. Passados mais uns três dias, dessa vez foi à casa da tia, onde lhe disseram que Sosuke ainda não aparecera, e recomendaram que seria bom urgi-lo para que de fato o fizesse quanto antes.

 Sosuke ficava apenas a dizer que iria, mas os dias iam se passando até que enfim chegou o outono. Foi naquela fulgurante manhã de domingo que Sosuke, havendo outra vez se atrasado para ir até os Saekis, por fim compusera em carta uma mensagem de conferência sobre o assunto e a enviara a casa em Bancho. Em resposta, sua tia avisara que Yasunosuke havia ido a Kobe e ora não se encontrava.

V

Passava das duas horas de uma tarde de sábado quando a tia Saeki veio visitá-los. Nesse dia o céu estava, excepcionalmente, nublado desde a manhã, e fazia frio como se o vento houvesse mudado de súbito para o norte. Estendendo as mãos sobre um pequeno fogareiro feito de bambu, a tia disse:

— Pois é, Oyone, este quarto é bom no verão por ser bem fresco, mas de agora em diante se torna um tanto frio, não?

Ela trazia atado com zelo o cabelo que de outro modo era propenso a se despentear, e trajava um *haori*[24] à antiga, cujos cordões de pontas arredondadas amarravam-se sobre o busto. Tendo gosto natural pelo álcool, nunca perdeu o hábito de beber um pouco às refeições, e era talvez em virtude desse costume que parecia bastante mais jovem do que era, com sua tez vibrante e as carnes opulentas. Oyone, sempre que a tia vinha visitá-los, comentava depois com o marido sobre como a mulher ainda se mostrava jovem. Sosuke então explicava que era de se esperar, pois ela só dera à luz uma única criança. Oyone refletia que poderia ser de fato devido a isso. Por vezes, entrava sorrateira no quarto de seis tatames e reparava no reflexo do próprio rosto sobre o espelho. Cada vez que se mirava, tinha a impressão de que as faces estavam mais descarnadas que antes. Não havia nada mais amargo para Oyone do que pensar em sua relação com crianças. Na casa do senhorio, nos fundos, havia muitas, e nas ocasiões em que saía para o jardim junto ao paredão e se faziam audíveis as vozes animadas a andarem de balanço ou brincarem de pega-pega, Oyone não deixava de sentir um quê de desesperança e, ao mesmo tempo, rancor. A tia que ora se sentava diante dela gerou um único filho, deu-lhe boa criação, fê-lo até um esplêndido bacharel e,

---

24. Espécie de capa usada sobre o quimono.

mesmo após a morte do marido, ainda mantinha o rosto de quem não passava necessidades, tão vivaz que quase se podia ver nela uma papada. "Obesa desse jeito, mamãe só me preocupa. Caso não tome cuidado é possível que ainda tenha um derrame", Yasunosuke estava sempre a se preocupar, embora, aos olhos de Oyone, tanto o preocupado Yasunosuke quanto a preocupante tia Saeki pareciam-lhe ambos muito afortunados.

— E Yasu, voltou? — Oyone quis saber.

— Sim, querida, finalmente. Voltou na noite de anteontem. Pediu mil desculpas por ter atrasado a resposta — a conversa sobre o assunto parou por aí, pois ela logo voltou a falar do filho. — Graças aos céus, meu filho enfim concluiu a universidade, mas eu ainda andava consternada porque essa é uma etapa crítica. A bênção foi que, no final de setembro, ele acabou indo para uma fábrica em Tsukishima, pois agora basta ele seguir aprendendo e acho que nada de ruim pode acontecer; se bem que, como ainda é jovem, é difícil prever as mudanças que ainda podem vir no futuro.

Oyone apenas a interrompia com comentários como "que maravilha" ou "parabéns".

— Foi somente por causa da fábrica, inclusive, que ele foi até Kobe. Querida, ele me disse que ia colocar um motor a petróleo ou algo assim em um barco pesqueiro.

Oyone não fazia ideia. Sem compreender, apenas soltava interjeições de surpresa, enquanto a tia continuava:

— De início eu também não entendia nem um pouco que coisa era essa que ele iria fazer, mas, ouvindo a explicação de Yasu, fui me dando conta. O tal de motor a petróleo que, é claro, até agora eu não sei o que é — pontuou ela com uma grande gargalhada —, é algo como uma máquina que queima petróleo para fazer o barco andar livremente, uma coisa preciosíssima, diz ele. Basta instalar o motor e nem sequer são necessárias pessoas para remar o barco. Navegar vinte, quarenta quilômetros que seja, torna-se uma brincadeira. Agora, querida, pare para contar quantos barcos pesqueiros existem neste Japão todo, e imagine como isso é. Se forem instalando esse motor em um barco por vez, Yasu disse, vão ter um lucro exorbitante, tanto que ultimamente ele anda com a cabeça nas nuvens, só pensando nisso. Ainda há pouco eu ri dele: um lucro exorbitante pode ser ótimo, mas se ficar ansioso desse jeito, vai acabar comprometendo a saúde.

A tia não se cansava de falar sobre Yasunosuke e os barcos pesqueiros. Mostrava-se muito jactante, e nunca entrava enfim a falar de Koroku. Por outro lado, Sosuke, que já deveria ter voltado para casa, por alguma razão não aparecia.

Nesse dia, Sosuke passava por Surugadai no caminho de volta da repartição quando desceu do bonde e, após caminhar por cerca de cem ou duzentos metros com a boca encolhida e as bochechas inchadas como se houvesse tomado um grande gole de sopa, passou pelo portão do consultório de um dentista. Três ou quatro dias atrás, sentado de frente para Oyone na mesa do jantar, enquanto conversava com os pauzinhos em punho, sabe-se lá como dera uma mordida errada com os dentes incisivos e logo começara a sentir dor. Ao tocar com o dedo, o dente balançava para lá e para cá. O chá quente após as refeições lhe doía. Ao tentar respirar pela boca, a passagem do ar também lhe doía. Naquela manhã, usara um palito para limpar os dentes, evitando a todo custo o local dolorido. Usando um espelho para olhar o interior da boca, refletiram-se com uma luz gélida os molares com obturação de prata que fizera em Hiroshima e o incisivo que sobressaía menor, como se fora lixado. Enquanto se trocava para o trabalho, moveu com o dedo o incisivo inferior para mostrar:

— Oyone, o estado do meu dente parece péssimo. Se eu faço assim, ele se mexe um bom bocado.

— É a idade — riu Oyone, prendendo-lhe por trás à camisa o colarinho branco.

Na tarde do mesmo dia, Sosuke finalmente tomou uma resolução e foi ao dentista. Ao passar à sala de espera, deparou-se com uma grande mesa cercada por cadeiras com o encosto forrado de fazenda, sobre as quais três ou quatro pacientes que aguardavam mantinham o queixo fincado ao colarinho, como se cochilassem. Eram todas mulheres. O fogo ainda não queimava no belo aquecedor a gás de cor castanha. Sosuke aguardava sua vez olhando diagonalmente para a parede branca refletida em um enorme espelho de corpo inteiro. Entretanto, como se tornasse grande o tédio, chamaram-lhe a atenção algumas revistas empilhadas sobre a mesa. Tomou dois exemplares e constatou serem ambas revistas femininas. Sosuke observou repetidamente as fotos de mulheres que apareciam nas capas das várias revistas. Por fim pegou uma intitulada *Sucesso*. No início do periódico havia uma lista contendo algo como segredos para o sucesso, dentre os quais leu um item que dizia: "É preciso lançar-se a tudo com ímpeto", outro que afirmava: "Apenas ímpeto não basta: é necessário um ímpeto sustentado por bases sólidas", e sem mais virou a revista para baixo. *Sucesso* e Sosuke eram duas entidades de relação sobremodo longínqua. Ele sequer sabia, até então, que existia uma revista com esse nome. Atiçou sua curiosidade, de maneira que voltou a abri-la e encontrou duas linhas repletas apenas de caracteres chineses, impressos em uma fonte angular. Liam: "Ao que o vento sopra no firmamento e se esvaem as nuvens, a lua se ergue sobre a montanha ao leste como fileira de joias."[25] Embora Sosuke nunca houvesse se interessado por versos e poesias, por algum motivo, ao ler essas duas linhas, sentiu que fora despertado em bom grau o seu interesse. Não porque o par de versos fosse de composição genial ou algo dessa sorte, mas sim porque seu coração fora movido de surpresa ao refletir que, caso se fizesse possível suscitar no coração humano um sentimento que equivalesse àquela paisagem, seria isso uma grande alegria. Por curiosidade, Sosuke experimentou ler o artigo que dava sequência aos versos. No entanto, não viu nenhuma relação. Mesmo após fechar a revista, apenas os dois versos perambulavam incessantes em sua cabeça. Na vida que ele vinha levando nos últimos quatro ou cinco anos, ele não se deparara nem uma vez sequer com uma paisagem daquele gênero.

Nesse momento a porta do outro lado da sala se abriu, surgindo um auxiliar com um pedaço de papel na mão que chamou Sosuke à sala de atendimento: "Senhor Nonaka?"

---

25. Versos do budismo zen, presentes na coletânea *Zenrin kushuu*, que servem como metáfora para se atingir a Iluminação.

Uma vez lá dentro, constatou que a sala era até duas vezes maior que a anterior. Em ambos os cantos do cômodo, tão claro a ponto de se dizer que abundava a luz, havia cerca de quatro cadeiras de dentista, e ao lado de cada qual um homem de avental branco se responsabilizava pelo tratamento necessário. Sosuke foi guiado à cadeira mais ao fundo e, ao lhe dizerem para usar um pequeno objeto em forma de escada, pisou nele para ganhar apoio e se sentar. O auxiliar envolveu-o gentilmente a partir do joelho com uma espécie de avental listrado.

Quando posto assim para deitar sossegado, Sosuke descobriu que o dente não lhe doía tanto para que pudesse dizer se tratar de um tormento. Não apenas isso, mas percebeu que inclusive seus ombros, costas e quadril, agora que descansava tranquilamente, relaxavam com facilidade. Voltado para cima, ele apenas observava o tubo de gás que pendia do teto. Em seguida, consternou-se com a probabilidade de que, com instalações e equipamentos como aqueles, a conta do tratamento haveria de ficar mais cara do que ele imaginara ao sair de casa.

Nisso veio um homem obeso, de cabelos escassos, apesar da barba espessa, e fez uma saudação por demais educada, mediante a qual Sosuke virou com certo nervosismo a cabeça sobre a cadeira. O homem gordo perguntou qual era o problema, analisou-lhe o interior da boca e tentou mover um pouco o dente que Sosuke dizia estar doendo.

— Quando já está frouxo assim, não há mais chance de voltar ao normal. Sobretudo porque parece já estar gangrenando.

Sosuke recebeu a sentença como a luz solitária de um dia de outono. Quis perguntar se era por causa da idade, mas, porque ficasse com vergonha, apenas confirmou:

— Não há conserto, então?

O gordo respondeu rindo:

— Bem, antes de dizer que não há conserto, eu diria que não há o que fazer. Se piorar o caso, vamos ter que acabar extraindo, mas, do jeito que está agora, não está tão feio, então vamos apenas parar a dor. Afinal, a gangrena — acho que se eu falar gangrena fica difícil de entender —, bem, o caso é que está podre por dentro.

Sosuke apenas concordava com o que o homem dizia, fazendo como ele sugeria. O dentista então pegou uma máquina e, fazendo-a girar, começou a abrir um buraco até a raiz do dente de Sosuke. Em seguida colocou lá dentro um objeto fino e comprido como uma agulha, vasculhou por um momento e, em conclusão, retirou algo semelhante a uma linha, dizendo que havia extraído o nervo, o qual ora exibia ao paciente. Ele cobriu o buraco aberto com algum remédio e avisou a Sosuke que retornasse no dia seguinte.

Quando desceu da cadeira e pôs-se de pé, a linha de visão de Sosuke se transferiu do teto para o jardim ao lado, onde pôde discernir um grande pinheiro de vaso com um metro e meio de altura. Sob os pés da árvore, um vendedor de plantas, de chinelos de palha, ocupava-se de envolvê-la com o mesmo material de seus calçados. Chegava a época do ano em que o orvalho cedia lugar à geada, e aqueles que dispunham de algum tempo livre já faziam os preparativos necessários, constatou Sosuke.

No caminho de volta, pegou na farmácia ao lado da entrada do consultório um remédio em pó para bochecho e, após ouvir que deveria usá-lo mais de dez vezes ao dia, dissolvido em cem partes de água morna, felicitou-se com o valor inesperadamente módico da conta do tratamento. Mediante uma quantia assim, cuidou que não haveria problema nenhum em de fato voltar para mais quatro ou cinco consultas, como fora orientado. Na hora de calçar os sapatos, dessa vez percebeu que, não sabia quando, aparecera um furo na sola.

Ao chegar em casa, por questão de instantes Sosuke desencontrou-se com a tia, que havia pouco fora embora.

— Oh, é mesmo? — disse enquanto despia com aparente incômodo o terno, para enfim se sentar em frente ao braseiro, como de costume. Oyone juntou camisa, calças e meias em uma única trouxa e entrou no quarto de seis tatames. O marido acendeu um cigarro e permaneceu alheio, até que ouviu o som de uma escova no outro aposento e perguntou: — Oyone, o que veio dizer a tia Saeki?

Como a dor de dente havia naturalmente melhorado, a sensação de frio que lembrava uma investida brusca do outono se atenuara bastante. Não obstante, ele logo pediu para que Oyone retirasse o remédio que deixara no bolso e o dissolvesse em água morna, solução que agitou com afinco dentro da boca. De pé na varanda, ele disse:

— Os dias ficaram mesmo curtos.

Sem demora o sol se pôs. A vizinhança, na qual não se ouvia o som de rodas passando nem mesmo durante o dia, caía em silêncio completo ao anoitecer. Como de costume, o casal aproximou-se do lampião. Podiam imaginar que, em todo o vasto mundo, apenas o lugar onde estavam sentados era iluminado. Destarte, sob a claridade daquela chama, Sosuke tinha consciência apenas de Oyone, e ela, apenas dele: tanto um quanto o outro esqueciam-se da sociedade escura que seu lampião não alcançava. Vivendo desse mesmo modo todas as noites, eles contemplavam as próprias vidas.

O tranquilo casal agitou ruidosamente a lata de algas *konbu* que Yasunosuke trouxera de lembrança da sua viagem a Kobe e, enquanto escolhiam dentro do recipiente as pequenas algas que estavam atadas com pimentas japonesas, conversaram sem pressa sobre a resposta dos Saekis.

— Eles não podem nem mandar o dinheiro das aulas e alguma mesada para as despesas miúdas?

— Ela disse que não pode. Não importa o cálculo que se faça, as duas despesas chegariam a dez ienes. Ela disse que arcar com um montante de dez ienes, todo mês, neste momento seria bastante difícil.

— Pois nesse caso não seria impossível, do mesmo jeito, eles continuarem dando vinte e poucos ienes até o fim deste ano?

— Ora, ela afirmou que, mesmo sendo uma grande dificuldade, faltam apenas uns dois meses, então Yasu quer que a gente dê algum jeito enquanto isso.

— Será que não podem mesmo?

— Isso eu é que não tenho como saber. O que sei é que foi assim que sua tia disse.

— Se eles vão lucrar com os barcos pesqueiros, não podem dar uma desculpa dessas.

— É verdade.

Oyone riu baixinho. Sosuke chegou a mover o canto da boca, mas deixou a conversa por estar. Voltou a falar depois de algum tempo:

— De qualquer modo, não há outra solução senão trazer Koroku para cá. O que será depois, veremos. Agora, pelo menos ainda está indo à escola.

— Isso mesmo.

Ignorando a resposta da esposa, fora de seu comum, ele entrou no escritório. Passada cerca de uma hora, Oyone abriu em silêncio a porta corrediça e espiou para dentro, vendo que ele estava lendo algo, voltado para a mesa.

— Estudando? Não vem dormir? — convidou ela.

— É, vamos deitar — virou-se ele para responder, já levantando. Quando foi para a cama, enquanto enrolava sobre o pijama a cinta do quimono tingida em *shibori*[26], disse: — Esta noite é a primeira vez em tempos que leio os *Analectos* de Confúcio.

— Alguma coisa em especial nos analectos? — perguntou a esposa.

— Não, nada — fez uma pausa. — Ei, meu dente parece que é mesmo coisa da idade. Quando fica mole assim, dizem que não tem mais conserto — falou, e recostou a cabeça negra contra o travesseiro.

---

26. Técnica de tingimento em que o tecido é torcido ou dobrado para evitar que a tintura se espalhe por toda a superfície, criando assim um padrão distinto.

VI

Resolveu-se o assunto de Koroku, que por ora deveria sair do dormitório e ir para a casa do irmão, conforme exigiam as circunstâncias. Oyone fitava o espelho na cômoda de amoreira que estava instalada no quarto de seis tatames e, com a expressão um tanto insatisfeita, disse ao marido em forma de apelo:

— Agora não sei onde vamos colocá-lo.

A verdade era que, cedendo esse quarto, Oyone perderia o espaço que utilizava para fazer sua maquiagem. Sem atentar ao que a esposa queria dizer, Sosuke se ergueu e foi até o espelho que estava junto à janela no lado oposto, olhando-o por trás, na diagonal. Devido ao ângulo, ele via o reflexo de Oyone somente do colo até uma das faces. Espantou-se em como se mostrava pálida aquela única face que via.

— O que houve com você? Sua cor está péssima — desviou os olhos do espelho para ver diretamente a figura de Oyone. Os cabelos estavam desmazelados ao lado dos ouvidos, e a parte de trás de seu colarinho mostrava-se um tanto suja de sebo.

— Deve ser por causa do frio — limitou-se Oyone a responder, e em seguida abriu a porta de um móvel solitário que havia no lado oeste. O móvel consistia em um gaveteiro repleto de arranhaduras, sobre o qual se punham dois ou três baús e caixas de salgueiro trançado.

— Isso aqui, não há jeito, não temos onde colocar.

— Por isso mesmo, pode deixar onde está.

Observando por esse aspecto, a chegada de Koroku representaria um empecilho para ambos os cônjuges. Portanto, se por um lado acertaram com Koroku para que viesse se instalar com eles, por outro não o apressavam para que o fizesse já. Tinham a vaga sensação de que, adiando a vinda do rapaz por um dia que fosse, estariam fugindo do incômodo que os aguardava. Como Koroku também hesitava devido aos mesmos motivos, decidiu com seus botões que seria mais prático manter-se no dormitório da universidade o maior tempo possível, e portanto procrastinava a mudança dia após dia. A despeito disso, era de sua natureza não conseguir manter a paz de espírito perante tamanha irresolução, à imagem do irmão e da cunhada.

Certo dia, caiu uma fina geada que destruiu de modo surpreendente a bananeira nos fundos do terreno. Pela manhã, um bulbul japonês emitia um canto estridente no jardim do senhorio, no alto do paredão. Já ao anoitecer, o que se ouvia era a corneta do vendedor de tofu passando apressado diante da casa, misturada ao som dos tambores em formato de peixe do templo Enmyo. Os dias tornavam-se sempre mais curtos. A tez de Oyone nunca parecia, portanto, mais corada do que na ocasião em que Sosuke a notara no espelho. Uma ou duas vezes, ao voltar da repartição, o marido a encontrara deitada no quarto de seis tatames. Perguntasse a ela o que havia, apenas respondia que se sentia um pouco indisposta e nada mais. Mesmo recomendando que visse um médico, ela insistia que não chegava a tanto e não lhe dava ouvidos.

Sosuke ficou aflito. Inclusive após sair para o trabalho, havia dias em que Oyone lhe ocupava os pensamentos e, tomando consciência da esposa, não conseguia trabalhar direito. Certa vez, no caminho de volta para casa, ainda dentro do bonde, ele de súbito sentiu a faísca de uma ideia. Nesse dia, abriu a grade de casa com uma vitalidade sem precedentes e logo perguntou à esposa, com vigor, por seu estado. Ela recolheu como de costume as roupas e as meias do marido em uma trouxa e entrou no quarto de seis tatames. Sosuke seguiu-a sem demora e perguntou risonho:

— Oyone, por acaso você não está grávida?

Sem responder, a mulher, cabisbaixa, removia atenta o pó do terno do marido. Mesmo após cessar o som da escova, ela não parecia sair do quarto, o que fez com que Sosuke voltasse até lá. Encontrou-a em meio ao lusco-fusco do aposento, sentada sozinha e solitária em frente ao espelho da cômoda. Ela ergueu-se para perguntar ao marido o que queria. Sua voz sugeria que estivera chorando. Nessa noite, também o casal sentou-se um diante do outro, ambos com as mãos estendidas sobre a chaleira no braseiro.

— Que coisa, este mundo — Sosuke tinha o tom de voz vívido como nunca. Na mente de Oyone passavam nítidas as imagens dela e do marido nos tempos de antes do casamento. — Não podia ser o mundo um pouco mais interessante? Ultimamente está uma depressão imensa — Sosuke voltou a falar.

Em seguida, os dois conversaram por algum tempo sobre aonde passeariam no fim de semana, se iriam aqui ou acolá. O próximo grande tópico de discussão foram as roupas que usariam no Ano-Novo. Sosuke fez Oyone rir ao repetir comicamente a história de um colega de trabalho seu, Takagi, que fora pressionado pela esposa para que lhe comprasse um quimono *kosode*.[27] Na ocasião, o homem protestara que não ganhava dinheiro para satisfazer aos luxos da esposa, ao que ela chamou-o de insensível, advogando que a verdade era que não possuía roupa nanhuma que pudesse usar para sair quando ficasse frio. Pois se sentisse frio, dissera então o homem, ela que suportasse do jeito que melhor pudesse, vestindo um pijama ou cobrindo-se com um cobertor. Observando a disposição do marido em contar a história, Oyone teve a impressão de que podia ver o passado passar-lhe bem à frente dos olhos.

— Se a mulher de Takagi vai ter que passar de pijamas, o problema é dela, mas eu quero arrumar ao menos um sobretudo novo. Quando fui ao dentista, vi um vendedor de plantas cobrindo com palha as raízes de um pinheiro de vaso e pensei nisso.

— Quer um sobretudo?

— Quero.

Oyone olhou o rosto do marido e condoeu-se:

— Pode comprar, então. A prazo.

— Não, deixe para lá — respondeu de súbito, com desolação. — Por sinal, quando será que Koroku vai vir?

— Acho que ele não quer vir — respondeu Oyone. Desde sempre, tinha a consciência de que era odiada pelo rapaz. Por se tratar do irmão do marido, contudo, procurava harmonizar-se com ele o

---

27. Modelo mais usual de quimono, em que a abertura das mangas é menos larga, e o comprimento de tecido que pende destas é mais curto.

melhor que podia, e viera se aproximando dele pouco a pouco. Quiçá por isso já acreditava possuir, ao contrário de antigamente, ao menos o nível de intimidade mínimo esperado entre cunhados. Ainda assim, em uma situação como a de agora, ela acabava dando asas à imaginação, e podia inclusive imaginar ser ela a única razão pela qual Koroku não queria vir.

— Pois é, mudar-se do dormitório para um lugar como este, bom não pode parecer. Do mesmo jeito que sentimos estar sendo incomodados, ele também deve se sentir desconfortável. Eu mesmo, se soubesse que Koroku não viria mais, tomaria coragem e mandaria fazer minha sobrecasaca imediatamente.

Como era homem, Sosuke acabou falando com uma resolução exacerbada. Não foi o bastante, todavia, para mover Oyone. Sem oferecer resposta, ela quedou-se calada por algum tempo até que, com o queixo fino enterrado no colarinho, ergueu os olhos para perguntar:

— Koroku ainda me odeia, não é verdade?

Tão logo chegara a Tóquio, não eram raras as ocasiões em que Oyone lhe vinha com indagações similares, perante as quais ele sempre se esforçava sobremaneira por consolá-la. Uma vez que nos últimos tempos parecia haver esquecido o assunto, entretanto, Sosuke não vinha dando maior atenção ao caso.

— De novo com suas conjecturas? Não importa se vier para cá Koroku ou qualquer outro, contanto que seu marido esteja com você.

— Está escrito isso nos analectos? — Oyone era o tipo de mulher que em momentos como esse sabia fazer piadas como essa.

— Está, sim — respondeu Sosuke.

A conversa dos dois encerrou-se nesse ponto.

Ao despertar no dia seguinte, Sosuke ouviu o som próprio do frio no zinco do beiral. Então Oyone veio de mangas arregaçadas até sua cabeceira para adverti-lo:

— Ei, já está na hora — atentou para o som do gotejar e desejou poder permanecer mais um pouco sob as cobertas quentes. Bastou olhar para a figura diligente da pálida Oyone, no entanto, para levantar-se com um "upa".

Lá fora chovia forte. Os bambus no alto do paredão volta e meia se agitavam ao vento tais quais as crinas de um cavalo. Para Sosuke, que teria de sair para se molhar sob aquele céu desolador, somente uma sopa de missô e arroz quentinhos serviriam como elemento reafirmador.

— Vou molhar os sapatos de novo. Não ter dois pares é mesmo uma maçada — disse, calçando sem alternativa o sapato com um pequeno orifício na sola e enrolando a bainha das calças cerca de dois dedos.

Voltou para casa após o meio-dia e encontrou uma bacia de metal com um pano de chão, deixado de molho por Oyone ao lado do espelho na sala de seis tatames. O teto apresentava uma coloração diferente na região imediatamente acima, de onde com frequência caía uma gota.

— Não são só os sapatos. Até dentro de casa fica molhado — riu Sosuke, desconcertado. Na mesma noite, Oyone acendeu o *kotatsu*[28] móvel e pôs para secar as meias de *tweed* escocês e as calças de lã listradas do marido.

No dia que se seguiu chovia do mesmo modo. O casal, por sua vez, procedeu da mesma maneira que no dia anterior. No seguinte, o tempo tampouco havia melhorado. Na manhã do terceiro dia, Sosuke franziu as sobrancelhas e deu um estalo com a língua:

— Até quando vai continuar essa chuva? Meus sapatos estão encharcados, nem aguento calçá-los.

— O quarto de seis tatames é outro problema, molhado daquele jeito.

O casal conversou entre si e decidiu que, após clarear o tempo, iria ao senhorio pedir que arrumasse o telhado. Quanto aos sapatos, no entanto, não havia o que fazer. Sosuke colocou com força os calçados, para dentro dos quais os pés mal deslizavam devido à água, e foi à rua.

Por felicidade, em torno de onze horas desse mesmo dia o tempo melhorou, dando lugar a um clima primaveril de fazer os pardais cantarem sobre os cercados. Quando Sosuke retornou, Oyone perguntou-lhe de repente, com a tez mais fulgurante que nunca:

— Querido, não podemos vender aquele biombo?

---

28. Mesinha com aquecedor embutido na parte inferior da tampa.

O biombo de Hoitsu, desde que o receberam dos Saekis, permanecia de pé a um canto da sala. Conquanto fosse um artigo de duas folhas, devido à posição e às dimensões do aposento, ele em verdade representava um ornamento um tanto incômodo. Se o movessem para o lado sul, obstruiria metade da entrada a partir do vestíbulo; se o colocassem para o leste, o ambiente ficaria escuro; se o deixassem armado na única outra direção que restava, ocultariam o quarto do chá. Sosuke chegara a murmurar uma ou duas vezes: "Resolvi trazê-lo porque afinal era uma lembrança de meu pai, mas essa coisa não tem jeito, só serve para atrapalhar o caminho."

Cada vez que o marido dizia algo assim, Oyone contemplava o círculo perfeito da lua de prata, com sua borda queimada, e as espigas de capim pisca-pisca, cuja cor mal se distinguia da seda crua — contemplava com olhos de quem não podia imaginar por que alguém daria valor a algo como aquilo. Não obstante, em consideração ao marido, não dava voz a tais pensamentos. Apenas uma vez ocorreu de perguntar: "O desenho é muito bonito, não é?" Nessa ocasião, Sosuke explicou-lhe pela primeira vez quem era Hoitsu. É verdade que sua explicação não passou, todavia, de uma repetição casual das vagas memórias que ainda restavam das conversas de seu pai em tempos remotos. No tocante à qualidade real da pintura ou à história detalhada da vida do artista, ele em verdade não possuía nenhuma noção.

De qualquer modo, a explicação fora por acaso motivo de uma inusitada ação por parte de Oyone. Uma semana atrás, quando ocorrera a conversa entre ela e o marido, Oyone esboçou um leve sorriso ao extrair o conhecimento dele sobre o biombo. Agora, ao cessar a chuva, na hora em que a luz do sol bateu de súbito contra a porta corrediça do quarto do chá, Oyone jogou sobre as roupas que usava para andar em casa apenas uma peça de cores quaisquer, sem xale nem adornos, e saiu à rua. Seguiu até Nichome, dobrou para o lado do bonde e continuou em linha reta até chegar a um estabelecimento relativamente grande que vendia móveis usados, situado entre uma loja de alimentos secos e uma padaria. Oyone lembrava-se de no passado haver comprado ali uma mesa de pernas retráteis. A chaleira que eles então mantinham sobre o braseiro também saíra dessa mesma loja, dependurada na mão de Sosuke.

Oyone parou em frente à loja de usados e quedou-se a observar, passiva. Como de costume, havia inúmeras chaleiras novas à mostra. Saltavam ainda aos olhos muitos outros itens que, poder-se-ia dizer, eram próprios da estação — sobretudo braseiros. Já artigos que pudessem ser chamados de antiguidades, não aparentava haver nem um sequer. No canto distante, estava pendurado por um fio um grande e inusitado casco de tartaruga, com um pequeno cajado budista a despontar logo abaixo, como se fosse uma cauda. Viam-se também dois armarinhos de jacarandá para uso em cerimônia do chá, tanto um quanto outro objetos rústicos, que se julgaria propensos a apresentar algum defeito. Oyone, no entanto, não fora capaz em absoluto de tais julgamentos. Certificou-se somente de que não havia ali nenhum pergaminho ornamental ou biombo, e entrou na loja.

É desnecessário dizer que Oyone fora até aquele lugar na esperança de averiguar por quanto seria possível vender o biombo que seu marido recebera dos Saekis. Por ter acumulado uma boa experiência em negócios assim desde que moravam em Hiroshima, isso era para ela muito menos trabalhoso ou constrangedor que para outras esposas em geral, de modo que foi resoluta tratar com o dono do estabelecimento. Era um senhor que aparentava uns 50 anos, de pele escura e faces murchas, que ora lia um jornal com uns óculos de armação âmbar ridiculamente grandes, enquanto estendia as mãos sobre um braseiro de bronze de superfície bastante rugosa.

— É, posso ir lá dar uma olhada — ofereceu ele sem muito compromisso. Como não dava ares de estar muito empolgado, Oyone perdeu um tanto das esperanças que tinha. Por outro lado, ela não fora até ali necessariamente com grandes expectativas, e agora, em face da reação do homem, só lhe restava pedir para que fosse mesmo avaliar o artigo. — Tudo bem. Depois eu faço uma visita, então. É que agora o menino que me ajuda deu uma saidinha.

Oyone ouviu suas breves palavras e logo voltou para casa, no fundo assaz apreensiva, imaginando se o comerciante iria de fato aparecer. Como sempre, ela fez uma refeição frugal sozinha e deu a louça para Kiyo recolher, momento em que, subitamente, o homem da loja pediu licença com um vozeirão e entrou pelo vestíbulo. Ela conduziu-o até a sala e mostrou-lhe o tal biombo. O homem dizia "de fato, de fato", e passava as mãos pela parte de trás ou pelas bordas do objeto.

— Se forem vender... — pensou um instante — ... posso oferecer seis ienes — deu o preço com ar de insatisfação. Oyone achou perfeito o valor sugerido pelo lojista. Todavia, cuidou que seria muita petulância sua caso não conversasse antes com Sosuke, e ademais o objeto já possuía toda uma história, o que a fez recusar por ora, respondendo que consultaria o marido quando este voltasse, e despediu-se do comprador. No caminho da porta, ele disse:

— Bem, dona, já vim até aqui, mesmo, então ofereço um iene a mais. Aceite esta oferta, por favor.

Oyone respondeu irredutível:

— Mas, senhor, é de um Hoitsu que estamos falando, viu? — observou, não sem sentir um frio na barriga.

— Hoitsu não tem vendido muito ultimamente — esquivou-se o homem e, fitando Oyone sem receio, despediu-se com as palavras:
— Certo, veja bem com seu marido, então.

Após relatar ao esposo, em detalhes, o ocorrido, ela insistiu inocentemente:

— Podemos vender?

Na cabeça de Sosuke, também já vinham se movimentando incessantes os pensamentos de desejo material. Acontecia somente que, como resultado de haver se habituado à vida modesta que levava, já lhe era normal contentar-se com o parco orçamento, razão pela qual não lhe surgia a menor inclinação para luxos a ponto de planejar meios de incrementar o dinheiro que entrava todo mês. Quando ouviu a história de Oyone, chegou a surpreender-se com sua astúcia. Ao mesmo tempo, perguntou-se se havia de fato necessidade de ela ter ido tão longe. Questionou os motivos da esposa, e ela disse que, se conseguissem algum dinheiro, mesmo não chegando a dez ienes, ele poderia mandar fazer sapatos novos, e poderiam comprar ao menos uma peça de *meisen*.[29] Isso lá era verdade, pensou Sosuke. Ao comparar de um lado o biombo de Hoitsu que fora herdado de seu pai, e de outro os sapatos e o *meisen* novo, fazer a troca de um pelos outros se mostrava algo assaz fantástico e até hilário.

— Se é para vender, vendamos. Ficar com ele em casa só causa incômodo, de qualquer jeito. Mas eu ainda posso ficar sem comprar sapatos por enquanto. Só é um problema se a chuva cair sem trégua, como nos últimos dias, mas agora o tempo já melhorou.

— Ora, pois vai ter problemas quando chover de novo.

Sosuke não podia garantir a Oyone que o tempo permaneceria bom por toda a eternidade. Por outro lado, Oyone também não foi capaz de pedir que ele vendesse o biombo de uma vez, antes que voltasse a chover. Os dois se entreolharam e deram uma risada. Instantes depois, Oyone perguntou:

— É muito pouco dinheiro, não é?

— É mesmo.

Ouvi-la dizer que o valor era baixo causou nele essa exata impressão. Havendo um comprador, ele gostaria de lhe tomar todo o dinheiro que pudesse. Lembrava-se de ter lido no jornal que, nos últimos tempos, os lances por escritos e pinturas antigas vinham atingindo valores exorbitantes. "Se ao menos possuísse um objeto desses...", refletiu. Conformou-se, entretanto, com o fato de que tais artigos não estavam sequer ao alcance do ar que ele respirava.

— Eu sei que deve ser um problema para o comprador, mas para o vendedor também não é fácil. Não importa que tipo de obra--prima eu tenha, no fim nada se vende por um preço muito alto. Mas vender por sete ou oito ienes já é barato demais — extravasou Sosuke em tom de quem defendia ao mesmo tempo o biombo de Hoitsu e o dono da loja. Sentiu que somente ele próprio não era digno de ser defendido. Oyone interrompeu por aí a conversa sobre o biombo, não sem demonstrar um quê de enfado.

---

29. Tecido de seda fiada originário das regiões de Chichibu, Isesaki e Ashikaga.

No dia seguinte Sosuke foi à repartição, onde contou a história do biombo a alguns colegas de trabalho. Como se houvessem combinado, todos lhe disseram que aquilo não era preço que se oferecesse. Ninguém, no entanto, prontificou-se a ajudá-lo a procurar um comprador disposto a pagar um valor razoável. Tampouco houve quem lhe ensinasse quais medidas deveria tomar para evitar ser ludibriado. De fato, não havia outra saída para Sosuke que não vender seu biombo para o comerciante da Yokomachi. De outro modo, teria de se conformar em mantê-lo como antes, armado como um obstáculo em casa. No fim, deixou-o armado na sala. Foi o comprador então quem o visitou de novo, pedindo dessa vez que lhe vendessem por quinze ienes. O casal cruzou olhares e sorriu. Imaginaram que talvez pudessem deixar o biombo ali por mais algum tempo para ver o que aconteceria, e assim o fizeram. Veio outra vez o homem da loja. Outra vez não venderam. Oyone começou a achar graça em recusar as ofertas. Da quarta vez, apareceu acompanhado de um sujeito desconhecido, com quem deliberava aos sussurros, e terminaram por fixar a oferta em 35 ienes. Marido e mulher levantaram-se para também consultarem entre si. Concordando ambos, finalmente decidiram-se a vender o biombo.

VII

As criptomérias do templo Enmyo se coloriram de um vermelho enegrecido, como se houvessem sido queimadas. Em dias de tempo bom, nos confins do céu varrido pelo vento, despontava o contorno branco e um tanto íngreme de uma montanha. O ano castigava Sosuke e sua esposa, soprando sobre eles dias cada vez mais frios. A voz do vendedor de *natto*[30] que passava todas as manhãs em frente a casa os fazia lembrar a cor da geada que tomava as telhas. Enquanto ouvia a voz, debaixo das cobertas, Sosuke pensava que era chegado mais um inverno. Na cozinha, apreensiva com o período das festas de fim de ano até a primavera, Oyone lamentava-se, pensando em como seria bom se ao menos esse inverno não lhe congelasse o encanamento como acontecera no anterior. Ao cair da noite, ambos apenas se regalavam no *kotatsu*. Invejavam então os invernos tépidos de Hiroshima ou Fukuoka.

— Estamos iguais aos Hondas aí da frente, não é? — riu Oyone. "Os Hondas aí da frente" eram um casal de aposentados que alugava outra casa de Sakai, o proprietário, no mesmo condomínio que Sosuke. Mantinham uma criada com eles, e levavam uma vida tranquila, sem fazer nenhum ruído de manhã até a noite. Às vezes, quando Oyone trabalhava sozinha com suas costuras no quarto do chá, acontecia de ouvir uma voz a chamar: "Velho!" Era a vovó Honda chamando o marido. Ao se cruzarem no portão, os casais trocavam comentários amigáveis sobre o tempo, e aqueles deixavam um convite para que os vizinhos fossem conversar um pouquinho outra hora qualquer. Não obstante, até então Sosuke e Oyone nunca foram lá, tampouco os Hondas alguma vez cá vieram. Por consequência, o conhecimento que possuíam do outro casal era escasso ao extremo.

---

30. Soja fermentada, alimento tradicional japonês.

Pelo que ouviram de algum vendedor ambulante que frequentava a vizinhança, sabiam apenas que o casal tinha um filho, um esplêndido funcionário público na sede do Residente-Geral da Coreia, ou algo do gênero, e era graças ao dinheiro que ele mandava todo mês que os velhos podiam levar uma vida confortável.

— O vovô ainda está cuidando das árvores do jardim?

— Está esfriando cada vez mais, já deve ter parado. Ele tem um bocado de vasos junto à varanda.

A conversa a partir desse ponto deixou a casa da frente e transferiu-se para o senhorio. Sua família era, aos olhos desse casal, o exato oposto dos Hondas, uma vez que não se encontraria nenhum lar mais animado que o deles. Nos últimos tempos, o jardim já havia secado com o frio, de modo que não se ouvia mais a multidão de crianças fazendo bagunça no alto do paredão, embora o som do piano ainda soasse praticamente todas as noites. Por vezes, até a risada alta da criada na cozinha vinha ecoar no quarto do chá ali embaixo.

— Que diabos será que faz aquele homem? — perguntou Sosuke. Muitas vezes ele já havia repetido essa questão a Oyone.

— Não deve fazer nada além de se divertir, ora. Ele tem terras e casas para alugar — essa resposta, do mesmo modo, já havia sido repetida várias outras vezes ao marido.

Sosuke não se aventurava além disso em sua curiosidade de saber sobre Sakai. Logo que abandonou a universidade, caso se deparasse com alguém que se portasse com soberba por levar uma vida confortável, chegava a lhe dar vontade de dizer: "Você não perde por esperar!" Passado algum tempo, esse sentimento transformou-se em simples ódio. Desde os últimos dois anos, todavia, ele se tornara insensível às diferenças que havia entre si e os demais, passando a pensar que tudo se justificava por haver ele nascido como nascera, assim como os outros vieram ao mundo com a sorte que lhes coube — tanto ele quanto os afortunados pertenciam a classes diferentes desde o princípio, sem nenhuma influência, boa ou má, ou relação entre si além do fato de serem todos seres humanos levando cada qual a sua vida. É verdade que em algumas ocasiões ele indagava durante uma conversa o que diabos estaria fazendo fulano para ganhar o pão, mas mexer uma palha para descobrir a resposta já era uma maçada. Oyone também tinha a mesma tendência. Nessa noite, contudo, surpreendentemente ela continuou falando sobre Sakai, de como ele era um senhor sem barbas que aparentava ter uns 40 anos, ou de como a pessoa que tocava piano era sua herdeira, uma menina que faria 12 ou 13 anos, ou ainda sobre como eles não deixavam as crianças que vinham visitá-los subirem no balanço dos filhos.

— E por que eles não deixam os filhos dos outros andarem de balanço?

— Porque são sovinas, só pode. Acham que vai estragar mais rápido.

Sosuke soltou uma risada. Pensou na ambiguidade da situação, pois, se o senhorio era mesmo sovina a tal ponto, sabia não obstante ser prestativo. Bastava dizer-lhe que o telhado estava vazando que logo chamava alguém para consertar, ou, dissesse que a cerca-viva estava apodrecendo, e logo mandava vir um jardineiro para dar conta do serviço.

Naquela noite, nem os vasos dos Hondas nem o balanço dos Sakais tomaram parte nos sonhos de Sosuke. Ele recolheu-se por volta das dez e meia ao leito, onde se pôs a ressonar como quem está esgotado. Por já fazer algum tempo que não se sentia bem da cabeça, Oyone sofria para pegar no sono, abrindo volta e meia os olhos e olhando pelo quarto lúgubre. Havia um pequeno lampião sobre a plataforma da alcova. O casal tinha o costume de manter uma luz acesa durante a noite, e por isso antes de dormir colocavam-no ali, com um pavio mais fino.

Oyone movia o travesseiro, parecendo incomodada com a sua posição. Cada vez que o fazia, deslizava sobre o futon com o ombro sobre o qual se apoiava. Acabou por ficar de bruços, quando se apoiou então nos cotovelos e ficou a fitar o marido. Em seguida, levantou-se, jogou por cima do pijama as roupas de uso doméstico que estavam junto à extremidade inferior das cobertas, e tomou o lampião da alcova.

— Querido, querido — veio à cabeceira do marido e agachou-se para chamá-lo. Ele já não ressonava mais. Continuava, entretanto, com a mesma respiração de antes, fruto de um sono profundo.

Oyone ergueu-se outra vez e, ainda segurando o lampião, abriu a porta corrediça da divisória e entrou no quarto do chá. Quando o breu do aposento foi iluminado pela tênue luz do lampião, ela pôde identificar o reflexo opaco nas argolas do armário. Além do móvel, na cozinha encoberta pela escuridão sobressaía o branco do papel da divisória, que chegava somente à altura dos quadris. Oyone permaneceu em pé por alguns instantes no centro daquele lugar soturno, até que abriu furtivamente a porta da dependência de empregada à sua direita e projetou lá dentro a luz do lampião. A criada dormia encolhida tal qual uma toupeira debaixo das cobertas, das quais não se podia definir nem a cor nem o padrão do listrado. Em seguida, foi espiar o quarto de seis tatames. Dentro do espaço aberto e solitário encontrava-se a já conhecida cômoda com espelho, e a superfície deste ora saltava aos olhos de modo surpreendente, graças à noite.

Após percorrer a casa inteira e certificar-se de que não havia nada de anormal, retornou ao leito. Finalmente fechou os olhos. Dessa vez parecia sentir-se bem, sem sinal de preocupação ao redor das pálpebras, de modo que sem demora começou a cochilar.

Não tardou para que abrisse os olhos novamente. Teve a sensação de que algum som pesado ecoara junto à cabeceira. Afastou o ouvido do travesseiro para raciocinar, e só pôde imaginar haver sido o som de algo grande que caíra do alto do paredão e viera parar na varanda junto ao quarto. Quando refletiu que isso ocorrera imediatamente antes de ela abrir os olhos, não se tratando portanto de resquícios de um sonho, sentiu uma indisposição. Puxou a manga do marido, que dormia a seu lado, e dessa feita procurou acordá-lo de verdade.

— Querido, levante, por favor.

Sosuke até então dormia o sono dos anjos, mas, ao ser sacudido pela esposa, empertigou-se de súbito no futon:

— Opa, pronto — aos sussurros, Oyone contou-lhe o que acontecera havia pouco. — Você ouviu o som uma vez só?

— Sim, mas acabou de acontecer.

Os dois se calaram. Escutavam estáticos a situação lá fora. No entanto, o mundo parecia imerso em total silêncio. Por mais que apurassem os ouvidos, não havia indicações de que viria novamente algo aos trambolhões lá de cima. Reclamando do frio, Sosuke vestiu um *haori* sobre seu pijama de camada simples, dirigiu-se à varanda e abriu uma das folhas da persiana da porta.

Em seguida, enterrou-se mais uma vez debaixo das cobertas assim que fechou a tranca da porta, e falou ao se deitar:

— Não tem absolutamente nada de estranho. Você deve ter apenas sonhado — Oyone rebateu que de modo nenhum fora sonho. Porfiava que sem dúvida ouvira um som intenso. Sosuke voltou para a esposa a metade da cabeça que despontava da coberta e lhe disse: — Oyone, você tem andado com os nervos à flor da pele, por isso está agindo de modo estranho ultimamente. Precisa inventar um jeito de descansar a mente para poder dormir tranquila.

O relógio de parede no cômodo ao lado bateu duas horas. Sob esse som, ambos pararam de falar, um momento de silêncio após o qual se acharia a noite ainda mais tranquila. Os olhos cintilavam, sugerindo que não mais dormiriam nos momentos seguintes. Oyone disse:

— Você que é despreocupado. Basta deitar que em menos de dez minutos já está dormindo.

— Dormir eu durmo, mas não é porque me faltem preocupações. Isto é, eu durmo porque estou cansado — respondeu Sosuke.

Durante a conversa, Sosuke acabou adormecendo novamente. Oyone se revirava no leito tal como antes, até que um riquixá passou em frente a casa fazendo soar alto as rodas contra o chão. Nos últimos dias acontecera de Oyone ocasionalmente se assombrar com o barulho de um riquixá passando logo antes da alvorada. Pensando depois a respeito, ela inferiu que, por passar sempre por volta da mesma hora, deveria se tratar do mesmo riquixá, a fazer o trajeto de todas as manhãs. Concluiu que ele decerto se apressava porque iria entregar o leite ou algo dessa sorte e, desde então, ao ouvir aquele som, sentia fortalecer-lhe o coração, como sinal de que a madrugada já era finda e os vizinhos também começavam mais um dia. Passou mais algum tempo e ela pôde ouvir algures o cacarejo de galinhas. Outro tanto mais, e chegou-lhe então o som alto do *geta* de alguém passando pela rua. A seguir, ouviu Kiyo abrindo a porta da dependência de empregada e, pelo jeito, indo ao banheiro. Veio então ao quarto do chá, talvez para ver as horas. A essas alturas, o óleo do lampião na alcova já vinha escasso e não alcançava mais o curto pavio, de modo que o quarto de Oyone se escurecera completamente. Foi então que a lamparina de Kiyo projetou-se contra o papel da divisória.

— Kiyo, é você? — perguntou Oyone.

Em seguida, a criada logo começou o dia. Cerca de trinta minutos depois, foi a vez de Oyone se levantar. Passados outros trinta, por fim Sosuke também se pôs de pé. O mais usual era Oyone vir sempre em hora adequada para acordá-lo: "Ei, já pode levantar." Fosse domingo ou um eventual dia de hastear bandeira[31], o chamado apenas mudava para: "Ei, faça o favor, já chega de dormir." Naquele dia, contudo, como os acontecimentos da noite anterior ainda lhe incomodavam, Sosuke acabou saindo da cama antes de Oyone vir por ele. Foi de pronto abrir a porta junto ao paredão.

Ao espiar cá de baixo, os gélidos bambus se mostravam estáticos, aprisionados pelo ar matinal, e por trás deles, a cor do sol brilhava tingindo o topo de alguns e quebrando a geada. Sosuke espantou-se um pouco com o modo como o capim seco, no ponto mais inclinado do paredão, com cerca de sessenta centímetros de altura, estava agora amassado e desnudava vívida a superfície da terra vermelha em que crescia. Descendo os olhos em linha reta, viu que a terra bem em frente ao ponto onde ele estava de pé na varanda se encontrava revolvida, como se agulhas de gelo formadas no beiral durante a noite tivessem caído e derretido. Sosuke ponderou se não teria sido um grande cachorro que caíra lá do alto. Todavia, por maior que imaginasse o cachorro, não parecia fazer jus à bagunça resultante.

Sosuke foi buscar seus *geta* no vestíbulo e com eles desceu da varanda para o jardim. No final da varanda, que se estendia até um dos cantos da casa, o banheiro destacava-se da construção, tornando ainda mais espremido o espaço já estreito ao pé do paredão, por deixar como passagem um vão de apenas um metro. Toda vez que

---

31. Dias de feriado nacional, à época também chamados assim pois era costume hastear-se a bandeira do Japão em prédios públicos e mesmo nas residências.

vinha a faxineira, Oyone se lembrava daquele canto da casa e dizia temerosa: "Se ao menos a gente tivesse um pouco mais de espaço ali...", o que provocava o riso de Sosuke.

Quem atravessasse por esse vão atrás do banheiro se depararia com uma estreita trilha que levava direto à cozinha. Originalmente, o que havia ali era uma cerca-viva de criptomérias com os galhos secos entrelaçados, a servir de divisória com o jardim vizinho, mas, havia algum tempo, quando o senhorio fora remover as árvores devido às folhagens esburacadas, ele erguera uma cerca de tábuas repletas de nós que obstruía um dos lados até a entrada da cozinha. Além de atrapalhar a passagem do sol, a água da chuva que sempre caía da calha fazia com que no verão crescessem ali begônias aos montes. Na época da florescência, as folhas verdes se sobrepunham abundantes, a ponto de obstruir o caminho quase de todo. No primeiro ano que se passou, tanto Sosuke quanto Oyone chegaram a se espantar ao ver tal cenário. Antes de as criptomérias serem arrancadas dali, essas begônias haviam proliferado por vários anos debaixo da terra, e agora que estavam livres, mesmo com a casa já velha, bastava chegar a estação para despontar seus brotos. Ao atentar para isso, Oyone alegrou-se: "São de fato graciosas, não?"

Sosuke pisou na geada e, ao sair para esse lado da casa provido de tantas recordações, desceu os olhos sobre um ponto no meio do caminho estreito. Ele estacou em meio ao frio do local privado da luz do sol.

Aos pés de Sosuke encontrava-se aberta uma caixa em laca preta usada para armazenar cartas. O conteúdo da caixa estava imóvel sobre a geada, como se houvesse sido colocado ali de propósito, embora a tampa houvesse sido lançada longe cerca de um metro, virada do avesso, o que sugeria haver batido contra o pé da cerca. Deixava ver claramente o desenho do papel colorido que a enfeitava por dentro. Dentre as cartas e os documentos que saltaram da caixa, espraiados a esmo, havia um pergaminho relativamente longo que se desenrolara por algo como meio metro, cuja extremidade estava enrolada como uma bola de papel. Sosuke aproximou-se para espiar o que havia abaixo do papel abarrotado, e deixou escapar um riso de desgosto. Encontrou fezes ali embaixo.

Sosuke juntou todos os papéis atirados sobre a terra, colocou-os dentro da caixa e foi até a porta da cozinha ainda sujo de lama e geada. Deslizou a portinhola e, dizendo "Ei, coloque isto ali um instante", entregou o objeto para Kiyo, que o recebeu com uma singular expressão de estranhamento. Oyone estava lá dentro, passando o espanador na sala. Com as mãos escondidas nas mangas do quimono, o marido passava os olhos pelo vestíbulo e pelo portão, mas não identificava em local nenhum algum ponto que fugisse do normal.

Por fim, Sosuke entrou em casa. Foi ao quarto do chá e sentou-se como de costume em frente ao braseiro, porém logo soltou um vozeirão para chamar Oyone. Esta veio do outro cômodo, dizendo:

— Mal acordou e já saiu... Aonde você foi?

— Ouça só, aquele som alto que você ouviu junto à cabeceira ontem à noite, de fato, não foi sonho. Foi um ladrão. Foi o som de um ladrão que pulou da casa de Sakai, do alto do paredão cá para baixo. Dei a volta até os fundos da casa agora há pouco e encontrei esta caixa de cartas atirada, com os papéis que estavam dentro espalhados pelo chão. Ainda de brinde, deixou-nos um presente.

Ele retirou de dentro da caixa duas ou três correspondências e mostrou-as a Oyone. O nome do destinatário era comum a todas, Sakai. Estarrecida, Oyone perguntou ainda de joelhos:

— Então devem ter levado mais alguma coisa de Sakai?

— Dependendo da situação, pode ser que tenham levado — respondeu Sosuke de braços cruzados.

Sem decidir nada sobre o assunto, o casal deixou a caixa de lado e acomodou-se junto à mesinha para tomar o café da manhã. Mesmo enquanto moviam os pauzinhos, não esqueceram o assunto do ladrão. Oyone gabou-se ao marido de seus bons ouvidos e sua boa cabeça. Sosuke felicitou-se por não possuir ele os mesmos predicados.

— Você pode falar assim, mas imagine se não fosse com Sakai, e sim na nossa casa? Não seria um problema alguém como você, que fica dormindo como uma pedra? — ela repreendeu o marido.

— Que nada, não há problema, porque aqui ninguém tem a intenção de entrar — respondeu ele o que lhe veio à cabeça.

Nisso, Kiyo despontou de supetão da cozinha:

— Confusão seria se levassem a sobrecasaca que o patrão mandou fazer há pouco, não é? Mas está tudo muito bem porque foi na casa do seu Sakai, não aqui — as palavras de júbilo da criada foram ditas de maneira tão séria que nem Sosuke nem Oyone se viram capazes de retorquir.

Depois de terminada a refeição, ainda faltava um bom tempo até a hora de sair para o trabalho. Argumentando que por certo estariam em alvoroço na casa dos Sakais, decidiu-se que Sosuke iria até lá levar a caixa de cartas. Apesar do trabalho em laca, o desenho da caixa consistia apenas em um fundo preto com um padrão de hexágonos dourados, o que sugeria não valer o objeto muita coisa. Oyone tomou um pano azul-marinho listrado e enrolou a caixa. A trouxa era um tanto pequena, o que a fez atar cada uma das quatro pontas à outra do lado oposto, usando dois nós direitos. A imagem de Sosuke levando à mão o pacote parecia a de alguém carregando uma caixa de doces para presente.

Embora o paredão fosse logo junto a eles quando observado pela sala, o único modo de ir à casa dos Sakais era sair à rua, percorrer cerca de cinquenta metros, subir uma ladeira e voltar outros cinquenta metros na direção oposta. Sosuke seguiu a cerca-viva de fotínias, belamente dispostas junto à grama que crescia farta sobre as pedras, e entrou pelo portão.

O interior da casa estava silencioso até demais. Ele chegou ao vestíbulo e encontrou fechada uma porta de vidro fosco. Experimentou tocar duas ou três vezes a campainha; contudo, tal como se a mesma não estivesse funcionando, ninguém apareceu. Sem alternativas, Sosuke deu a volta por fora até a cozinha. Lá encontrou também fechada a portinhola de duas folhas com vidro fosco. Do interior da casa, ouvia-se o som de alguém apanhando algumas vasilhas. Sosuke abriu a porta e fez uma saudação à cozinheira, que se agachava sobre o chão de tábuas, onde havia um fogareiro a gás.

— Isto é de vocês, não? Estava atirado nos fundos da minha casa esta manhã, então vim aqui lhes trazer — falou enquanto oferecia a caixa de cartas.

— É mesmo? Obrigada — a cozinheira fez um agradecimento simples e foi até o limite das tábuas para chamar outra empregada lá de dentro. Explicou-lhe a situação em voz baixa e entregou-lhe o pertence. Assim que tomou em mãos o objeto, a criada lançou um olhar na direção de Sosuke, mas logo se retirou para o interior da casa. Em seu lugar, apareceram correndo à copa uma menina de 12 ou 13 anos, com o rosto redondo e os olhos grandes, acompanhada de outra menor que havia de ser sua irmã, as duas com os laços nos cabelos a combinar. Observando o rosto da visita, sussurraram entre si que se tratava do ladrão. Uma vez entregue a caixa, posto que os assuntos de Sosuke ali haviam se encerrado, ele pensou em ir logo embora, sem esperar pelos cumprimentos do proprietário.

— A caixa é mesmo daqui, sim? Posso me retirar, então? — confirmou ele. A cozinheira mostrava estar perdida, sem saber o que fazer, quando voltou a criada lá de dentro:

— Entre, por favor — disse ela baixando a cabeça polidamente, e quem ficou perdido dessa vez foi Sosuke. A cozinheira reiterou o convite de modo ainda mais refinado. Sosuke ultrapassou os limites do mero desconforto, sentindo sua presença ali já de todo inconveniente. Enfim, o próprio senhorio apareceu.

Como se imaginava, o senhorio possuía um rosto opulento, de faces bem coradas, diferindo da idealização de Oyone apenas o fato de que ele não era desprovido de pelo facial. Deixava crescer sob o nariz um pequeno bigode, bem aparado, embora mantivesse barbeados o queixo e as bochechas.

— Obrigado, e desculpe o trabalho — o dono da casa agradeceu com os cantos dos olhos enrugados pelo sorriso. Levou ao chão os joelhos revestidos pelo tecido *kasuri*[32] de seu quimono de Yonezawa, não transparecendo pressa nenhuma enquanto perguntava a Sosuke sobre os pormenores do achado. Havendo relatado em linhas gerais tudo o que se passara da noite anterior até aquela manhã, Sosuke seguiu perguntando se não haviam levado mais nada além da

---

32. Malha costurada com fibras pré-tingidas, criando uma composição de padrões peculiares.

caixa. O senhorio respondeu que lhe furtaram um dos relógios de ouro que havia deixado sobre a mesa. Não obstante, sua expressão não acusava o menor sinal de incômodo, tal como se o que se perdera fosse um pertence de outra pessoa qualquer. Antes de demonstrar interesse pelo relógio, queria ouvir mais da história de Sosuke, indagando, por exemplo, se ele achava que o ladrão pretendia por acaso escapar pelos fundos, junto ao paredão, ou se acabara caindo lá de cima quando intentava a fuga por outro caminho. Sosuke não achava como lhe responder.

Entrementes, a criada fora lá dentro para trazer chá e cigarros para a visita, usurpando outra vez a deixa de Sosuke. O dono da casa chegou até a lhe oferecer uma almofada, fazendo com que Sosuke enfim acomodasse ali o traseiro. Começou a falar então sobre o investigador que aparecera mais cedo. De acordo com o que supunha este, o meliante sem dúvida havia se infiltrado na casa desde à noitinha, mantendo-se escondido em uma despensa ou local similar. O ponto de entrada só poderia ter sido a cozinha. Mais tarde teria riscado um fósforo para acender uma vela, a qual colocara dentro de um pequeno balde que achara na cozinha à guisa de lampião, e saíra para o quarto do chá. Como no cômodo ao lado, todavia, dormiam a esposa e as crianças, ele teria avançado até o escritório de Sakai, onde iniciou seu serviço. Foi justo nesse momento que o caçula da casa, menino há pouco nascido, despertou e se pôs a berrar por ser hora do leite, forçando o bandido a abrir a porta do escritório que dava para a rua e correr para o jardim.

— Se tivéssemos ali o cachorro, como de costume, teria sido ótimo. Por infortúnio, ele ficou doente há quatro ou cinco dias, e deixamo-lo em observação no veterinário — lamentou-se o senhorio.

— Uma lástima — respondeu Sosuke.

Em seguida, o senhorio lhe explicou a raça e a estirpe do cachorro, contando-lhe sobre como costumava com frequência levá-lo para caçadas, dentre outras histórias.

— Porque de caçadas eu gosto. De uns tempos para cá não tenho ido por causa de uma nevralgia. Se saio para atirar em galinholas ou algo assim, agora do início do outono até o inverno tenho que passar duas ou três horas imerso da cintura para baixo no aguaceiro dos arrozais, e isso não é nada bom para o corpo.

O senhorio não aparentava fazer caso das horas, tanto que parecia capaz de falar indefinidamente, enquanto Sosuke ia apenas pontuando a conversa com comentários como "É verdade" ou "É mesmo?". Sem outra solução, Sosuke interrompeu o homem colocando-se, de súbito, de pé.

— Veja só o senhor, preciso sair agora para pegar o bonde de todo dia — explicou, em face do que o senhorio desculpou-se por tê-lo prendido ali a despeito da hora, como se somente então se apercebesse do fato. Disse então que o investigador porventura apareceria à porta de Sosuke para perguntar mais sobre o incidente, e agradeceu de antemão por qualquer ajuda que seu inquilino pudesse fornecer. Este encerrou com uma saudação educada:

— O senhor também apareça para uma conversa. Ultimamente, eu também tenho tido algum tempo livre, então ainda voltarei a incomodá-lo.

Sosuke saiu pelo portão e voltou apressado para casa, quando atentou já estar trinta minutos atrasado em relação ao horário que saía todas as manhãs.

— Querido, o que houve? — Oyone saiu consternada até o vestíbulo. Sosuke trocou logo o quimono pelo terno, enquanto respondia:

— Seu Sakai é mesmo um sujeito bem sossegado. Será que todo mundo fica tranquilo assim quando tem dinheiro?

VIII

— Koroku, pode começar pelo quarto do chá. Senão, veja primeiro a sala — sugeriu Oyone.

Havendo finalmente se mudado para a casa do irmão quatro ou cinco dias antes, Koroku fora agora encarregado de ajudar com a troca das portas corrediças da residência. Outrora, quando ainda morava na casa do tio, ele já tivera a experiência de trocar o papel das portas do próprio quarto com o auxílio de Yasunosuke. Na ocasião, lançara-se com afinco à tarefa, derretendo cola em uma bandeja e usando uma espátula para emplastrar o papel. Contudo, uma vez que estava tudo seco e chegaram à etapa em que deveriam colocar as portas de volta no lugar, todas as duas folhas estavam curvadas, e não conseguiam encaixá-las nos trilhos. O trabalho de cooperação entre ele e Yasunosuke terminara em fracasso, pois, quando foram reparar as portas a mando da tia, haviam lavado o quadro destas abundantemente com água da pia. Depois de secas, como era de esperar, as portas se deformaram, causando-lhes grandes problemas.

— Mana, quando se vai recolocar as portas de correr, é preciso ter muita atenção para não dar tudo errado. Lavá-las, nem pensar — disse Koroku enquanto começava a remover as portas do quarto do chá que davam para a varanda.

À direita, a varanda quebrava para o quarto de seis tatames, onde Koroku estava agora, e à esquerda era cortada pelo vestíbulo. Além deste, era obstruída paralelamente por um muro, formando o que se poderia chamar de uma cela quadrada. Chegado o verão, flores de cosmos cobriam a superfície da área, proporcionando uma alegria ao casal, que todas as manhãs contemplava o jardim regado de orvalho. Por vezes surgiam também flores de campânula enroladas aos delgados bambus que cresciam ao pé do muro. Quando as viam, Sosuke e a esposa se divertiam contabilizando entre si quantas haviam desabrochado naquela manhã. Do outono até o fim do inverno, no entanto, visto que secavam-se tanto as flores quanto a grama, olhar para o pequeno deserto no qual se transformava o jardim inspirava antes uma triste solidão. Com as costas voltadas para o solo dessa cela quadrada, ora coberto apenas pela geada, Koroku colava absorto o papel nas portas.

Volta e meia vinha uma brisa fria que assaltava por trás o colarinho e a cabeça raspada de Koroku. A cada sopro, ele tinha vontade de fugir da exposição da varanda e enfiar-se para dentro do quarto de seis tatames. Movendo em silêncio as mãos avermelhadas pelo frio, ele ia torcendo o pano dentro do balde e esfregando o quadro das portas.

— Coitado, deve estar com frio, não? É que o tempo ficou chuvoso de repente — compadeceu-se Oyone, que derretia a cola preparada no dia anterior entornando aos poucos sobre ela uma chaleira de água quente.

A verdade era que em seu íntimo Koroku desprezava por completo um afazer como esse. Ao considerar em especial que fora colocado a contragosto na situação em que se via desde os últimos tempos, tomou do pano de chão carregando consigo a impressão de estar sendo ridicularizado. Ele recordava ainda que em outros tempos, na casa do tio, quando lhe era requisitada a mesma espécie de trabalho, em vez de se sentir insatisfeito achava até divertido, encarando a lida inclusive como um passatempo. Agora, todavia, perguntava-se se não havia nada que pudesse fazer que fosse mais digno de suas habilidades; achava estar sendo forçado a desistir de seu futuro por aqueles que o rodeavam, o que servia apenas para acentuar a irritação causada pelo frio da varanda.

Em virtude disso, não ofereceu de bom grado à cunhada uma resposta satisfatória. Dentro de sua cabeça, refletiu-se a memória de um estudante da Faculdade de Direito que morava consigo na mesma pensão, tão pródigo que, quando saía para uma caminhada, era capaz de passar pela farmácia Shiseido e gastar quase cinco ienes comprando apenas um pacote com três sabonetes e uma escova de dente. Tal recordação lhe fazia sentir que não havia motivo pelo qual ele próprio havia de passar por um aperto como o de agora. O irmão e a cunhada pareciam-lhe assaz patéticos por haverem aguentado sobreviver em tais condições até então. A vida do casal era tão estúpida que, ponderava Koroku, era de imaginar que hesitassem até quanto a comprar um papel de Mino[33] para repor o das portas da casa.

— Com um papel destes, logo vai rasgar de novo — disse o rapaz enquanto estendia ao sol cerca de trinta centímetros do rolo de papel e o fazia soar, agitando-o duas ou três vezes com força.

— É mesmo? Mas não é para tanto, já que aqui em casa não temos criança — respondeu Oyone, deslizando uma brocha cheia de cola pelo quadro de uma porta.

Os dois estenderam o comprido rolo de papel segurando-o por ambas as pontas e, conquanto se esforçassem por retesá-lo, Koroku ocasionalmente dava ares de estar farto do trabalho, em face do que Oyone decidia por bem interromper a tarefa e cortar com uma navalha o pedaço até então desenrolado. Em consequência, era bastante visível o relevo na superfície do papel das portas que já haviam aprontado. Oyone contemplava a porta aberta já armada de volta nos trilhos com um quê de desconsolo. Pensou consigo mesma que, se ao menos seu ajudante houvesse sido o marido, em vez de Koroku...

— Ficou um pouco enrugado, não é?

— Acho que não tenho jeito para a coisa.

— Que nada, seu irmão também não é tão bom assim. Sem contar que ele é muito mais preguiçoso.

Koroku não ofereceu resposta. Pegou uma tigela de enxaguar a boca que Kiyo trouxera da cozinha, quedou-se em frente à porta aberta e borrifou a folha de papel até deixá-la molhada. Quando terminaram de colar o papel na segunda porta, a água borrifada na primeira já havia secado em grande parte, aplainando um bom número das rugas. Ao colar o papel em uma terceira porta, porém, Koroku

---

33. O papel produzido na cidade de Mino e proximidades, na província de Gifu, é conhecido desde o século XIII no Japão como sendo de excelente qualidade. Embora a região produza muitos tipos de papel, o mais conhecido é o *shoinshi*, um papel translúcido a princípio produzido especialmente para cobrir o *shoji* de salas de estudos.

queixou-se de dores nos quadris. Em verdade, quem mais sofria era Oyone, pois desde a manhã estava com enxaqueca.

— Vamos terminar só mais uma porta e acabar ao menos o quarto do chá — disse ela.

Enquanto davam cabo das portas do quarto do chá deu meio-dia, e os dois se lançaram à mesa. Desde que Koroku se mudara para ali, quatro ou cinco dias antes, Oyone se punha de frente para ele na hora do almoço quando Sosuke não se encontrava. Antes disso, ela jamais havia dividido aquela mesa com outra pessoa que não o marido. Caso Sosuke não estivesse em casa, já era costume de anos ela pegar sozinha os pauzinhos para comer. Era, portanto, uma experiência bastante estranha para Oyone começar uma refeição enquanto encarava o cunhado do outro lado da panela de arroz. Estivesse Kiyo trabalhando na cozinha não havia problema, mas, nos dias em que a criada não dava sinal de si ou não fazia nenhum ruído, Oyone sentia-se ainda mais tensa. Todavia, era evidente que, além de ela ser mais velha que o garoto, a julgar pelo relacionamento dos dois até então, jamais houve por que surgir entre eles alguma atmosfera libidinosa, do tipo que atrai pessoas do sexo oposto, nem sequer em um primeiro momento, quando ainda se viam acorrentados a uma convivência forçada. Oyone se indagava secretamente se algum dia desapareceria aquela sensação de aflição que lhe vinha no peito sempre que tinha de sentar-se à mesa de frente para Koroku. Encontrava-se ainda mais desnorteada porque, antes de receber o garoto em sua casa, não havia antecipado que seria esse o resultado. De mãos atadas, esforçava-se por conversar o mais que podia durante a refeição, na esperança de ao menos disfarçar o embaraço que a situação lhe causava. Por infortúnio, a pouca idade de Koroku o incapacitava para encontrar o discernimento ou a capacidade para agir de modo adequado perante a indisposição da cunhada.

— Koroku, era boa a comida na pensão?

Deparado agora com perguntas como essa, Koroku não conseguia mais responder do modo franco e indiferente como teria feito quando ainda frequentava a casa do irmão como mero visitante. Por vezes, o modo de expressar lacônico, como quando respondia "Não, eu não diria que sim", levava Oyone a interpretar que ele quiçá estivesse insatisfeito com o tratamento que recebia. Nos períodos de silêncio, acontecia por vezes de essa sua insegurança ser percebida por Koroku.

Naquele dia em especial, por não se sentir bem da cabeça, mesmo na hora da mesa era uma azáfama para Oyone realizar a etiqueta de sempre. Esforçar-se por puxar assunto e falhar a fazia ainda mais desgostosa. Em virtude disso, os dois terminaram a refeição com uma escassez de palavras ainda maior do que quando colavam o papel nas portas.

À tarde, talvez porque já houvessem se acostumado, o trabalho correu mais rápido que pela manhã. Os ânimos de ambos, entretanto, punham-nos ainda mais distantes que antes do almoço. Em particular o clima frio se fazia presente nos pensamentos dos dois. Quando acordaram, o tempo estivera tão limpo que o céu ensolarado parecia se tornar cada vez mais distante em sua imensidão. A partir do momento em que os quatro cantos do firmamento se pintaram de azul, contudo, nuvens apareceram de súbito e selaram o brilho do sol, como se urdissem flocos de neve na escuridão. Oyone e seu cunhado trocavam turnos para aquecer as mãos sobre o braseiro.

— Começando o Ano-Novo, o salário do mano vai aumentar, não? — Koroku disparou por acaso a pergunta para Oyone.

— Por quê? — limpando as mãos sujas de cola com os pedaços de papel que estavam sobre o tatame, a expressão da mulher foi de completa ignorância.

— Bem, você não viu no jornal? Estão dizendo que no ano que vem vai haver aumento de salário para o funcionalismo público.

Oyone não fazia ideia de tal notícia. Ao ouvir do cunhado uma explicação mais detalhada, pela primeira vez concordou que só podia ser verdade:

— Pudera. Do jeito que está agora ninguém leva a vida. Até o preço do peixe, desde que viemos para Tóquio, já chegou a dobrar.

Se o assunto era o preço do peixe, era Koroku quem estava de todo desinformado. Somente com a reclamação de Oyone ele refletiu pela primeira vez sobre como a inflação era absurda.

Isso atiçou a curiosidade do rapaz, graças à qual a conversa se desenrolou com uma fluência imprevista. Oyone repetiu a história sobre como os preços eram muito mais baratos nos dias de juventude do senhorio que morava nos fundos, tal como ouvira de Sosuke por esses dias. Naquela época, podia-se comer uma porção generosa de macarrão *soba* por oito milésimos de iene, e se compravam grãos por dois centavos e meio. Por um bife de carne bovina se pagava quatro centavos, seis se fosse filé. Ao teatro se ia por três ou quatro centavos. A um estudante, bastava que os pais lhe mandassem sete ienes por mês e estava tudo bem. Recebesse dez ienes, já se acharia um luxo.

— Se fosse naquela época, Koroku, você poderia se graduar na universidade sem problemas — disse Oyone.

— Meu irmão também, se vivesse naqueles tempos teria uma vida bem mais fácil — replicou o rapaz.

Quando terminaram de trocar o papel de todas as portas, já passava das três horas. Como não faltava tanto para Sosuke retornar, e porque logo teriam de começar os preparativos para o jantar, os dois deram a tarefa por encerrada e puseram-se então a guardar cola, navalha e o que mais havia de bagunça. Koroku espreguiçou-se o mais que pôde e, com os punhos fechados, bateu de leve na própria cabeça.

— Que trabalheira. Ficou cansado, não é? — Oyone confortou o rapaz. Koroku estava mais preocupado com a fome que sentia do que com o cansaço. A cunhada retirou um dos doces que Sakai lhes havia dado de presente, em agradecimento pela devolução da caixa de cartas, e deu para o rapaz comer. Em seguida, serviu-lhe chá.

— Esse tal de Sakai é formado na universidade? — perguntou ele.

— Parece que é, sim.

Koroku bebeu o chá e fumou um cigarro. Depois de algum tempo voltou a perguntar:

— Então o mano ainda não tinha falado sobre o aumento com você?

— Não, nem uma palavra.

— Seria bom se eu pudesse ser como ele. Não ficar insatisfeito por nada.

Oyone não deu especial atenção ao comentário. Sem mais, Koroku levantou-se e foi para o quarto de seis tatames. Logo retornou de lá, abraçado ao braseiro e dizendo que o fogo havia apagado. Estorvando o irmão como inquilino, ele por ora se conformara em suspender os estudos alegando algum motivo qualquer à escola, não deixando de acreditar nas palavras de consolo de Yasunosuke, que dizia que em breve a situação haveria de melhorar.

IX

A caixa de cartas roubada tornara-se motivo de um relacionamento antes impensado entre Sosuke e seu senhorio. Antes do incidente, a relação que havia entre os dois se resumia a negócios — uma vez por mês, Sosuke mandava Kiyo com o dinheiro do aluguel, e Sakai apenas recebia o pagamento —, de modo que não existia em absoluto a intimidade esperada entre dois vizinhos. Era tal como se no alto do paredão morasse um forasteiro vindo do Ocidente.

Na tarde do dia em que Sosuke devolvera a caixa, o investigador fora averiguar o pé do paredão aos fundos de sua casa, assim como previra Sakai. Este estivera junto na ocasião, proporcionando a Oyone a chance de ver pela primeira vez o seu rosto. Fora uma surpresa para ela constatar que, apesar de ouvir dizer que ele não possuía bigode, de fato o tinha, e que o senhorio era ainda mais educado do que ela pudera imaginar.

— Querido, no fim das contas Sakai tem bigode, sim — a mulher fez questão de contar ao marido quando este retornou.

Passados apenas dois dias, a cozinheira de Sakai viera trazer uma caixa de doces com o cartão de visitas do patrão, dizendo antes de partir que "ele era eternamente grato", que "pedia desculpas pelo transtorno causado", e ainda que "perdoassem-no por não haver ido em pessoa entregar a lembrança".

Naquela noite, Sosuke abriu a tampa da caixa de doces que lhe fora presenteada e disse, com a boca cheia de bolinhos recheados com feijão doce:

— Para nos dar algo assim, ele talvez não seja tão sovina. Deve ser mentira aquela história de que ele não deixa as outras crianças subirem no balanço dos filhos.

— Só pode ser mentira — Oyone também defendeu Sakai.

Conquanto o sentimento de intimidade que o casal nutria para com o senhorio houvesse aumentado a tal ponto após a aparição do gatuno, o ímpeto de estreitar ainda mais as relações com o vizinho não passava pela cabeça de Sosuke, nem habitava o coração de Oyone. O casal não tinha coragem de avançar outro passo nessa direção, mesmo que fosse em nome da promoção do bom entendimento e de uma interação social saudável entre vizinhos, e menos ainda, é evidente, por visar algum ganho pessoal. Caso houvessem deixado as coisas nos termos em que estavam, confiando tudo aos encargos do tempo, sem dúvida não tardaria para que Sakai voltasse a ser o mesmo Sakai de antes, que Sosuke voltasse a ser o mesmo Sosuke de antes, e que os corações das duas famílias outra vez se separassem por um paredão, à imagem de suas casas.

Todavia, houve apenas mais dois dias de intervalo nas relações, posto que ao fim do terceiro Sakai surgiu de supetão à porta de Sosuke, vestindo uma capa que parecia bastante quente, com gola de pele de lontra. Pouco acostumado a visitas noturnas, o casal surpreendeu-se, ou, poder-se-ia dizer, até se apavorou um pouco. Sosuke conduziu o senhorio à sala, onde este agradeceu de modo cortês pelo dia anterior e, desprendendo a corrente de ouro que trazia enrolada à faixa em crepe de seda de seu quimono, exibiu um relógio de ouro de tampa dupla:

— Graças a você, consegui reaver o que me fora roubado.

É verdade que ele havia notificado a perda à polícia, mas fora apenas por praxe, posto que o relógio era bastante velho e não lhe faria lá tanta falta. Ele já havia inclusive desistido de recuperá-lo, até que no dia anterior lhe chegara de surpresa um pequeno pacote sem remetente, o qual continha bem acondicionado o objeto roubado.

— O ladrão não deve ter conseguido usar. Ou viu que não valia muito dinheiro e, sem mais o que fazer, resolveu devolvê-lo. De qualquer modo, é algo que não se vê todo dia — riu Sakai. Em seguida explicou: — Se me perguntarem, na verdade a caixa de cartas era mais importante. Afinal, trata-se de uma lembrança de minha avó, que a ganhara na época em que trabalhava em um santuário.

Nessa noite Sakai falou por cerca de duas horas antes de voltar para casa, e tanto para Sosuke, que servira de interlocutor, quanto para Oyone, que ouvia os dois do quarto do chá, foi impossível negar que o senhorio era muito bom de prosa. Mais tarde a mulher avaliou:

— É um homem de muitos contatos.

— Isso é porque não faz nada — sugeriu Sosuke.

No dia seguinte, no caminho de volta da repartição, Sosuke desceu do bonde e passava pela loja de usados em Yokomachi quando viu de relance a capa com gola de lontra de Sakai. Ele estava com o perfil voltado para a rua, tratando de algo com o dono da loja. Sosuke considerou que não era a melhor ocasião para cumprimentá-lo, e fez menção de passar pelo estabelecimento sem se deter. Ao atravessar em frente à porta, no entanto, Sakai voltou o olhar para a calçada.

— Ei, e ontem à noite, hein? Já de volta?

Sosuke foi abordado de forma casual, o que o impediu de seguir indiferente pelo caminho. Reduzindo um pouco o passo, retirou o chapéu. Sakai aparentava já haver encerrado o assunto que tinha ali, e saiu da loja.

— À procura de algo? — perguntou Sosuke.

— Pois é — limitou-se o outro a responder, e pôs-se a caminhar para casa a seu lado. Mal percorreram uma dúzia de metros e Sakai se manifestou novamente: — Aquele senhor é um belo finório. Quis tentar me empurrar um Kazan[34] falsificado, por isso fui até lá para repreendê-lo.

Foi então que Sosuke veio a saber pela primeira vez que Sakai também nutria aquela mesma sorte de predileções que os demais ociosos. Refletiu com seus botões como teria sido bom se desde o princípio houvesse mostrado ao vizinho o biombo de Hoitsu que ainda esses tempos vendera.

— Ele é perito em obras de arte?

— Perito? Essa é boa! Aquele lá não entende nada de nada. Não

---

34. Kazan Watanabe (1793-1841), samurai de alto cargo e renomado pintor do período Edo, conhecido por utilizar técnicas ocidentais em suas pinturas no estilo *Nanga* (escola que buscava refletir a elite artística chinesa).

é fácil de ver só pela cara da loja? Não se encontra um artigo de valor sequer. Afinal, quem antes trabalhava comprando papel velho só poderia mesmo ter um negócio daquele.

Sakai sabia bastante sobre as origens do homem da loja de usados. Consoante dizia o senhor da quitanda, que vinha com frequência à residência de Sosuke, nos tempos do antigo governo militar os Sakais possuíam algum título de nobreza elevado, e eram a casa mais tradicional daquelas bandas. Sosuke tinha a impressão de que o homem também lhe contara o que haviam feito na ocasião da queda[35], mas não lhe ficou claro na lembrança se eles decidiram não partir para Sunpu, ou se partiram e depois retornaram para Tóquio.

— Desde pequeno ele já era um atrevido. Queria mandar nas outras crianças, por isso não era raro nos engalfinharmos — comentou Sakai sobre a própria infância e a do vendedor de usados. Sosuke perguntou-lhe por que o homem estava agora tentando lhe empurrar uma réplica de Kazan, o que Sakai explicou com uma risada: — Bem, acontece que desde o tempo de meu pai dávamos preferência a fazer negócios com ele, e por isso ele ainda vem de vez em quando me trazer alguma coisa. Mas não tem olho para isso, salvo pelo olho grande, pois tudo o que traz são trastes impossíveis de se considerar. Foi ainda por esses tempos que enfim comprei dele um biombo de Hoitsu, e agora ele fica esperando fazer mais negócio.

Sosuke ficou surpreso. Como não podia interromper a história, manteve-se calado. Sakai prosseguiu relatando como o vendedor se empolgara com a venda do biombo, e desde então vinha lhe trazer pergaminhos ornamentais dos quais ele próprio não fazia ideia do valor, ou ostentava com orgulho umas porcelanas que acreditava serem artigos da Coreia quando na verdade eram de Osaka. Arrematou com o parecer:

---

35. Refere-se à queda do governo militar, que sucedeu em 1868. Com o retorno do poder às mãos do imperador, o último xogum, Yoshinobu Tokugawa, transferiu-se para as proximidades do Castelo de Sunpu, na atual cidade de Shizuoka, sendo acompanhado por muitas famílias da nobreza militar.

— Enfim, num lugar daqueles só se pode comprar algo como uma mesinha para a copa ou, quando muito, uma chaleira nova.

Entrementes, haviam os dois chegado ao alto da ladeira. Sakai dobraria para a direita, enquanto Sosuke precisaria descer a ladeira. Este desejava caminhar mais um pouco ao lado do vizinho para perguntar sobre o biombo; contudo, por temer que parecesse estranho ele tomar um caminho mais longo para casa, despediu-se ali mesmo. Ao fazê-lo, ainda inquiriu:

— Será que eu poderia incomodá-lo com uma visita qualquer dia desses?

— Por favor — respondeu Sakai de bom grado.

O dia era de vento nenhum, inclusive com o sol a brilhar por certo intervalo, mas, posto que em casa Sosuke costumava reclamar de ser assaltado por um frio que penetrava até os ossos, Oyone não obstante aguardava o marido com o *kotatsu* móvel posicionado no centro da sala, com o quimono para o qual ele se trocaria ali dependurado.

Desde que começara o inverno, essa fora a primeira vez em que usaram o *kotatsu* ainda em pleno dia. À noite já o vinham usando havia algum tempo, mas o mantinham sempre no quarto de seis tatames.

— Ué, o que houve hoje para você colocar isso no meio da sala?

— Ora, se não temos visita nem nada, qual o problema? Agora que Koroku está usando o outro quarto, lá tem pouco espaço.

Sosuke sentiu pela primeira vez a presença de Koroku na casa. Recebeu a ajuda da esposa para vestir o quimono quentinho por cima da camiseta e enrolar a faixa do mesmo ao redor da cintura.

— É um frio polar aqui, se não colocarmos o *kotatsu* não há como suportar — o quarto de seis tatames que fora cedido a Koroku dava para o sul e para o leste, sendo portanto o cômodo mais quente de toda a casa.

Sosuke sorveu dois goles da xícara de chá fervendo que Oyone servira e perguntou:

— Koroku está?

Koroku já havia de estar em casa desde antes. Entretanto, seu quarto estava tão quieto que não se imaginaria existir alguém lá dentro. Oyone fez menção de levantar para ir chamar o rapaz, mas foi interrompida pelo marido: não era preciso, pois não tinha nada que tratar. Sem mais, aconchegou-se para dentro do *kotatsu* e deitou-se no chão. Com o paredão a cercar-lhe por um dos lados, a sala já vinha se pintando com as cores do lusco-fusco. Sosuke fez das mãos um travesseiro e quedou-se de mente vazia, apenas contemplando o cenário estreito e escuro. Ouviu então que Oyone e Kiyo trabalhavam na cozinha, produzindo sons que lhe soaram tão indiferentes como se vindos de uma casa vizinha. Não tardou para que o interior da sala escurecesse, de modo que somente as portas de papel se refletiam em um tom claro nos olhos de Sosuke. Ainda assim, ele se manteve imóvel. Não se importou em pedir que trouxessem o lampião.

Quando Sosuke saiu da escuridão para se acomodar junto à mesa do jantar, Koroku do mesmo modo deixou seu quarto e veio sentar em frente ao irmão. Dizendo que acabara se esquecendo porque estava ocupada, Oyone levantou-se e foi fechar as portas da varanda da sala. Sosuke teve vontade de advertir Koroku para que de noite ajudasse um pouco a atarefada cunhada, mesmo que fosse somente acendendo o lampião ou fechando as portas, mas considerou que seria ruim dizer algo indelicado a alguém que havia acabado de se mudar no dia anterior.

Os irmãos esperaram Oyone retornar da sala para enfim começar a jantar. Apenas então Sosuke contou sobre como naquele dia, no caminho de volta da repartição, topara com Sakai na frente da loja de usados e ouvira dizer que ele havia adquirido do vendedor de grandes óculos o biombo de Hoitsu. Oyone reagiu apenas com um "Nossa!", e fitou por um momento o rosto de Sosuke.

— Só pode ser aquele. Não há dúvida.

Embora Koroku não dissesse nada a princípio, conforme ouvia a conversa do casal passou a ficar claro para ele do que se tratava, o que o fez perguntar:

— Por quanto venderam, no total?

Antes de responder, Oyone olhou brevemente para o marido.

Ao terminar a refeição, Koroku foi logo para seu quarto. Sosuke retornou para dentro do *kotatsu*. Logo veio também Oyone para aquecer os pés. O casal concordou que não haveria mal em Sosuke ir até a casa de Sakai no próximo sábado ou domingo para dar uma olhada no biombo.

Chegado o domingo seguinte, Sosuke permitiu-se o seu sono relaxado de toda semana, o que lhe fez desperdiçar metade do dia antes mesmo do almoço. Oyone queixou-se mais uma vez de sentir a cabeça pesada, e recolheu-se para junto do braseiro com um ar de apatia que se deixava notar em tudo o que fizesse. Caso o quarto de seis tatames estivesse vago, em momentos como esse Oyone teria um lugar para se enfurnar desde as primeiras horas do dia. Ao refletir que haver cedido o quarto para Koroku equivalera a usurpar a esposa de seu local de refúgio, Sosuke sentiu-se particularmente vexado.

Conquanto o marido recomendasse que, caso não se sentisse bem, poderia estender o futon na sala para se deitar, Oyone se privava até de responder. Quando insistiu perguntando que tal seria se colocassem o *kotatsu* ali novamente, posto que ele também poderia aproveitar o calor, enfim gritaram a Kiyo para que trouxesse o aquecedor e um cobertor à sala.

Um pouco antes de Sosuke acordar, Koroku saiu rumo a não se sabe onde, sem dar sinal de si pela manhã. Sosuke não fez questão de perguntar a Oyone o destino do irmão. De uns tempos para cá, começava a lhe parecer sofrível fazer a esposa responder-lhe o que quer que fosse a respeito de Koroku. Havia momentos em que até achava bom caso a esposa se predispusesse a falar do cunhado pelas costas, independentemente de precisar repreendê-la ou confortá-la.

Mesmo ao meio-dia Oyone não abandonou o *kotatsu*. Sosuke imaginou que seria melhor para o corpo da esposa deixá-la descansar em silêncio, e foi sorrateiro até a cozinha para anunciar a Kiyo que iria fazer uma breve visita a Sakai. Jogou uma capa de quimono no estilo *inverness* por cima da roupa de casa e saiu pela porta. Quiçá porque até então estivera em um aposento sombrio, bastou ir à rua para o espírito se lhe avivar de súbito. Foi tomado por uma sensação agradável ao receber na pele o toque vigoroso do inverno, proporcionado pelo vento gélido que lhe retesava os músculos, o que fez

Sosuke pensar enquanto andava que não era bom manter Oyone sempre em casa daquele jeito. Seria uma lástima não fazer com que ela respirasse um pouco o ar da rua caso o tempo melhorasse.

Passando pelo portão da casa de Sakai, da cerca-viva que se punha entre a entrada principal e a porta da cozinha, saltou-lhe aos olhos algo vermelho que não condizia com o inverno. Dignou-se a se aproximar para averiguar do que se tratava, e descobriu um pequeno pijama de boneca. Pareceu-lhe admirável o modo como a roupinha estava pendurada em um galho de fotínia por uma vareta de bambu que a atravessava pelas mangas, arte digna de uma mocinha. Sem jamais haver tido a experiência de criar uma menina na idade de fazer tais brincadeiras, ou uma criança de qualquer idade que fosse, Sosuke quedou-se por algum tempo a contemplar o pijaminha vermelho, estendido tão casualmente para secar ao sol. Recordou-se da estante vermelha para bonecas — a qual seus pais, vinte anos atrás, mantinham em memória da irmãzinha que morrera jovem —, das bonecas de músicos da corte que enfeitavam sua prateleira central, bem como das oferendas de doces com adoráveis desenhos e saquê branco, que era mais seco que doce.

O dono da casa se encontrava sim, disseram-lhe, mas a família estava almoçando, e pediram a Sosuke que aguardasse um pouco. No momento em que se sentou, ele pôde ouvir no cômodo adjacente o alvoroço de algumas pessoas colocando as roupas de cama para secar. Ao que a cozinheira abriu a porta corrediça para lhe trazer um chá, Sosuke encontrou quatro olhos arregalados a espiarem-no por detrás do papel da porta. Viu ainda um terceiro rostinho desconhecido quando a criada voltou com um braseiro. Talvez fosse porque os via pela primeira vez, mas para Sosuke pareceu que, cada vez que se abria a porta, eram rostos diferentes que o fitavam, como se houvesse sabe-se lá quantas crianças na casa. Após a criada se retirar pela última vez, alguém abriu a porta levemente, deixando reluzir por um pequeno vão um olho negro. Começando a achar graça, Sosuke fez um sinal com a mão para convidar o xereta a entrar. Com isso, fecharam a porta por completo, e puseram-se a rir em uníssono três, ou melhor, quatro vozes.

Após alguns instantes, uma das meninas se manifestou:

— Ei, mana, vamos brincar de casinha como a gente faz sempre?

Aquela que parecia ser sua irmã mais velha explicou:

— Tudo bem, mas hoje vamos brincar de casinha ocidental. Como o Tosaku é o papai, temos que chamá-lo de *daddy*, e como a Yukiko vai ser a mamãe, temos que chamá-la de *mommy*. Certo?

Nesse momento, uma terceira voz disse:

— Que engraçado, chamar de *mommy* — e riu contente.

— Mas eu ainda vou ser a vovó, como sempre. A gente precisa de um nome estrangeiro para a vovó também. Como se diz vovó? — Sosuke as ouviu dizer.

— Bem, a vovó podemos deixar como "vovó" mesmo, não é? — elucidou a irmã mais velha.

Em seguida, por alguns instantes foram trocadas saudações animadas, como "ô de casa" e "olá, de onde você veio?". Misturou-se à conversa o trim-trim de uma voz a imitar um telefone. Tudo pareceu muito alegre e novo a Sosuke.

Foi então que se ouviram passos vindos de dentro da casa — haveriam de ser do dono que se aproximava. Todavia, este parou no cômodo adjacente e ordenou:

— Pois bem, vocês não fiquem fazendo bagunça aqui. Vão para lá. Ainda estamos com visita.

Uma das crianças de pronto respondeu:

— Ah, papai, não quero. Se você não me comprar um cavalo assim bem grande, não vou, não — a voz era de um garotinho. Talvez porque não tivesse muita idade, não conseguia falar direito, o que o fez despender um bom tempo e esforço no seu protesto. Sosuke achou o fato particularmente divertido.

O dono da casa sentou-se e, enquanto se desculpava por ter feito a visita esperar tanto tempo, as crianças já haviam partido para longe.

— É ótimo ver tanta animação — Sosuke expressou sua impressão tal como sentia, embora Sakai tenha parecido receber o comentário como uma mera demonstração de simpatia.

— Que nada, como você pode ver, isso aqui é um caos — respondeu em forma de apologia e, aproveitando o assunto, falou para

Sosuke sobre o fardo que era cuidar das crianças, explicando-lhe as inúmeras coisas que precisava fazer pelos filhos. Dentre as histórias que lhe foram contadas, foi uma novidade para Sosuke ouvir que as crianças certa vez encheram com carvão uma cesta de flores importada da China e colocaram o "enfeite" na alcova japonesa, ou ouvir ainda da travessura que aprontaram colocando água na bota de cadarços do pai e soltando lá dentro um peixinho dourado. Sakai passou em seguida a falar de como, porque tinha muitas meninas, precisava com frequência de tecido para roupas novas, pois bastava sair de viagem por duas semanas para voltar e encontrá-las cada vez mais altas, o que lhe causava a sensação de estar sendo sempre perseguido; sem contar que no futuro ainda haveria de se ver ensandecido pelas atribulações na busca de marido para as filhas — não apenas ensandecido, como também empobrecido. Essa conversa, todavia, não foi capaz de suscitar maior simpatia em Sosuke, que não tinha filhos. Pelo contrário, o que ele sentiu foi inveja, por não encontrar no comportamento ou no rostinho das crianças o menor motivo de preocupação, a despeito do modo como o pai delas se lamentava.

Calculando a ocasião oportuna, Sosuke perguntou a seu anfitrião se seria possível averiguar o biombo do qual haviam falado por esses dias. Sakai o atendeu sem demora: bateu palmas para chamar a criadagem e ordenou que trouxessem o artigo, guardado dentro do depósito. Voltou-se então para Sosuke:

— Eu o mantive ali, armado, até dois ou três dias atrás, contudo as crianças que você viu há pouco estavam se escondendo juntas atrás dele, meio que por brincadeira, e, travessas do jeito que são, achei melhor guardá-lo para evitar até que acabassem se machucando.

Quando ouviu essas palavras do senhorio, Sosuke sentiu-se desconfortável, e achou uma maçada ter causado trabalho ao pedir que lhe mostrassem o biombo. Para ser sincero, sua curiosidade não era assim tão forte. Com efeito, investigar se um pertence de outrem fora ou não no passado um objeto de sua própria posse não possuía efeito prático nenhum.

Não obstante, tal como Sosuke requisitara, o biombo foi logo trazido de dentro da casa até ao lado da varanda, expondo-se diante de seus olhos. Tratava-se deveras do mesmo artigo que até pouco tempo atrás se encontrava armado em sua própria sala. No momento em que descobriu o fato, no entanto, não ocorreu nos pensamentos de Sosuke nenhuma impressão digna de nota. Ao refletir sobre a cor dos tatames em que estava ora sentado, os grãos retos da madeira do teto, os enfeites na alcova, o desenho no papel das portas corrediças, enfim, no cenário em meio ao qual o biombo se encontrava, e o modo assaz cauteloso com que o retiraram do depósito, sendo preciso dois empregados para a tarefa, Sosuke constatou apenas que o objeto podia ser visto agora, sem dúvida, como algo dez vezes mais valioso do que quando estivera em suas mãos. Por não encontrar logo as palavras que lhe caberiam dizer, lançou um olhar ainda mais monótono que o natural ao artigo com que já estava acostumado.

O senhorio confundiu o comportamento de Sosuke com o de um diletante. Ergueu-se e levou a mão à borda do biombo, cotejando as faces do observador e da obra de arte. Contudo, posto que Sosuke não oferecia nenhuma crítica, disse:

— Este aqui é de origem comprovada. Basta olhar.

— De fato — aquiesceu Sosuke.

O senhorio logo deu a volta por trás de Sosuke e, apontando aqui e ali com o dedo, forneceu-lhe uma análise, ou explicação, sobre a obra. Conquanto ele houvesse mencionado algumas novidades para Sosuke, como a beleza das cores se dever às condições singulares do artista, o qual por ser filho de um senhor feudal se dava ao luxo de usar os melhores pigmentos, muitos de seus comentários advinham também do conhecimento geral.

Calculando outra vez a ocasião oportuna, Sosuke desculpou-se e retomou o assento de antes. O anfitrião acompanhou-o e acomodou-se em sua almofada. Pôs-se a falar então sobre um poema intitulado "Estrada entre os campos" ou algo do gênero, ou ainda sobre caligrafia. Sosuke diria que o senhorio parecia outro grande amigo dos livros e do *haiku*. Chegou a imaginar que o homem sabia de tudo um pouco, a ponto de se perguntar em que momento ele fora capaz de armazenar tanta informação em sua cabeça. Sentindo um tanto de vergonha, Sosuke esforçou-se por falar o menos possível, apenas apurando os ouvidos ao que ia dizendo seu companheiro de conversa.

Sakai atentou para a escassez de conhecimento de sua visita quanto a esses outros assuntos e voltou a falar de pinturas. Ele não possuía nada de grande valia, mas, caso Sosuke desejasse, poderia lhe mostrar alguns livros de arte ou pergaminhos que havia no depósito, ofereceu gentilmente. Sosuke viu-se forçado a recusar a boa vontade. Em vez de pedir que lhe mostrassem mais coisas, desculpou-se *a priori* pela indiscrição e indagou ao senhorio que valor ele teria pago na ocasião da compra do biombo.

— Bem, foi um achado. Comprei por oitenta ienes — respondeu Sakai de pronto.

Sentado em frente ao senhorio, Sosuke ficou cogitando se deveria ou não contar a respeito do biombo, até cuidar que seria interessante revelar de súbito a história e começou a relatar tudo desde o princípio, dizendo que na verdade acontecera assim e assado.

Sakai ouvia enquanto intercalava volta e meia algumas interjeições de surpresa, e por fim riu alto do próprio engano, como se fora uma experiência das mais cômicas:

— Então, você não veio aqui somente por querer vê-lo, por ter algum interesse em obras de arte? — ao mesmo tempo, lamentou-se porque, se era esse o caso, ele poderia ter negociado diretamente com Sosuke por um preço adequado. Encerrou com uma censura ferrenha ao vendedor de usados de Yokomachi, chamando-o de um sujeito imprestável.

Após esse dia, Sosuke e Sakai tornaram-se relativamente íntimos.

X

Nem a tia Saeki, nem Yasunosuke vinham mais à residência de Sosuke. Este, como sempre, tampouco dispunha de folga para ir a Kojimachi. Interesse para tanto também lhe faltava. Conquanto fossem parentes, o sol que iluminava suas respectivas casas era outro.

Apenas Koroku era quem aparentava vez por outra sair para bater à porta da tia, embora a frequência de suas visitas também não se mostrasse abundante. Uma vez que retornasse, tinha por costume não contar praticamente nada a Oyone sobre como iam as coisas por lá. Ela se perguntava se o rapaz não fazia isso de propósito. Contudo, posto que a vida de Oyone não recebia nenhuma influência dos Saekis, ela ficava antes contente por não saber do estado da tia do marido. Havia ocasiões, no entanto, em que ela acabava ouvindo sobre a situação na outra casa a partir das conversas entre Koroku e Sosuke.

Cerca de uma semana atrás, o rapaz contou ao irmão que Yasunosuke estava outra vez atribulado na tentativa de pôr novas descobertas em prática. Sosuke o ouviu dizer que haviam inventado um modo de fazer impressões nítidas sem a necessidade de tinta, e, perguntando mais a respeito, constatou que se tratava de uma máquina assaz preciosa. Tanto pelo teor da conversa quanto pela dificuldade do tópico, que ademais não lhe era de nenhuma serventia, Oyone manteve-se quieta como de costume. Sosuke, por outro lado, parecia ter sua curiosidade de homem atiçada, buscando confirmar como era possível imprimir o que quer que fosse sem o uso de tinta.

Koroku, leigo no assunto, não foi capaz, evidentemente, de fornecer respostas minuciosas. Apenas se esforçou por repetir a explicação que ouvira de Yasunosuke, conforme lhe restara na memória. A dita técnica de impressão havia sido inventada recentemente na

Inglaterra e, em fundamento, não passava do uso de energia elétrica. Atavam um eletrodo aos tipos e passavam um segundo eletrodo pelo papel, aí bastava pressionar os tipos contra o papel para logo conseguir a impressão, disse Koroku. A cor normal que resultava era preto, mas era possível ajustar para conseguir vermelho ou azul, e, portanto, era útil também para impressão a cores, o que já era algo precioso apenas por remover o tempo de espera para que a tinta secasse. Caso efetivassem seu uso nos jornais, não somente se poderia economizar com tinta e rolos de prensa, mas, considerando que, ao olhar pelo todo, um quarto do trabalho que se tinha até então seria eliminado, o futuro do empreendimento era auspicioso ao extremo — Koroku repetia de modo consoante tal qual lhe contara Yasunosuke. Ele falava como se esse futuro auspicioso já estivesse nas mãos do primo. Brilhavam-lhe os olhos, ainda por cima, como se no porvir do promissor Yasunosuke estivesse incluído também ele próprio, igualmente promissor. Sosuke dava ouvidos ao que dizia seu irmão com a mesma postura de sempre, um tanto plácido até, porém, uma vez findado o relato, não contribuiu com nenhuma crítica notável. Aos olhos de Sosuke, na verdade, uma descoberta assim poderia passar tanto por verdade quanto por mentira, sendo-lhe impossível dizer algo contra ou a favor enquanto a invenção não fizesse de fato parte do mundo.

— Então ele já abandonou os barcos pesqueiros? — Oyone, que até agora se mantivera calada, abriu a boca pela primeira vez.

— Abandonar, não abandonou, mas aquilo era muito mais custoso. Parece que, por mais útil que fosse, não era qualquer um que podia fazer tamanho investimento — respondeu Koroku. Seu modo de falar era tal como se fosse representante direto de Yasunosuke.

A conversa continuou por algum tempo entre os três, até que, ante as palavras de Sosuke: "É fato, não importa o que se faça, nada acontece assim tão fácil", e ao arremate de Oyone: "O melhor mesmo é ter bastante dinheiro e ficar só se divertindo, como Sakai", Koroku retirou-se mais uma vez para seu quarto.

Era em oportunidades como essa que informações sobre os Saekis de vez em quando chegavam aos ouvidos do casal, apesar de que, na maior parte dos dias, viviam ambas as casas sem fazer nenhuma ideia de como viviam os outros.

Certa feita, Oyone lançou esta pergunta a Sosuke:

— Toda vez que Koroku vai à casa de Yasu, ele deve ganhar algum trocado, não é mesmo?

Até então, Sosuke não havia dispensado grande atenção aos assuntos de Koroku, de modo que, uma vez confrontado com tal pergunta, de pronto devolveu com um "Por quê?".

Ao cabo de alguns momentos de hesitação, a esposa enfim advertiu:

— Ora, pois nos últimos tempos tem acontecido com frequência de ele voltar para casa depois de alguma bebedeira.

— Ora, pode ser que Yasu pague alguns copos para ele, quando fica lhe contando aquelas histórias de invenções e de lucros — disse Sosuke com uma risada. A conversa terminou por aí, sem se desenvolver além.

No anoitecer do terceiro dia após esse diálogo, já passava da hora do jantar e Koroku ainda não havia retornado. Embora o houvesse aguardado por algum tempo, Sosuke por fim anunciou que já estava de estômago vazio e pôs-se a comer, indiferente à boa graça de Oyone para com o cunhado; ela aconselhou o marido a ir ao banho público ou passar o tempo de alguma maneira enquanto esperavam. Nesse momento, a esposa o abordou:

— Você tem que dizer para Koroku cortar a bebida.

— Ele está bebendo tanto assim para precisar que alguém lhe chame a atenção? — Sosuke esboçou uma expressão de leve surpresa.

Oyone viu-se obrigada a confessar que não, também não chegava a tanto. Todavia, ela se sentia insegura, pois não havia como dizer que Koroku não retornaria com a cara vermelha inclusive durante o dia, quando não havia ninguém em casa. Sosuke deixou o assunto por estar. Consigo mesmo, no entanto, ponderou se o irmão não estaria de fato tomando dinheiro emprestado de alguém, ou o ganhando e gastando tudo em bebida, mesmo que só de birra, posto que não lhe aprouvesse o hábito.

Enquanto isso, o ano chegava ao fim, com as noites passando a dominar dois terços do dia. Era corriqueiro o sopro do vento. Seu ruído oprimia as pessoas. Koroku não aguentava passar o dia inteiro enfurnado no quarto. Caso se pusesse a pensar com calma, quanto mais o fizesse, mais a solidão o atormentava, tornando insuportável a permanência ali. Ir até o quarto do chá para conversar com a cunhada era uma maçada ainda maior. Sem alternativa, saía à rua. Dava voltas então pelas casas dos amigos. No começo, os amigos tratavam-no da mesma maneira de sempre, conversando com animação sobre tópicos do interesse de jovens estudantes. Mesmo após se encerrar o assunto das conversas, contudo, Koroku continuava com suas visitas. Por fim, os amigos avaliaram que Koroku só os visitava no ápice de seu tédio, deixando-se absorver na reiteração dos mesmos diálogos. Havia vezes em que ele dizia estar muito atarefado com pesquisas ou leituras para as aulas. Koroku sentia grande desprazer em ser considerado pelos amigos um preguiçoso que levava a vida despreocupado. Não era capaz, todavia, de se aquietar em casa para ler ou refletir sobre o que quer que fosse. Em suma, para um jovem mais ou menos na sua idade, e poder-se-ia tomar isso como uma etapa antes de atingir a maturidade, era impraticável fixar a atenção nas coisas que precisava estudar, ou naquilo a que era preciso dedicação — fosse por sua instabilidade interior ou pela pressão exterior.

Apesar de tudo, nos dias em que o vento soprava a chuva paralela ao solo, ou em que as ruas ficavam impregnadas de neve derretida, ocasiões em que se fazia inevitável encharcar o quimono e havia a necessidade maçante de secar a lama das meias, acontecia de até mesmo Koroku acabar procrastinando seus passeios. Em dias assim, ele saía volta e meia do quarto a demonstrar real aflição, sentava-se langoroso junto ao braseiro e servia-se de chá ou o que houvesse para beber. Ocorresse de Oyone também estar ali, era possível até que trocassem uma ou duas amenidades.

"Koroku, você gosta de beber?", perguntou Oyone certa vez. "Já é quase Ano-Novo. Quanto *ozoni*[36] você vai comer este ano?", indagou ainda em outra ocasião.

Conforme se repetiam abordagens desse gênero, pouco a pouco os dois conseguiram se aproximar. No final, o próprio Koroku passou a procurar a cunhada em busca de favores, como a feitura de uma costura aqui ou ali. Enquanto Oyone costurava o rasgo na manga do *haori* de tecido *kasuri*, por exemplo, Koroku sentava-se ocioso próximo a ela, observando-lhe o movimento das mãos. Fosse ali o marido, Oyone seria capaz de manejar a agulha em silêncio por todo o tempo do mundo, como já estava acostumada a fazer; quando o espectador era Koroku, contudo, era uma característica dela não conseguir conduzir o trabalho com igual descaso. Em virtude disso, também nesses momentos se esforçava por puxar assunto. Quanto ao tópico da conversa, invariavelmente voltava-se à questão que Koroku não conseguia afastar da ponta de sua língua, ou seja, o que haveria de se fazer pelo seu futuro.

— Ora, Koroku, você ainda é muito jovem. O que quer que você faça, será daqui para frente. Deixe que seu irmão pensará em algo. Não é preciso se desesperar assim — Oyone reconfortou-o desse modo por duas vezes apenas. Na terceira, perguntou: — Yasu não tinha se comprometido a dar algum jeito a partir do ano que vem?

— Pois é, se tudo correr tão bem quanto Yasu falou, de acordo com os planos dele não haverá problemas, mas, à medida que penso, começo a ter uma vaga sensação de que não vai dar certo. Afinal, os barcos pesqueiros também não parecem estar dando muito lucro — disse Koroku com uma expressão de incerteza.

Vendo a figura desolada do rapaz, Oyone o contrastou com aquele outro Koroku, que voltava embriagado para casa, encerrando em si certo espírito agressivo, extremamente insatisfeito, como se alguém lhe tivesse pisado nos calos, e no fundo do coração sentiu pena do cunhado, embora tenha achado ainda um

---

36. Espécie de sopa contendo *mochi* (bolinhos de arroz), tipicamente consumida no início do ano.

tanto de graça. Ela expressou sua simpatia, sem tentar afetar mera bajulação:

— É verdade. Se ao menos seu irmão tivesse dinheiro, faríamos o possível para dar um jeito.

Foi quiçá nessa mesma noite que Koroku enrolou uma manta no corpo frio e saiu, regressando depois das oito horas. Na frente do casal, retirou da manga do quimono algo branco, um saco fino e comprido, e disse que devido ao frio pensara em comer bolinhos cozidos de farinha de *soba*, motivo pelo qual comprara o ingrediente no caminho de volta dos Saekis. Enquanto Oyone fervia a água, Koroku disse que prepararia o *dashi* para tempero, e empenhou-se em ralar pedaços de atum-bonito.

Sosuke e a esposa ouviram, nessa ocasião, as últimas novidades sobre o casamento de Yasunosuke, que havia sido adiado até a primavera. A união dos noivos havia acontecido logo após o primo haver se graduado na universidade, de modo que, quando Koroku retornara de Boshu e tivera o dinheiro dos estudos cortado pela tia, a conversa do matrimônio já ia bastante adiantada. Como nunca recebera uma notificação formal, Sosuke sequer sabia quando haviam decidido pelo casamento, baseando-se apenas nas informações que Koroku vez por outra trazia da casa da tia Saeki para deduzir que, ainda antes do fim do ano, haveriam de ter uma nova prima na família. O que lhe chegara de mais aos ouvidos, igualmente por meio de Koroku, fora que a noiva provinha da família de um funcionário de alguma empresa, o qual levava uma vida abastada, e que ela havia estudado na Escola de Moças.[37] Quem conhecia o rosto da mulher, por fotografia, era apenas Koroku.

— Ela tem boas feições? — perguntara Oyone certa vez.

— Bem, feia ela não é — respondera Koroku na ocasião.

Naquela noite, enquanto esperavam para que ficassem prontos

---

37. Escola de Moças de Tóquio, famosa à época por incluir em seu corpo discente jovens de famílias bastante respeitadas.

os bolinhos de *soba*, a dúvida sobre o motivo pelo qual não fariam a cerimônia ainda este ano serviu de tópico de conversa entre os três. Oyone tomou a liberdade de inferir que haveria de ser devido ao horóscopo. Sosuke ponderou que no fim das contas deveria ser porque não encontraram um dia auspicioso para marcar o evento. Apenas Koroku deu uma resposta fora do usual, prática em demasia:

— Na verdade, acho que é porque faltam os recursos. Como a noiva vem de uma família cheia de pompas, nossa tia não pode deixar a cerimônia por menos.

XI

O mal-estar de Oyone começou quando o outono estava a meio, na época em que o vermelho escuro das folhagens já se fazia escasso. Mesmo quando moravam em Hiroshima ou Fukuoka, e salvo apenas pelo tempo em que estiveram em Kyoto, Oyone jamais gozara de boa saúde. Quanto a esse aspecto, mesmo após a vinda para Tóquio ela não pôde se dizer abençoada. Em outras ocasiões, ela já havia sentido tamanho tormento a ponto de conseguir duvidar se até a água da terra em que nascera lhe fazia bem aos ânimos.

Nos últimos tempos, a situação vinha se acalmando, a ponto de já se tornar possível contar nos dedos quantas vezes no ano Sosuke precisava se preocupar por causa da esposa, o que permitia a ambos passarem os dias aliviados, tanto ele, quando saía para a repartição, quanto ela, quando ficava em casa à espera de seu retorno. Em virtude disso, ao final daquele outono, quando veio a estação em que o vento atravessa a fina geada para soprar impiedoso sobre a pele, mesmo havendo piorado um pouco de saúde, Oyone não chegou a ficar assim tão sobressaltada. No começo, nem sequer havia contado sobre sua indisposição a Sosuke. Depois que ele descobriu, por mais que recomendasse à esposa ir ao médico, ela não lhe dava ouvidos.

Até que Koroku viera de mudança. Sosuke analisara Oyone na ocasião e, em seu papel de marido, sabendo bem de suas condições físicas, bem como de seu estado de espírito, quisera evitar o máximo possível aumentar o número de pessoas morando consigo, para não tornar o lugar muito agitado. Todavia, como se tratava de uma situação inevitável, não houve outra solução senão deixar as coisas seguirem o curso que deviam. Ele se ateve apenas ao contraditório conselho de que era preciso preservar a tranquilidade da casa a todo custo.

"Não há problema", Oyone teria dito com um sorriso. Quando ouviu essa resposta, Sosuke viu-se sobremodo incapaz de manter a própria calma. A despeito de tudo, por algum mistério o ânimo de Oyone melhorara bastante após a vinda de Koroku. Aparentando ter o coração apertado, talvez porque aumentasse um pouco sua responsabilidade na casa, ela se empenhava mais que o normal para servir ao marido e ao cunhado. Conquanto Koroku não se apercebesse disso em absoluto, aos olhos de Sosuke era evidente o modo como a esposa estava dedicada como nunca. Ao mesmo tempo que descobriu no peito um sentimento novo de gratidão à diligente esposa, ele se preocupava, desejando que tanta dedicação não causasse nenhum distúrbio capaz de interferir no estado de saúde dela.

Por infelicidade, ao vigésimo dia do último mês do ano, a preocupação de Sosuke de súbito se tornou real, motivo pelo qual ele passou a andar aflito como se houvessem ateado fogo em seus temores prévios. Nessa data, desde a manhã o céu deixara de refletir sua luz sobre a terra, coberto que estava por camadas de nuvens, e um frio opressor esmagou a cabeça de todos pelo dia inteiro. Oyone, por não haver conseguido dormir na noite anterior, lançou-se ao trabalho segurando nas mãos a cabeça cansada e, cada vez que precisava se levantar ou se mexer, a dor parecia chegar-lhe até o cérebro. Não obstante, quiçá graças ao estímulo distrativo que lhe proporcionava o mundo relativamente alegre lá fora, era-lhe mais fácil suportar o sofrimento antes trabalhando do que deitada, caso em que teria apenas a cabeça a latejar. Por ora, Oyone suportava a dor como podia, segura de que bastaria aguardar um pouco para ela ceder, a exemplo de sempre, antes da hora de despachar o marido para o trabalho. Entretanto, tal como se o espírito relaxasse porque uma parte de suas obrigações fora cumprida, bastou Sosuke partir para que o céu sujo enfim começasse a causar seu efeito opressor sobre a cabeça da mulher. Caso olhasse para o céu, tinha a impressão de que estava a congelar; se ficasse em casa, imaginava que o frio se infiltraria pelo papel das portas da varanda — tamanha era a febre de Oyone. Sem alternativas, buscou o futon que havia guardado pela manhã, estendeu-o na sala, onde pôde, e deitou-se. Como continuava a não suportar a dor, fez com que Kiyo lhe trouxesse uma toalha úmida para colocar sobre a cabeça. A toalha logo esquentava, porém, e a criada manteve uma bacia com água fria ao lado da cabeceira para molhá-la de novo de tempos em tempos.

Até o meio-dia Oyone procurou remediar a situação resfriando a fronte febril desse modo provisório, contudo, posto que isso não surtisse resultado nenhum, não lhe apeteceu levantar-se somente para fazer companhia a Koroku na hora da refeição. Disse a Kiyo que colocasse a mesa para o rapaz, mas ela própria, é claro, não deixou o leito. Fez trazerem-lhe então a almofada macia que seu marido costumava usar, para trocar o travesseiro rígido em que apoiava a cabeça. Oyone não dispunha sequer de disposição para se incomodar com o possível desmanchar do penteado, como teria qualquer mulher.

Koroku saiu do quarto, abriu uma fresta da porta e espiou Oyone; todavia, visto que ela estava parcialmente voltada para a alcova e não se lhe enxergavam os olhos, imaginou talvez que a cunhada estivesse dormindo, e cerrou a sala outra vez sem dizer uma palavra sequer. Em seguida, tomou somente para si a mesa do almoço e lançou-se à refeição, fazendo ouvir o tempo todo o som do arroz com chá sendo agitado.

Por volta das duas horas, Oyone enfim conseguira tirar uma pestana, mas, ao abrir os olhos, percebeu que a toalha que tinha sobre a testa estava tépida, quase seca. A cabeça, em compensação, havia aliviado. Seu estado agravou-se, no entanto, por um peso, que agora lhe assaltava os ombros e as costas. Por pensar que não lhe faria bem passar assim langorosa, levantou-se e foi sozinha fazer um leve almoço atrasado.

— Como está a senhora? — insistiu Kiyo por notícias enquanto servia sua ama à mesa. Como aparentava já estar bem melhor, Oyone pediu que a criada guardasse o futon. Aproximou-se do braseiro e esperou pelo retorno do marido.

Sosuke voltou no mesmo horário de costume. Contou que a avenida no bairro de Kanda já exibia por toda parte bandeiras anunciando vendas de fim de ano, e que na loja de departamentos as festivas cortinas vermelhas e brancas que se estendiam serviam para entusiasmar a banda que por lá passava. Por fim, recomendou:

— Está uma animação só. Você devia fazer uma visita. Não há

por que não tomar um bonde e ir até lá — ele tinha as faces vermelhas como se houvesse sido corroído pelo frio.

Quando ouviu o marido animá-la assim, pareceu impossível para Oyone revelar-lhe seu mau estado de saúde. Além do mais, na prática já não estava assim com tantas dores. Com a mesma expressão casual de sempre, ajudou Sosuke a vestir um quimono e dobrou suas roupas de trabalho, enquanto a noite se anunciava.

Chegando perto das nove horas, no entanto, ela voltou-se de súbito para Sosuke e lhe disse que gostaria de ir para a cama mais cedo, pois se sentia um tanto indisposta. Como até então eles conversavam todos os dias com o ânimo inalterado, ele surpreendeu-se um tanto, mas ante as promessas da esposa de que não era nada importante, logo se tranquilizou e ordenou à criada que preparasse o leito.

Após Oyone se recolher, por cerca de vinte minutos Sosuke viu a noite perene iluminar-se pelo lampião, enquanto escutava ao pé do ouvido o som da chaleira a bulir. Veio-lhe à memória o rumor de que no próximo ano fiscal haveria aumento de salário para o funcionalismo público. A esse rumor aliava-se outro, de que antes do aumento sem dúvida fariam alguma reforma ou demissão em massa. Sosuke perguntou-se em qual dos dois grupos ele estaria enquadrado. Lamentou o fato de que Sugihara, que primeiro o indicara para o emprego em Tóquio, não era mais chefe de seção no Ministério. Parecia-lhe um milagre ele não haver ficado doente desde que se mudara para a capital — o que também acarretava em não haver pedido licença do trabalho ainda nenhuma vez. Desde que abandonara os estudos não lia praticamente livro nenhum, o que, se por um lado o tornava um tanto mais parvo que um cidadão normal, por outro não lhe causava nenhum empecilho na repartição, considerando-se que sua função por lá não exigia tanto exercício mental.

Após pensar em variáveis diversas, decidiu com seus botões que, vá lá, haveria de se safar das demissões. Bateu de leve com a ponta das unhas na borda da chaleira. Nesse momento, chegou da sala a voz lamuriosa da esposa a chamá-lo, "Querido, venha aqui um pouquinho", e ele se ergueu em um afã.

Chegando à sala, encontrou Oyone de cenho fechado, com a

mão direita a pressionar o próprio ombro e o corpo descoberto até o peito. Sosuke levou a mão ao mesmo local, de modo quase mecânico. Por sobre a mão que a esposa usava para pressionar, ele agarrou com força o ângulo formado pelo osso.

— Um pouco mais para trás — pediu Oyone em forma de apelo. Até que a mão de Sosuke encontrasse o ponto que ela indicava, foi necessário reposicionar a mão duas ou três vezes mais. Ao pressionar com o dedo, verificou que o ligamento entre o pescoço e o ombro, na direção das costas, estava rígido como pedra. Oyone queria que ele pressionasse aquela região com toda a força de um homem. O suor brotou da fronte de Sosuke. Mesmo assim, a força não era o bastante para confortá-la.

Sosuke lembrou-se, entre as palavras antigas que sabia, do termo *hayauchikata*, outro nome para a angina. Conforme uma história que seu avô lhe contava quando era criança, o velho certa vez havia montado no cavalo para ir a algum lugar quando, no meio do caminho, foi tomado por esse tal espasmo. Ele saltou de imediato da montaria, sacou do facão e logo cortou o ombro para deixar vazar o sangue, graças ao que conseguiu manter a vida que estivera por um fio. Essa história agora saltou vívida à memória de Sosuke. Nesse momento, ele pensou que urgia fazer alguma coisa. Não conseguia decidir, no entanto, se seria bom ou ruim buscar uma faca para cortar as carnes do ombro da esposa.

De súbito, o sangue de Oyone havia subido à cabeça, e ela se enrubescera até as orelhas. Indagada se sentia a cabeça quente, ela respondeu que o calor era insuportável. Sosuke ordenou a Kiyo que enchesse uma bolsa de gelo com água fria e a trouxesse. Por infelicidade, não havia bolsa de gelo, mas Kiyo molhou uma toalha na bacia, do mesmo modo como fizera de manhã. Sosuke pressionou com todas as suas forças o ombro de Oyone enquanto a criada procurava lhe esfriar a cabeça. Vez por outra, perguntavam se ela se sentia melhor, mas tudo o que a mulher fazia era reclamar, com a voz débil, de dor. Sosuke amedrontou-se. Fez menção de ir decidido à rua em busca do médico, mas a preocupação lhe tolheu a vontade de pôr um pé que fosse para fora de casa.

— Kiyo, vá depressa para a rua, compre uma bolsa de gelo e chame o médico. Ainda é cedo, ele deve estar acordado.

A criada levantou-se de pronto, olhou para o relógio no quarto do chá e, avisando que eram nove e quinze, foi até a porta dos fundos. Ao que procurava afobada por seus *geta*, por sorte retornou Koroku. Sosuke chamou o irmão com vigor:

— Ei, Koroku!

O rapaz se demorou um pouco no quarto do chá, mas, como Sosuke gritou por ele outras duas vezes sem trégua, viu-se obrigado a responder; disse com a voz baixa que já iria, e despontou a cabeça pelo vão da porta. Seu rosto trazia os contornos dos olhos vermelhos, como os de alguém que andara bebendo e ainda não se recuperara de todo da embriaguez. Olhando para dentro do quarto, enfim espantou-se:

— Houve alguma coisa? — perguntou com uma expressão que sugeria haver ficado sóbrio de imediato.

Sosuke repetiu as ordens que dera a Kiyo para o irmão, insistindo para que se apressasse. Sem haver sequer retirado sua manta, Koroku dirigiu-se mais uma vez até o vestíbulo.

— Mano, ir até a casa do médico vai ser muito demorado, então vamos pedir para usar o telefone na casa de Sakai e chamá-lo logo para cá.

— Sim, faça isso mesmo — respondeu Sosuke. No intervalo durante o qual Koroku esteve fora, Sosuke fez com que Kiyo trocasse continuamente a água da bacia, enquanto ele apertava e massageava com devoção o ombro da mulher. Desse modo ele distraía a própria mente, pois não aguentava ficar olhando o sofrimento de Oyone sem fazer nada.

Para Sosuke, nesse instante, não existia nada mais penoso do que aguardar o médico, perguntando-se se ele viria de imediato ou se demoraria. Apertando o ombro de Oyone, ele se mantinha atento a qualquer movimento em frente a casa.

Quando enfim o médico chegou, Sosuke teve a impressão de que se encerraria a noite de tormento. Aquele não negava a profissão, pois não deixava transparecer em sua postura nenhum sinal de aflição. Ele trouxe sua maleta para junto de si e, portando-se com serenidade absoluta, examinou sem pressa a paciente, tal como se estivesse a tratar de alguém com uma doença crônica. O fato de ter ao seu lado uma pessoa com a expressão assim tão plácida serviu para aquietar também o peito angustiado de Sosuke.

O médico advertiu Sosuke sobre o método de tratamento, recomendando aplicar mostarda à região afetada, aquecer os pés da enferma com um pano umedecido e usar gelo para lhe esfriar a cabeça. Ele mesmo misturou então pó de mostarda com um pouco de água para untar Oyone do ombro até a testa. O pano umedecido ficou a cargo de Kiyo e Koroku. Sosuke, por sua vez, colocou o saco de gelo sobre a toalha que a esposa ainda tinha na cabeça.

Enquanto ocupavam-se com aqueles cuidados, uma hora se passou. O médico disse que deveriam observar a paciente por mais algum tempo para ver como seu quadro progrediria, e aguardou sentado ao lado da cabeceira. Embora volta e meia trocassem alguma conversa casual, pela maior parte da espera tanto um quanto o outro apenas observaram o estado de Oyone. A noite voltou a ser envolvida pelo mesmo silêncio de antes.

— A febre cedeu bastante — disse o médico. Como Sosuke já se sentia desconfortável em reter o médico, após ouvir detalhadamente do homem os cuidados que deveria tomar, disse-lhe que, por favor, não se obrigasse a ficar ali por mais tempo. Afinal, a essa altura Oyone já havia melhorado sobremaneira.

— Não deve haver mais problemas. Vou dar uma dose de remédio para vocês, e façam com que ela tome esta noite. Acho que ela conseguirá dormir bem — despediu-se o médico. Koroku seguiu-o logo atrás.

Enquanto Koroku buscava o remédio à casa do médico, Oyone perguntou as horas e ergueu os olhos para o marido ao lado da cabeceira. O sangue já havia deixado de enrubescer-lhe o rosto como fizera ao entardecer, e agora suas bochechas particularmente pálidas refletiam sob a luz do lampião. Por imaginar que a má aparência talvez fosse culpa do cabelo negro que se encontrava desmantelado, Sosuke fez questão de pentear para cima as madeixas que caíam pelos flancos do rosto da mulher.

— Está um pouco melhor, não? — perguntou.

— Sim, estou bem melhor — Oyone deixou ver a mesma expressão risonha de sempre. Mesmo nas horas de maior aflição, ela jamais se esquecia de mostrar um sorriso para o marido. No quarto do chá, Kiyo ressonava, estirada no chão.

— Diga para Kiyo que ela já pode se recolher — pediu Oyone para Sosuke.

Já era perto da meia-noite quando Koroku voltou com o remédio que o médico receitara e finalmente deram-no à enferma. Depois disso, não passaram nem vinte minutos e ela caiu em um sono tranquilo.

— Que bela cena — disse Sosuke enquanto mirava o rosto da mulher.

Koroku também observou o estado da cunhada por alguns momentos, até que respondeu:

— Agora já deve estar tudo bem — os dois tiraram a bolsa de gelo da cabeça dela.

Em seguida, Koroku foi para o próprio quarto, enquanto Sosuke estendeu seu futon junto ao da mulher e adormeceu do mesmo modo que fazia todas as noites. Cinco ou seis horas mais tarde, a noite dava lugar ao dia, deixando lá fora uma geada que se acumulava em pontas afiadas. Passada mais uma hora, o sol que pintava todos os dias a terra ergueu-se sem obstáculos pelo céu azul. Oyone ainda dormia tranquila.

Sosuke findou o desjejum e viu se aproximar a hora de sair para o trabalho. Oyone, entretanto, não dava sinais de que iria despertar de seu sono. Ele se agachou próximo à cabeceira e, enquanto ouvia o ressonar profundo da mulher, ponderou se deveria ir para a repartição ou pedir dispensa.

XII

Embora Sosuke tenha se lançado à labuta pela manhã tal como fazia de costume, por estar preocupado com a enfermidade da esposa vez por outra lhe vinha naturalmente ante os olhos imagens dos acontecimentos da noite passada, as quais impediam-no de trabalhar conforme intencionava. Ele aguardou pela chegada do meio-dia e, resoluto, voltou para casa.

Dentro do bonde, seus pensamentos foram tomados por reflexões desagradáveis: ele se perguntava a que horas a mulher teria despertado, se após acordar já estaria se sentindo sã, se haveria algum risco de novo espasmo. Como havia tomado a condução em uma hora diferente da usual, quando eram poucos os passageiros a bordo, Sosuke não precisou prestar muita atenção ao que acontecia ao seu redor. Com isso, pôde visualizar livremente em sua cabeça as várias imagens que apareciam em sucessão. Em tempo, o bonde chegou ao fim da linha.

Ao chegar em frente ao portão, Sosuke percebeu que a casa se encontrava em silêncio, como se estivesse vazia. Mesmo após abrir a grade, descalçar os sapatos e entrar no vestíbulo, ninguém apareceu para recebê-lo. Sem passar da varanda para o quarto do chá, como fazia por uso, ele abriu logo a primeira porta corrediça e entrou na sala, que lhes servia de quarto de dormir. Percebeu que Oyone continuava no mesmo sono de antes. A bandeja vermelha que estava ao lado da cabeceira, com um saco de remédio em pó e um copo sobre ela, também permanecia no mesmo estado, com o copo meio vazio. A pose com a cabeça voltada para a alcova, permitindo ver o emplastro de mostarda na face esquerda e na parte do pescoço que despontava do colarinho, também se mantinha do mesmo modo que pela manhã. A maneira de dormir, que acusava não manter ela nenhuma ligação com o mundo real salvo pelo fato de ainda respirar, refletia igualmente o estado anterior. O cenário que Sosuke vira antes de sair pela manhã estava completamente intacto. Sem sequer retirar a sobrecasaca, Sosuke agachou-se e ficou a ouvir o leve ressonar da esposa. Oyone não aparentava estar próxima de despertar num momento próximo. Sosuke calculou nos dedos quantas horas haviam se passado desde a noite anterior, quando ela tomara o remédio. Por fim, transpareceu em seu rosto o tom da insegurança. Até a noite anterior, ele estivera preocupado porque a esposa não conseguia dormir, mas, ao vê-la assim de perto, dormindo de todo alheada do mundo, pensou que dormir talvez fosse antes um sinal de que havia algo errado.

Sosuke levou as mãos ao futon e sacudiu Oyone de leve duas ou três vezes. Os cabelos da mulher sobre o travesseiro chegaram a balançar, mas ela continuava a ressonar tal como antes. Deixou-a, passando pelo quarto do chá para ir à cozinha. Ao pé da pia havia algumas tigelas comuns e outras laqueadas, imersas em uma pequena vasilha com água à espera de serem lavadas. Espiou o quarto da empregada e encontrou Kiyo ainda ao lado da mesinha do almoço, debruçada junto a uma panela de arroz. Em seguida, abriu a porta do quarto de seis tatames e colocou a cabeça para dentro. Koroku dormia enrolado em um cobertor que o cobria desde a cabeça.

Sosuke não apenas se trocou sozinho para um quimono, como também dobrou e guardou suas roupas de trabalho sem chamar pela ajuda de ninguém. Reavivou então o fogo do braseiro e preparou uma chaleira de água para ferver. Quedou-se junto ao braseiro por dois ou três minutos a matutar, mas logo se pôs de pé e acordou primeiro Koroku. Depois, foi despertar Kiyo. Ambos levantaram de um sobressalto. Sosuke perguntou ao irmão sobre o estado de Oyone desde que ele saíra pela manhã, e este respondeu que, na verdade, por estar um tanto sonolento, havia almoçado por volta das onze e meia e voltado a dormir; de qualquer modo, ao menos até aquela hora, a cunhada havia continuado a dormir profundamente.

— Vá até o médico. Diga que ela adormeceu ontem, depois de tomar o remédio, e até agora não acordou. Pergunte se não há nenhum mal nisso.

— Certo — disse Koroku e saiu. Sosuke retornou para a sala e fitou o rosto da esposa. De braços cruzados, ficou ali perdido quanto ao que fazer, achando que seria ruim não a acordar, porém ao mesmo tempo ponderando que, caso o fizesse, lhe prejudicaria a saúde.

Em pouco tempo o irmão retornou, dizendo que encontrara o médico de saída, a caminho de uma consulta. Ao ouvir o porquê de o procurarem, contudo, disse que nesse caso passaria apenas em uma, duas casas quando muito, e logo iria à deles. Sosuke quis saber do irmão se não haveria problema em deixar a esposa do jeito que estava enquanto o médico não chegava, mas, como o médico não dissera mais nada além daquilo, restou-lhe apenas manter-se fixo à cabeceira de Oyone, como já fazia. No fundo do coração, sentiu que tanto o médico quanto Koroku estavam sendo insensíveis. Ficou ainda mais agastado ao recordar a noite anterior, quando estivera cuidando de Oyone, e Koroku retornara da rua naquele estado. Embora Sosuke só houvesse tomado conhecimento de que Koroku bebia quando a esposa o advertiu da situação, desde então vinha prestando atenção no rapaz, o qual aparentava de fato possuir um lado bastante irresponsável, tanto que o irmão mais velho considerou necessário dar-lhe um bom puxão de orelhas mais cedo ou mais tarde; por ter dó de Oyone, todavia, evitara-o até então, por não querer fazer cena diante da mulher.

"Se é para falar, acho melhor fazê-lo agora que ela está dormindo. Não importa que desaforos troquemos entre nós, pois neste momento não havemos de causar mal nehum aos nervos de Oyone." Sosuke pensou desse modo, porém, ao ver o rosto inconsciente da esposa, suas preocupações voltaram-se outra vez para ela: queria logo acordá-la, e acabou empurrando a discussão para mais tarde. Nesse ínterim, o médico chegou.

Aproximando a maleta para junto de si do mesmo modo que fizera na noite anterior, o médico fumou um cigarro enquanto ouvia tudo que Sosuke tinha a dizer; apenas assentia com tudo, até que enfim se dirigiu ao leito de Oyone:

— Vamos dar uma olhada.

Tomou o pulso da paciente, como se fosse um caso de doença qualquer, e ficou olhando para o relógio por um bom tempo. Em seguida, pôs um estetoscópio negro sobre o peito da paciente. Movia o instrumento gentilmente, auscultando aqui e ali. Por fim, retirou da maleta um espelhinho no qual havia um pequeno orifício circular e disse a Sosuke que acendesse uma vela. Como não havia velas, ele pediu a Kiyo que trouxesse um lampião. O médico abriu então uma das pálpebras de Oyone, ainda adormecida, e apontou com precisão o espelho para que o reflexo da luz lhe incidisse entre os cílios. Esse foi todo o exame.

— Parece que o remédio foi eficaz em demasia — o médico voltou-se para Sosuke e, tão logo lhe viu a expressão nos olhos, explicou: — Mas não há com o que se preocupar quanto ao coração. Em casos como esse, quando acontece algo de ruim, é comum que se afetem o coração ou o cérebro, mas, pelo que pude confirmar agora, não há nenhuma anomalia em nenhum dos dois.

Com isso, Sosuke conseguiu finalmente respirar aliviado. Antes de ir embora, o médico contou ainda que o narcótico por ele utilizado se tratava de um medicamento relativamente novo, sem efeitos colaterais como outras drogas similares, mas cuja eficácia dependia da constituição do paciente, podendo variar bastante. Já de saída, foi interrompido por Sosuke:

— Então não há mal nenhum em deixá-la dormir quanto quiser?

O médico respondeu que, caso não houvesse motivo especial para a despertarem, não haveria por que o fazer. Após a partida do médico, Sosuke atentou de súbito para a fome que sentia. Dirigiu-se ao quarto do chá, onde já chiava a chaleira que havia deixado lá instantes atrás. Ordenou a Kiyo que lhe trouxesse a mesinha para almoçar. A criada mostrou-se perdida, pois ainda não havia preparado nada, respondeu. Com efeito, ainda havia algum tempo até a hora do jantar. Sosuke sentou-se relaxado no chão com as pernas abertas, ao lado do braseiro, e, mastigando algo que cheirava a nabo, serviu-se de uma só vez de quatro porções de caldo de arroz. Cerca de trinta minutos depois, Oyone abriu os olhos por si mesma.

XIII

Apetecendo-lhe a ideia de se aprumar para o Ano-Novo, Sosuke entrou em uma barbearia pela primeira vez em muito tempo. Talvez porque fosse final do ano, o estabelecimento estava cheio de fregueses, aguardando em pé entre os sons de tesouras que consoavam em dois ou três pontos diferentes. Sosuke havia acabado de chegar da rua, onde a atividade intensa sugeria estarem todos ansiosos por receber logo a primavera[38], a despeito do frio. Devido ao contraste, o som das tesouras chegou aos seus tímpanos sem o menor eco de azáfama. Enquanto esperou ali, fumando um cigarro junto ao aquecedor, ele se permitiu se envolver sem resistência pela grande movimentação da sociedade com a qual na verdade não tinha elo nenhum. Não pôde evitar se sentir tal como mais um entre os ávidos por deixar o ano velho para trás. Incitando uma imagem vívida do Ano-Novo, ele se deixou convidar pela atmosfera que o cercava, abraçando forçosamente sentimentos alvoroçados, conquanto não possuísse nenhuma esperança renovada para o ano vindouro.

Os acessos de Oyone haviam enfim sossegado. Tanto que já era possível para Sosuke sair de casa normalmente, sem se preocupar com a esposa. Embora os preparativos concernentes à chegada da primavera talvez lhes fossem mais tranquilos quando comparados aos de outras casas, para Oyone essa era sem dúvida a época mais atribulada do ano, e foi com disposição que ela lançou-se ao trabalho, como que rejuvenescida — motivo pelo qual Sosuke, que já se preparava para passar um fim de ano mais tranquilo, deixando de lado mesmo as tarefas mais comuns, sentiu sair-lhe um aperto do peito, como se ele e a esposa houvessem transposto uma temível

---

38. À época, o Ano-Novo coincidia com o início da primavera no Japão (atual início do ano fiscal).

tragédia. Todavia, vez por outra ainda nublava os seus pensamentos a insegurança de que, algum dia, de alguma forma, essa tragédia poderia voltar para se apoderar de seu lar.

Ao ver o afã das demais pessoas do mundo, que ansiavam por deixar para trás os dias curtos de inverno, além de parecerem contaminadas pelo alvoroço próprio de fim de ano, Sosuke era assaltado de modo ainda mais forte por um temor indefinido. Caso fosse possível, chegaria a desejar que o abandonassem sozinho naquele último, triste e escuro mês do ano. Chegada enfim a sua vez no barbeiro, no momento em que projetou seu reflexo no espelho frio, observou-o como se fosse de outrem. Envolvido do pescoço para baixo por um pano completamente branco, não pôde mais ver a cor nem os detalhes listrados do quimono que vestia. Chamou-lhe então a atenção, refletida no fundo do espelho, a gaiola com o passarinho que o dono da barbearia criava. O pássaro se movia inquieto sobre o poleiro.

Com a cabeça emplastrada de um óleo aromatizado e uma despedida jovial que ouviu à hora de sair, mesmo voltando à rua permaneceu em Sosuke um sentimento agradável. Envolto pelo ar gelado, teve consciência de que seguir o conselho de Oyone, de que cortasse o cabelo, teve por fim o efeito de renovar-lhe o espírito.

Como precisava tratar de algum assunto relacionado à conta de água, no caminho de volta Sosuke parou na casa de Sakai. Veio receber-lhe a cozinheira, que o convidou a entrar. Imaginou que iriam conduzi-lo à mesma sala de sempre, mas a criada passou pelo cômodo e levou-o até o quarto do chá. A porta estava aberta cerca de meio metro, deixando ouvir as risadas de três ou quatro vozes vindas de seu interior. A família Sakai estava alegre como sempre.

O dono da casa sentava-se do lado oposto de uma lustrosa cômoda com braseiro embutido. Sua esposa, cuja face se voltava para cá, distanciava-se do braseiro, acomodada próximo à varanda. Atrás de Sakai se via um relógio de parede dependurado em um comprido quadro negro. À direita do relógio havia a parede; à esquerda, algumas prateleiras. Misturavam-se ao pano de fundo desenhos de padrões de pedra, pinturas com motivos de *haiku* e papéis de leques sem armação.

Além de Sakai e sua mulher, encontravam-se também ali as duas meninas, de ombros colados, vestindo sobre o quimono uma casaca *hifu*[39] de mangas sem bolso e padrões a combinar. Dar-se-iam 12 ou 13 anos a uma delas, enquanto a outra aparentava ter uns 10. Ambas voltaram seus grandes olhos para a direção de Sosuke, que acabara de sair de detrás da porta para dentro da sala. Em seus olhos e lábios ainda restavam fartos resquícios das risadas recentes. Sosuke achou por bem passar os olhos pelo quarto todo, e descobriu, além da presença do casal e suas filhas, um homem peculiar prostrado junto à outra entrada.

Nem sequer cinco minutos após se sentar, Sosuke compreendeu que as risadas que ouvira haviam brotado da conversa entre esse homem estranho e a família Sakai. O outro visitante trazia os cabelos arruivados sujos de poeira da estrada, ásperos, e sua pele queimada pelo sol tinha uma cor forte, escondendo-lhe a idade. Trajava uma camiseta branca de algodão com botões de porcelana de Seto, e trazia pendurado no colarinho, o qual fora estufado à mão com algodão, um comprido cordão como os que se usavam para prender as carteiras, o que só permitia identificá-lo como alguém saído de uma província distante nas montanhas, a quem eram raras as visitas a Tóquio. Além de tudo, o homem deixava os joelhos à mostra a despeito do frio, usando a toalhinha que trazia enfiada na parte de trás da faixa do quimono, de um azul-marinho desbotado, para esfregar o nariz.

— Este homem carrega seus tecidos lá da província de Kai só para vendê-los em Tóquio — o dono da casa fez uma apresentação.

O homem voltou-se para Sosuke e saudou-o:

— Que tal, freguês, não quer comprar algum?

De fato, estendiam-se pelo chão cortes de *meisen, omeshi*[40], *shirotsumugi*.[41] Pareceu de certo modo fantástico a Sosuke a qualidade das mercadorias que o homem levava às costas por aí, dados sua apa-

---

39. Espécie de casaca usada sobre o quimono, com a gola quadrada e presa por cordões à altura do busto.
40. Tipo luxuoso de tecido, feito em crepe de seda.
41. Tecido confeccionado com fios mais espessos, tipicamente trançados de seda.

rência e seu modo de falar cômicos. De acordo com a senhora Sakai, o solo no vilarejo em que morava esse vendedor de tecidos era dominado por cascalhos e, não podendo cultivar nem arroz nem painço, viam-se obrigados a plantar apenas amoreiras para criar bicho-da-seda; era, portanto, um lugar muito pobre, tanto que apenas uma única residência possuía um relógio de parede, e somente três crianças de todo o povoado frequentavam a segunda etapa do ensino fundamental.

— Quem sabe escrever é só esse sujeito aqui — riu a mulher.

— Pode acreditar, dona. Porque não tem ninguém lá além de mim que sabe ler, escrever e fazer contas. É um lugar horrível, sem dúvida — confirmou o vendedor, com seriedade, o que dizia a esposa de Sakai.

O homem empurrava tecidos diversos ao casal, pedindo com insistência que os comprassem. Caso dissessem "mas está muito caro, não pode dar um desconto?" ou coisas do gênero, ele respondia a tudo com seu jeito rústico, "ah, por esse preço não sai", "compre, patrão, é um favorzinho que o senhor faz para a gente", "mas olhem o peso disso". A cada resposta, todos riam. Deixando inferir que estavam no mesmo ócio de sempre, o casal Sakai entretinha o vendedor um tanto por diversão.

— O senhor sai por aí com essa carga nas costas, mas quando chega a hora das refeições, para também para comer? — perguntou a mulher.

— Sem comer, ninguém vive neste mundo. Quando dá fome eu como.

— E em que tipo de lugar você come?

— Que tipo de lugar? Eu como a boia nas casas de pasto mesmo.

Sakai perguntou rindo que casas eram essas — desconhecia o termo. O vendedor respondeu que eram lugares onde serviam comida. Em seguida, provocou o riso de todos outra vez, contando sobre como era saboroso o arroz quando vinha para Tóquio, mas, caso tentasse comer até encher o bucho, a maioria das pousadas não lhe servia direito, pois deixá-lo comer daquele modo três vezes ao dia era ruim para os negócios.[42]

---

42. É comum nas pousadas japonesas repetir de graça a porção de arroz.

No final, o homem vendeu à senhora Sakai uma peça de fios trançados e outra de *shiroro*.[43] Ao vê-los comprarem um tecido de gaze, próprio para o verão, nesta época ainda de fim de ano, em que mal acabava o inverno, Sosuke sentiu serem de fato pessoas bem afortunadas, muito diferentes de si próprio. O dono da casa então se dirigiu a ele e recomendou:

— O que você acha de aproveitar para comprar algum corte? Mesmo que seja para alguma roupa de andar em casa para sua mulher.

A esposa do senhorio também o persuadiu, afirmando que seria muito oportuno comprar algum tecido fora de época, pois conseguiria um preço mais barato. Ainda lhe deram a garantia:

— O pagamento você pode fazer quando quiser.

Sosuke acabou adquirindo um corte de *meisen* para Oyone. Sakai brigou pelo preço, até conseguirem negociar por três ienes. Depois de concordar com o desconto, o vendedor convidou novamente o riso da multidão:

— Assim me cai a banca. Vocês vão me fazer abrir o choro.

Aonde quer que fosse, o vendedor parecia usar daquele mesmo falar provinciano. À medida que rodava a cidade pelas casas dos fregueses, o fardo que carregava nas costas tornava-se cada vez mais leve, até restar apenas a trouxa índigo e sua cinta grossa de algodão. Nessas ocasiões, como em geral já se aproximava o antigo Ano-Novo[44], ele voltava por um tempo para sua cidade, passava lá a primavera do velho calendário lunar e depois retornava com outra carga de tecidos, tão grande quanto conseguisse carregar. Até o fim de abril, quando os bichos-da-seda se punham mais ocupados, ou, no mais tardar, no início de maio, trocava toda a mercadoria por dinheiro e retornava outra vez para o vilarejo pedregoso ao norte do monte Fuji — é o que contaram.

— Desde que ele vem a nossa casa já se passam uns quatro ou cinco anos, mas continua o mesmo homem de sempre: não mudou nem um pouquinho sequer — observou a senhora Sakai.

---

43. Espécie de gaze de seda branca.
44. Refere-se à transição do ano pelo calendário lunar japonês, que ocorre entre o fim de janeiro e meados de fevereiro.

— Um homem realmente curioso — o dono da casa contribuiu com sua opinião. Em um mundo no qual não se pode ficar três dias em casa sem que se expandam inesperadamente os limites da cidade, ou no qual não se pode deixar de ler um só jornal para não ficar alheio às novas linhas de bonde, sem dúvida um ermitão como aquele, que vinha a Tóquio apenas duas vezes por ano e mantinha intactas todas as suas peculiaridades, era deveras extravagante. Observando com atenção a fisionomia, a postura, as roupas e o modo de falar do vendedor, Sosuke sentiu certo pesar.

Mesmo após se despedir de Sakai, enquanto volta e meia trocava de mão o embrulho com o *meisen* que trazia debaixo da capa de *inverness*, sabe-se lá por que se refletia incessante diante dos olhos de Sosuke, como se abrisse alas no centro de seus pensamentos, aquele homem que lhe vendera o tecido pela módica quantia de três ienes, com as listras toscas da veste estufada com algodão, ou seus cabelos ruivos ressecados, de aparência áspera e rígida.

Em casa, Oyone já havia terminado o *haori* de primavera que cosia para Sosuke, colocando-o ora sob a almofada em que se sentava a fim de pressionar a costura.

— Querido, estenda o futon para dormir — ela voltou-se para olhar o marido. Após ouvir a história do homem vindo de Kai que ele encontrara na casa do senhorio, Oyone tampouco deixou de dar uma grande gargalhada. Em seguida, ocupou-se de analisar com afinco o padrão listrado e a costura do *meisen* que Sosuke trouxera consigo, dizendo como saíra barato, muito barato. Aquele *meisen* era de fato um artigo muito luxuoso.

— Como ele consegue viver vendendo tão barato? — Oyone terminou por perguntar.

— São as lojas de tecidos que lucram demais se intrometendo como intermediárias — respondeu Sosuke, como se fosse entendido do assunto, baseando naquele único corte de *meisen* que adquirira.

A conversa do casal saltou então para a vida folgada que os Sakais levavam, vida essa que lhes permitia não apenas gerar eventuais lucros demasiados a comerciantes como o da loja de usados em Yokomachi, mas também se dar ao luxo de, em dadas ocasiões, comprar de vendedores como aquele, a preços ínfimos, coisas de que não tinham necessidade imediata. Acabaram falando sobre a alegria que reinava naquele lar, de atmosfera tão animada. Nesse momento, Sosuke alterou um pouco a voz e advertiu Oyone:

— Não é só pelo dinheiro que eles possuem. Parte disso é porque eles têm muitos filhos. Quando ao menos se tem filhos, até um lar pobre pode ficar alegre.

Seu modo de falar chegou aos ouvidos de Oyone com o tom amargo de quem se lamentava para ela da vida solitária que levavam, o que a fez largar as mãos do tecido que tinha sobre os joelhos e fitar o marido. Como o artigo que trouxera da casa de Sakai agradara a Oyone, Sosuke atentava apenas para a rara alegria que proporcionara à esposa, e não prestou especial atenção ao efeito de seu comentário. Oyone, embora houvesse fitado o rosto do marido por um momento, tampouco disse alguma coisa. Ela estava apenas guardando o assunto, no entanto, até o momento de irem se deitar.

Os dois foram para a cama um pouco após as dez horas, como faziam todos os dias. Oyone, calculando que o marido ainda estava de olhos abertos, virou-se para ele e puxou conversa:

— Você disse antes que não consegue aguentar a solidão da casa sem crianças, não disse?

Sosuke por certo recordava haver dito algo similar, em termos tais. Todavia, a observação fora feita de modo geral, e não de propósito, em referência a eles próprios ou dita especialmente para chamar a atenção da mulher, de modo que não soube o que fazer quando ela lhe pediu nesse momento a confirmação de suas palavras.

— Eu não estava falando da gente.

Oyone quedou-se calada por algum tempo mediante essa resposta. Em segundos, repetiu praticamente a mesma pergunta que acabara de fazer.

— Mas você está sempre achando que nossa casa é uma solidão, uma desolação, e é por isso que acabou falando aquilo, não é?

Sosuke tinha consciência de que só poderia responder de modo afirmativo. Entretanto, hesitou perante a esposa, não sendo capaz de uma confissão tão sincera. Para confortar o coração de Oyone, que mal acabara de se recuperar de sua enfermidade, ele imaginou que seria melhor antes fazer troça do assunto e dar uma risada:

— Eu digo que é solitário, mas também não é para tanto — procurou mudar a entonação e exprimir o máximo de alegria na voz, mas falou apenas isso, não conseguindo pensar com facilidade em nenhuma expressão criativa ou em palavras bem-humoradas. Restou-lhe apenas acrescentar: — Mas, bem, deixe para lá. Não se preocupe.

Oyone novamente não ofereceu resposta. Na esperança de mudar o assunto, Sosuke começou a falar de banalidades:

— Viu que houve um incêndio na noite passada?

— É que na verdade eu sou um fardo para você — disse ela com aflição, como se estivesse em parte se desculpando, e tornou a se calar. O lampião estava na alcova, como de costume. Embora Sosuke não conseguisse definir com clareza a expressão no rosto da esposa, visto que ela se encontrava de costas para a luz, julgou que sua voz soava embargada por lágrimas. Deitado até esse momento com o corpo para cima, a encarar o teto, ele de pronto voltou-se para a mulher. Fitou-lhe diretamente o rosto envolto pela penumbra. Oyone retribuiu o olhar de dentro da escuridão. Ela disse titubeante: — Desde o início eu quis me abrir com você e pedir desculpas, dizer que sinto muito, mas era difícil encontrar as palavras certas, e acabei sempre deixando por estar.

Sosuke não fazia ideia do que ela queria dizer. Cuidou que talvez fosse efeito da histeria da mulher, mas, sem conseguir concluir de fato, ficou absorto por alguns instantes. Até que Oyone revelou o que vinha ocupando sua mente, e desatou a chorar:

— Eu não tenho nenhuma esperança de ter filhos.

Ainda bastante desconcertado tentando buscar um modo de consolar a esposa após o desvelo digno de compaixão, Sosuke disse:

— Vamos, não precisa chorar por causa de filhos. Imagine agora se tivéssemos um monte de filhos como Sakai lá em cima. Aquela casa é igual a um jardim de infância, dá até pena a quem vê de fora.

— Mas você também não vai gostar se eu não conseguir ter ao menos uma criança que seja.

— E por acaso já está decidido que você não pode? Quem há de dizer que ainda não teremos uma?

Oyone chorou com força redobrada. Sem saber mais o que fazer, Sosuke apenas esperou serenamente que a esposa se tranquilizasse. Ouviu então com calma sua explicação.

Se por um lado o casal era muito mais bem-sucedido em termos de vida conjugal do que a maioria das pessoas, em se tratando de filhos eram menos afortunados que qualquer outro. Se desde o início Oyone jamais houvesse conseguido engravidar, menos mal, mas foi no meio da gestação que ela perdeu os filhos que haveriam de ter — fato que só servia para acentuar a sensação de infortúnio.

A primeira vez que Oyone engravidou foi à época em que haviam saído de Kyoto e enfrentavam uma vida de apertos em Hiroshima. Quando foi confirmada a gravidez, a nova experiência fez com que ela passasse os dias com a impressão de que via em sonho um futuro temível e, ao mesmo tempo, feliz. Sosuke alegrou-se sobremaneira, pois interpretou que estavam dando forma a uma prova peculiar do amor que havia entre os dois, de outro modo impalpável. Ele aguardava ansioso, contando nos dedos os dias que faltariam para ver se agitar diante de seus olhos o aglutinado de carne em que ele soprara a própria vida. Contudo, indo contra as expectativas do casal, Oyone carregou o bebê apenas até o quinto mês, quando o perdeu de repente. Àquela época, os dois apenas enfrentavam um mês após o outro de desolamento e pobreza. Olhando para o rosto pálido de Oyone depois do aborto, julgou que o estado de saúde da esposa, no fim das contas, decorria também da vida de dificuldades que vinham levando. Lamentou então que o fruto do amor de ambos houvesse sido destruído pela pobreza, e que não teriam mais chance de alcançá-lo por um bom tempo. Oyone se desfez em lágrimas.

Depois que se transferiram para Shizuoka, Oyone voltou a ter os desejos alimentares. Como ouvira dizer que era comum ter outro aborto após o primeiro, ela andava atenta a tudo o que fazia, comportando-se de forma bastante precavida. Talvez em virtude disso, conseguiu passar os meses completamente livre de complicações. Não obstante, sem nenhuma razão aparente a criança nasceu prematura. A parteira inclinou pensativa a cabeça, recomendando que seria melhor deixar um médico observar o bebê. Após uma consulta, o médico disse ao casal que a criança ainda não estava bem desenvolvida, e seria necessário manter o quarto aquecido artificialmente, na mesma temperatura, tanto de dia quanto de noite. Com os recursos de Sosuke, sequer instalar um aquecedor no quarto era uma tarefa que poderia ser facilmente realizada. Empregando todo o tempo e meios que lhes era possível, o casal concentrou seus esforços em proteger a vida do filho recém-nascido. Foi tudo em vão, entretanto. Uma semana depois do parto, a patética criaturinha que compartilhava do sangue de ambos por fim perdeu o calor da vida. "O que faremos?", Oyone soluçou, abraçada ao corpo já inanimado da criança. Sosuke recebeu como homem esse novo golpe. Mesmo enquanto as carnes frias do bebê se transformaram em cinzas na cremação, ou quando lançaram as cinzas sobre a terra negra, não saiu de sua boca uma só palavra de protesto. Após algum tempo, aquela espécie de sombra que se punha entre os dois foi enfim se dissipando, até desaparecer.

Houve então uma terceira vez. No primeiro ano após Sosuke se transferir para Tóquio, Oyone engravidou novamente. Na ocasião da vinda à capital, Oyone estivera bastante debilitada, fato que sem dúvida mereceu toda a atenção tanto dela quanto do marido — mas, porque ambos estavam resolutos de que dessa vez daria certo, os meses de esforço do casal foram passando em segurança um após o outro. No quinto mês, todavia, Oyone sofreu com outro infortúnio inusitado. Como na época eles ainda não possuíam água encanada em casa, a criada tinha de ir ao poço para buscar a água de que precisavam para consumo ou para lavar a louça. Certo dia, Oyone quis pedir algo à empregada, a qual se encontrava nos fundos, e caminhou até a bacia de lavar o rosto que punham junto à torneira do poço. Foi cruzar para o outro lado do pequeno fosso que havia abaixo da torneira, no que acabou caindo sentada sobre a tábua que lhe servia de travessia, molhada e verde de musgo. Ela pensou haver comprometido mais uma vez sua gravidez, mas, envergonhada pelo próprio descuido, preferiu não contar nada ao marido. Quando soube com certeza, todavia, que o impacto não causara nenhuma influência sobre o desenvolvimento do feto, e que por conseguinte não havia nada de anormal com o próprio corpo, enfim se tranquilizou e relatou a Sosuke o deslize passado. Jamais ocorrera a ele repreender a esposa. Resumiu-se apenas a advertir-lhe com brandura: "É perigoso, você precisa tomar mais cuidado."

Aquele mês completou-se sem mais contratempos. Até chegarem os dias em que a criança já estava enfim para nascer, Sosuke mantinha Oyone sempre em seus pensamentos, mesmo quando saía para a repartição. Ao chegar de novo em casa, parava diante da grade da frente e ponderava que talvez houvesse sido naquele dia, que talvez houvesse nascido enquanto ele estivera fora. Ao não ouvir contanto o choro do bebê que em parte já esperava, sentia adversamente que ocorrera então algo de inesperado, e voava de supetão para dentro, apenas para depois envergonhar-se, em silêncio, de sua inconsequência.

Por sorte, Oyone começou a sentir as dores do parto em uma noite na qual Sosuke não possuía outro assunto a tratar, fortuna sobremaneira boa, considerando que ele pôde ficar ao lado da esposa e ajudar com o que fosse necessário. Houve tempo de sobra também para a parteira, e puderam fazer todos os preparativos, sem deixar faltar nada, como manter à mão algodão absorvente. O parto em si foi bastante simples. Todavia, o bebê, que era o mais importante, logrou somente escapar do útero para um local mais amplo, sem respirar sequer uma golfada do ar neste mundo dos homens. A parteira ainda apanhou algo como um tubo estreito de vidro para tentar soprar com força o ar dentro da boca da criança, mas não surtiu efeito nenhum. Deu-se à luz apenas um boneco de carne. O casal discerniu vagamente os olhos, o nariz e a boquinha gravada naquela matéria orgânica. Não foi possível, entretanto, ouvir a voz que deveria ter saído de sua garganta.

A parteira havia lhes prestado visita uma semana antes do parto, auscultando com minúcia o coraçãozinho do bebê e assegurando que ele estava em perfeita saúde. Isso havia de ser verdade, pois, caso houvesse algum equívoco no que disse a mulher e o feto tivesse parado de se desenvolver em algum momento, não haveria como o corpo da mãe ter continuado sem problemas até o derradeiro momento, sem haverem antes forçado de imediato a saída da criança. Sosuke foi pesquisando sobre o caso, até que descobriu algo estarrecedor, de que ainda não tinha ouvido falar. A julgar, o bebê estivera de fato são até o momento de sair do útero. Teria ocorrido, contudo, um caso de "placenta prévia", ou, em termos leigos, a placenta prendera-se ao pescoço do bebê. Em casos anormais como esse, a única solução seria a parteira cortar a obstrução com as próprias mãos. Uma parteira com experiência decerto haveria de remover a placenta presa ao pescoço da criança na hora de retirá-la da barriga da mãe. A mulher que Sosuke chamou para fazer o parto deveria estar ao menos preparada para tanto, dada a sua idade bastante avançada. No entanto, o cordão umbilical não dera apenas uma volta no pescoço, e sim, como raro se vê, duas voltas completas. Como na hora de passar pelo estreito colo do útero a parteira não fora capaz de remover a placenta, que obstruía de tal modo a garganta do bebê, a traqueia deste foi esmagada e ele acabou morrendo sufocado.

Parte da culpa era da parteira. Por outro lado, era certo que metade dessa culpa também cabia a Oyone, devido àquela malfadada queda. Ele soube que a abnormalidade da placenta prévia se originara cinco meses atrás, na ocasião em que ela escorregara junto ao poço e caíra com força sentada no chão. Após o parto, Oyone perguntou, ainda no leito, sobre como havia corrido tudo, perante o que o marido fez apenas um sinal com a cabeça, sem nada dizer. Ela piscou diversas vezes os longos cílios, e seus olhos se umedeceram submersos em sofrimento. Enquanto a consolava, Sosuke enxugava com um lenço as lágrimas que corriam pelas faces da mulher.

Esse era o passado do casal no concernente aos filhos. Havendo sofrido experiências assim amargas, desde então não lhes agradava falar muito sobre crianças. Todavia, por trás das cortinas a vida de ambos seguia sempre manchada de uma solidão suscitada por tais memórias, e não parecia fácil livrar-se desse sentimento. Em certos momentos, ocorria mesmo de o riso de um ou de outro servir para reavivar no peito dos dois, como uma penumbra, tudo o que havia por trás das cortinas de suas vidas. E era devido a isso que Oyone se sentia relutante em repetir agora, diante do marido, qualquer história sobre o passado mútuo. Sosuke tampouco reconhecia alguma necessidade de, a essa altura, ouvir o que a esposa tivesse a dizer sobre o assunto.

A revelação que Oyone pretendia fazer agora ao marido não era sobre os fatos que ambos compartilharam desde sempre. Na ocasião em que ouvira de Sosuke os acontecimentos sobre a perda do terceiro bebê, ela sentiu-se como uma mãe absolutamente cruel. Conquanto não houvesse feito nada com as próprias mãos, dependendo do modo com que se visualizasse o caso, equivaleria a ela mesma haver estrangulado a criança, como se houvesse aguardado na divisa entre a escuridão e o fulgor da existência apenas para tomar a vida àquele ser que ela mesma gerara. Ao interpretar dessa forma o ocorrido, Oyone não pôde deixar de considerar a si mesma como uma criminosa que perpetrara um crime hediondo. Encontrava-se então sofrendo em silêncio, reprovando-se moralmente. Ademais, não havia no mundo uma pessoa sequer que soubesse dessa autorreprovação e que pudesse compartilhar de sua dor. Oyone não contou nem ao marido sobre o sofrimento pelo qual passava.

Naquela época, ela permaneceu acamada por três semanas, convalescendo como qualquer mulher que acabara de dar à luz. Do ponto de vista físico, sem dúvida foram três semanas bastante tranquilas. Por outro lado, do ponto de vista mental, foram três semanas de uma luta aterradora. Sosuke arranjou um pequeno caixão para a criança falecida e realizou um funeral sem chamar a atenção do mundo. Em seguida, mandou fazer uma pequena tábua funerária budista em sua memória. Nela escreveu em laca negra um nome póstumo. Nome póstumo, o bebê lembrado pela tábua possuía. Já o nome de batismo, nem os pais o sabiam. No início, Sosuke mantinha a tábua sobre o armário no quarto do chá, e acendia ali um incenso sempre que retornava da repartição. Vez por outra o cheiro chegava ao nariz de Oyone, no quarto de seis tatames. Os sentidos da mulher haviam se apurado sobremaneira. Passado algum tempo, sabe-se lá por que motivo, Sosuke guardou a tabuleta no fundo de uma gaveta do armário. Dentro da mesma gaveta se encontravam também a tabuleta da criança que morrera em Fukuoka e a de seu pai, que morrera em Tóquio, cada qual enrolada com cuidado em algodão. Posteriormente, quando fossem fixar residência na capital, uma vez que Sosuke não suportava a maçada de andar por aí a carregar as tabuletas de todos os seus ancestrais, ele guardaria apenas a nova tabuleta de seu pai e enviaria todas as demais para um templo budista.

Enquanto ainda estava de cama, Oyone via ou ouvia tudo o que Sosuke fazia. Certa feita, voltada para cima sobre o futon, segurou as duas pequenas tabuletas e, em pensamento, atou-as uma à outra estendendo de comprido o fio invisível do carma. Em seguida, alongou o fio ainda mais e o lançou sobre o cadáver da outra criança que, desde o princípio, vagava sem forma como uma sombra embaçada, pois acabara se dissipando sem haver se tornado nem mesmo uma tabuleta. No fundo de cada uma das memórias que restavam de Hiroshima, Fukuoka e Tóquio, ela reconhecia a mão rigorosa do destino inflexível. No momento em que viu a si própria como uma mãe sujeita a essa mão do destino, que por algum mistério havia nascido para passar pelos mesmos infortúnios por anos a fio, sentiu escutar ao pé do ouvido uma voz inesperada que lhe pregava uma maldição. Durante o período de três semanas em que ela se permitiu repousar recolhendo-se ao leito, forçada pela debilidade do corpo, essa voz amaldiçoadora retumbou incessante em seus tímpanos. As três semanas de indolência seriam para ela, na verdade, três semanas de uma resistência incomparável.

Oyone passou com o olhar perdido essa sofrível boa parte do mês que esteve sobre o travesseiro. Por fim, lhe parecia um grande esforço ter de aguentar se manter deitada, de modo que já no primeiro dia após a enfermeira os deixar, ela experimentou levantar-se sorrateira. Não obstante, a insegurança que lhe apertava o coração não se dissipou assim tão facilmente. Também lhe frustrava o fato de que, por mais que se esforçasse por movimentar o corpo pesado, seus pensamentos não se moviam nem um pouco sequer, e por vezes terminava apenas por enfiar-se de novo debaixo das cobertas recém-abandonadas, fechando com força os olhos como se fugisse do mundo.

Já ao cabo das três semanas do repouso estabelecido, o corpo de Oyone recuperou-se naturalmente. Livrou-se por completo do leito e voltou a lançar sobre o espelho o reflexo de seu semblante, que transparecia uma disposição renovada. Era a época de trocar as roupas de frio pelas de verão. Oyone despiu-se da pesada roupa forrada de algodão que vinha usando havia dias, refrescando-se com a sensação leve de não ter nada sobre a pele. A paisagem alegre do Japão, onde o limite entre primavera e verão salta aos olhos com clareza, não deixou de exercer certa influência até mesmo sobre a cabeça solitária de Oyone. O efeito, todavia, resumiu-se a agitar uma pessoa que estivera sedimentada e fazê-la emergir a uma superfície de luz jubilante. Como mais uma página no passado negro de Oyone, o que ocorreu para ela então foi o desabrochar de uma curiosidade mórbida.

Na manhã de certo dia, de tempo belo como raramente se vê, assim que se despediu do marido do modo usual, Oyone saiu para a frente da casa. Já era a época de calor em que as mulheres não arriscavam passear sem portar consigo uma sombrinha. Bastou caminhar um pouco apressada sob a luz do sol para lhe brotar aos poucos o suor na testa. Caminhando pelas ruas, ela recordou uma ocasião recente em que fora apanhar uma roupa no armário para se trocar e, por casualidade, roçara a mão na nova tabuleta mortuária que se encontrava no fundo da primeira gaveta. Cruzou então pela porta de um vidente.

Desde os tempos de criança, Oyone compartilhava da superstição da qual não escapa boa parte das pessoas civilizadas. Entretanto, sua superstição mostrava-se apenas como um passatempo. Haver-se-ia de dizer que era absolutamente raro para ela permitir que tais crenças invadissem detalhes mais sérios de sua vida cotidiana. Nessa ocasião, não obstante, Oyone sentou-se em frente ao vidente com o porte e a resolução sérios, e perguntou se os céus haviam lhe garantido o destino de, algum dia, gerar ou criar uma criança. O homem — que não parecia nem um pouco diferente dos charlatões que punham uma banca na calçada e liam a sorte dos transeuntes por um ou dois centavos —, depois de alinhar suas *sangi*[45] de maneiras diversas, empunhar, contar e recontar seus *zeichiku*[46], deliberadamente agarrou pensativo o cavanhaque sob o queixo, e olhando fixo para o rosto de Oyone por fim declarou com tranquilidade absoluta: "É impossível para você gerar filhos." Oyone permaneceu muda, remoendo por algum tempo em sua cabeça as palavras do vidente. Ergueu então os olhos para ele e perguntou:

— O senhor saberia dizer por quê?

Imaginou que o homem voltaria a pensar por alguns instantes antes de responder. Contudo, lançando um olhar penetrante diretamente sobre o cenho de Oyone, ele disse de pronto:

— Você traz na memória algo terrível que fez para alguém. É pelo castigo desse pecado que você não pode ter filhos — e calou-se. Esse único comentário despertou em Oyone um pensamento que lhe perfurou o coração. Voltou para casa com a cabeça pendendo, e naquela noite mal ergueu os olhos para o marido.

O que Oyone vinha escondendo de Sosuke por todo esse tempo era o julgamento feito pelo tal vidente. Em meio à noite serena, em que a luz tênue do lampião colocado sobre a alcova parecia afundar no escuro, ao ouvir pela primeira vez a história da boca da esposa, é evidente que Sosuke não ficou contente.

— Isso é o que acontece quando se vai a um lugar estúpido como esse num momento em que ainda se está com os nervos sensíveis. Não é o cúmulo você pagar um homem para ter que ouvir asneiras assim? Não vá me dizer que você ainda cogita voltar lá algum dia.

— Não, não volto mais, tenho medo.

— É bom que não vá. É uma idiotice.

Sosuke foi contundente em sua reação, e voltou a dormir.

---

45. Varetas utilizadas para aritmética e, neste caso, para adivinhação.
46. Varetas de bambu semelhantes aos *sangi*, usadas exclusivamente para adivinhação.

XIV

Não havia dúvidas de que Sosuke e Oyone formavam um belo casal. Desde que se uniram, pelo longo período de seis anos, ainda não haviam experienciado nem meio dia que fosse de animosidade. Tampouco houvera alguma ocasião em que tenham trocado desaforos com os rostos inflamados. Compravam da loja de tecidos para se vestir. Compravam do vendedor de arroz para comer. Todavia, salvo por esses detalhes, eram duas pessoas que dependiam minimamente da sociedade. Não reconheciam a existência do resto do mundo a não ser pelo fato de que era dele que obtinham os artigos essenciais do dia a dia. Para eles, o essencial era apenas terem um ao outro, e terem um ao outro bastava-lhes. Viviam na cidade grande enquanto cultivavam sentimentos de ermitões.

Era apenas natural que a vida do casal não transcorresse senão em monotonia. Eles se esquivavam das atribulações da complexa sociedade e, destarte, escusavam-se das oportunidades de entrar em contato direto com as inúmeras experiências que lhes propiciaria a atividade social. Enfim, a despeito de viverem na metrópole, abriam mão do direito de viver como pessoas civilizadas do meio urbano. Até mesmo para eles se fazia por vezes evidente que seu dia a dia era livre de mudanças. Embora jamais surgisse no coração de ambos nenhum traço de insatisfação, ou de estarem cansados um do outro, passava-lhes pela cabeça uma vaga noção da escassez de estímulos da vida que levavam, ou dos segredos que ocultavam. Não obstante, se eles atravessaram anos a fio sem se enfastiar do cotidiano, todo dia a estampar no peito os mesmos sentimentos, não foi tão somente porque, desde o princípio, já aborrecesse a ambos a sociedade em geral. A única explicação possível era que a sociedade, esta sim, cortara-lhes relações, oferecendo impassível as costas ao casal. Sem descobrirem nenhum espaço para se desenvolver enquanto de frente para o mundo, os dois voltaram-se profundamente para si próprios. Ao mesmo tempo que a vida de ambos perdia escopo, ganhava profundidade. Em troca de passarem seis anos sem buscar estabelecer nenhum contato com a sociedade, por frouxo que fosse, pelo mesmo período de seis anos eles desenterraram o que havia no âmago um do outro. Em algum momento, a vida de um passara a penetrar fundo na alma do outro. Observados pelo mundo exterior, eram cada qual uma pessoa. Sob o ponto de vista deles, no entanto, haviam se tornado um só ser vivo, moralmente impossível de se separar. A malha do sistema nervoso que constituía a sensibilidade de ambos interligava-os até a última fibra. Eles eram tal qual duas gotas de azeite que haviam caído sobre a superfície de uma bacia. Em vez de dizer que ambos repeliram a água para acabar se juntando, seria mais acertado considerar que, devido ao ímpeto da repulsa que sofreram por parte da água, tornaram-se um único círculo que não mais poderia se separar.

Em sua combinação, os dois gozavam de uma harmonia e de um contentamento difíceis de encontrar em casais comuns, atributos acompanhados ainda por uma letargia. Conquanto dominados pela disposição fastidiosa causada por essa letargia, não se esqueciam de ao menos se julgar felizes. Ocorria por vezes de a letargia jogar uma cortina sobre a consciência de ambos, enevoando-lhes em um arroubo o amor que tinham um pelo outro. Jamais lhes suscitava, todavia, uma insegurança como que capaz de lhes lavar o espírito com uma esponja. Em suma, os dois em par eram tão alienados da sociedade quanto próximos de si mesmos.

Enquanto ligavam o hoje ao amanhã sempre do mesmo modo, com intimidade superior à desfrutada pela maioria das pessoas, encaravam-se usualmente alheios à própria condição, embora vez por outra também viessem a atentar lúcidos para certos sentimentos que traziam no coração. Nessas ocasiões, era-lhes impossível deixar de regressar no tempo e recordar como o casamento fora feito à custa da martirização de outrem. Prostravam-se trêmulos diante da vingança temível que a natureza lhes aplicaria. Ao mesmo tempo, não se esqueciam de acender um incenso para a divindade do amor, agradecendo pela bênção mútua sem a qual não teriam condições de suportar tal vingança. Eram duas pessoas caminhando rumo à morte sob o estalo de chicotadas. No entanto, tinham consciência de que a ponta do chicote era revestida de um doce néctar capaz de curar todas as chagas.

Como um dos jovens advindos das famílias abastadas de Tóquio, Sosuke se permitira passar os anos de escola repletos dos prazeres extravagantes comuns a rapazes do mesmo círculo. Àquela época, sua maneira de se vestir, de se portar, de pensar, enfim, tudo em si evocava a imagem dos acadêmicos contemporâneos, que erguiam a cabeça sobre o mundo e andavam soberbos por onde bem entendessem. Como se via no colarinho que trazia sempre branco, nas bainhas sempre bem-feitas das calças, ou nas meias de casimira bordada que trazia sob estas, sua cabeça estava voltada para um mundo de luxúria.

Ele nascera dotado de bom discernimento. Em consequência, não fora capaz de tomar grande gosto pelos estudos. Uma vez que encarava a educação formal como somente um método para ingressar na sociedade, a condição de estudante, que só podia ser alcançada primeiramente caminhando um passo na direção contrária à mesma sociedade, não lhe despertava interesse. Ele apenas ia à escola para preencher diversos cadernos com tinta preta, tal qual faziam os demais alunos. Ao retornar da aula, no entanto, eram raras as vezes em que voltava a abrir os cadernos ou relia suas anotações. Se faltava à aula por um dia, ignorava o fato e não procurava saber do conteúdo perdido. Empilhando os cadernos com zelo sobre a escrivaninha no dormitório estudantil, nunca dava graça de si no quarto que era seu, onde tudo se encontrava sempre em ordem e bem arrumado, pois ficava antes passeando pela rua. Seus amigos invejavam-lhe em bom grau a vida folgada. Sosuke também se gabava de sua condição. O futuro do rapaz brilhava-lhe nos próprios olhos bonitos como um arco-íris.

O Sosuke daquela época, ao contrário do atual, tinha muitos amigos. Verdade seja dita, entre as pessoas que passavam pelos olhos trigueiros do rapaz, poder-se-ia considerar praticamente todas, sem distinção, como suas amigas. Ele levara uma juventude sossegada, como um otimista que desconhecia francamente o significado da palavra inimigo.

"Ora, basta não fazer cara de quem está deprimido que se é bem recebido aonde quer que se vá", dissera ele certa vez a Yasui, seu colega de aula. Na prática, àquela época o rosto de Sosuke ainda não havia exibido uma expressão sisuda o bastante que causasse desconforto nos outros.

"Você pode dizer isso porque tem o corpo são", invejava-o Yasui, que com frequência arrumava algum problema de saúde. Yasui era originário de Echizen, mas, por haver vivido um bom tempo em Yokohama, não se notava em suas palavras ou em seu jeito nada que o distinguisse de uma pessoa de Tóquio. Prodigalizava com seu guarda-roupa, e tinha o hábito de deixar crescer um pouco o cabelo para reparti-lo bem ao centro. Embora proviessem de Escolas Superiores diferentes, era comum sentarem-se lado a lado durante as aulas e, como vez por outra após a lição trocavam informações sobre alguma explicação do professor que não conseguiram ouvir, acabaram puxando conversa e familiarizaram-se. Isso aconteceu logo no primeiro ano da universidade, o que foi muito propício para Sosuke, pois ainda eram poucos os dias que haviam passado desde que ele chegara a Kyoto. Guiado por Yasui, sorveu as impressões da nova terra tal como se estivesse a beber saquê. Os dois caminhavam quase toda noite por locais animados como Sanjo ou Yonjo. Dependendo da ocasião, atravessavam até por Kyogoku.[47] Paravam bem no meio da ponte e observavam as águas do rio Kamogawa. Viam ainda a lua a aparecer silenciosa sobre o monte Higashiyama. Sentiam então que a lua de Kyoto era maior e mais redonda que a de Tóquio. Quando se cansavam das pessoas ou da cidade, aproveitavam o sábado e o domingo para ir aos arrabaldes distantes. Sosuke se alegrava com a imagem do verde profundo que se encerrava nos bambuzais, extensos a perder de vista. Deleitava-se com os troncos de pinheiro como que pintados de vermelho, em um cenário onde os inúmeros troncos

---

47. Outro nome para o animado bairro de Shinkyogoku.

enfileirados refletiam a luz do sol. Certa feita subiu até o Daihikaku[48] e, deitado de papo para o ar sob um pergaminho de Jifei[49], quedou-se a ouvir o som do remo de embarcações japonesas descendo o riacho no fundo do vale. Ele e o amigo divertiram-se apontando a semelhança entre esse som e o grasnar de um ganso. Em outra ocasião, foram até a casa de cerimônia do chá de Heihachi e dormiram lá por um dia. Pediram então à dona do local que lhes assasse espetinhos de algum peixe horrível pescado do rio, e ficaram bebendo saquê. Com uma toalha enrolada na cabeça, a mulher parecia trajar um *hakama* azul-marinho, do tipo que se estreita dos joelhos para baixo.

Diante de estímulos novos como esses, por algum tempo todos os desejos de Sosuke estavam saciados. Não obstante, à medida que caminhava sentindo o cheiro da velha cidade, tudo o que ali havia, após algum tempo, passou a lhe parecer ordinário. Com isso, ele começou a se achar insatisfeito, pelo fato de que as belas cores das montanhas e das águas límpidas não mais se hospedavam em seus pensamentos com o mesmo tom de frescor dos primeiros tempos. Carregando consigo o sangue quente da juventude, não lhe era mais possível sequer ir visitar o verde profundo da natureza, o que só servia de paliativo para esfriar sua febre. Nem por isso, é claro, deparou-se com atividades intensas em que pudesse queimar até as cinzas a sua paixão. O sangue pulsava-lhe com força nas veias, correndo inútil por todo o corpo como uma comichão. Sentado de braços cruzados, ele contemplou as montanhas que cercavam a cidade pelos quatro pontos e disse:

— Já estou farto de um lugar como este, com cheiro de velho.

Rindo, Yasui contou-lhe por contraste uma história que acontecera na cidade de outro amigo seu. Tratava-se de um causo sobre a famosa pousada do *joruri*[50], localizada "na Tsuchiyama entremonte-

---

48. Templo budista da seita Obaku, localizado no monte Arashiyama em Kyoto.
49. Ruyi Jifei (1616-1671), monge chinês da seita Obaku, conhecido no Japão como Nyoitsu Sokuhi, famoso por seus pergaminhos ornamentais com trabalhos de caligrafia.
50. Teatro de bonecos japonês.

sa, onde a chuva cai".⁵¹ Após informar que naquele lugar, desde que se acorda pela manhã até a hora de se deitar, não se avistava nada além de montanhas, o que equivalia a morar no fundo de uma tigela, Yasui contou que nos tempos de infância seu amigo, em face das precipitações incessantes da estação chuvosa, em sua cabecinha de criança imaginava que a pousada onde morava iria se inundar com a água que escorria das montanhas de todas as direções, e morria de preocupações por isso. Sosuke refletiu que não havia nada mais digno de pena do que o destino das pessoas que passavam a vida inteira morando no fundo de uma tigela.

— Um sujeito tem que se esforçar para morar num lugar desses — disse para Yasui com uma expressão de incredulidade. O amigo deu risada. Em seguida, relatou brevemente — como ouvira do próprio amigo, é claro — que, dentre as pessoas que saíram de Tsuchiyama, a mais famosa era uma que trocara um pequeno cofre por outro falso, e devido a isso fora condenada à morte por estocada. Para Sosuke, a quem já aborrecia a pequena Kyoto, ocorreu que até um evento como esse era necessário, uma vez a cada cem anos que fosse, como um elemento para quebrar a monotonia do dia a dia.

Os olhos de Sosuke naquela época atentavam apenas para o que havia de novo no mundo. Destarte, após as estações do ano mostrarem cada qual as suas cores por uma vez, não havia para ele mais necessidade de flores primaveris ou folhagens outonais para reavivar as memórias do ano anterior. A alguém como ele, que ansiava por agarrar alguma prova de que vivera uma vida forte e intensa, o presente ativo e o futuro que ainda estava por nascer eram questões mais urgentes, ao passo que o pretérito evanescente não passava de uma miragem de pouco valor, tal qual um sonho. Havendo olhado por toda parte santuários encalvecidos e templos tomados

---

51. Verso originalmente retirado de uma cantiga popular da região de Suzuka, mas que tornou-se famoso na peça de *joruri* escrita por Monzaemon Chikamatsu, intitulada *Tanba Yosaku matsuyo no komurobushi* [A cantiga da noite de espera de Yosaku Tanba]. A referida pensão localiza-se na cordilheira de Suzuka, na parte sudeste da província de Shiga, e era ponto de passagem de muitos viajantes à época.

pela desolação, ele ora já perdia a coragem de voltar sua cabeça jovem para a história opaca de tempos idos. Enfim, seus ânimos não haviam ressecado o suficiente para lhe permitir perambular consternado em volta do passado nebuloso.

Ao final do primeiro ano letivo, Sosuke e Yasui despediram-se fazendo promessas de se reencontrar no ano seguinte. Como Yasui a princípio voltaria para Fukui, sua terra natal, e depois iria a Yokohama, disse que nessa ocasião poderia lhe enviar uma correspondência para combinar de retornar no mesmo trem para Kyoto. Se dispusessem de tempo, poderiam mesmo fazer uma parada em Okitsu e aproveitar a viagem de volta com calma, detendo-se para ver o templo Seikenji, a mata de pinheiros de Miho ou o monte Kunozan. Sosuke respondeu que seria excelente, já antecipando em segredo a felicidade que sentiria ao receber o cartão de Yasui.

Quando Sosuke regressou a Tóquio, seu pai ainda gozava de boa saúde. Koroku ainda era uma criança. Ao contrário do esperado, ele sentiu-se satisfeito ao respirar depois de um ano o ar abafado e poluído da cidade grande. Sob o sol escaldante, observando de um local elevado o cenário que se estendia por centenas de metros, com as cores das telhas parecendo desvairadas em um turbilhão, chegou a pensar em dado instante que era aquilo que fazia Tóquio ser o que era. Tudo aquilo que porventura deixaria tonto o Sosuke de agora, àquela época refletia-se nele de tal modo que se lhe acharia escrito na testa a palavra "êxtase".

Seu futuro, tal qual um botão que ainda não desabrochara, não era desconhecido apenas para os outros, mas incerto inclusive para ele próprio. Sosuke pressentia apenas que se arrastava escrita em seu porvir a palavra "promissor". Mesmo durante o calor das férias de verão, ele não negligenciou fazer planos para depois de formado. Conquanto não houvesse sequer decidido com clareza se, depois de sair da universidade, iria se assentar em algum cargo público ou seguir o caminho do empreendedorismo, ignorando a direção a que enfim penderia, considerou que o mais proveitoso seria desde já se ocupar em progredir o máximo que fosse possível. Conseguiu indicações diretamente de seu pai. Ainda por meio de seu pai, conseguiu também outros contatos indiretamente. Selecionando então alguns poucos indivíduos que julgou poderem ter maior influência sobre seu futuro, prestou-lhes uma visita. Um deles estava afastado de Tóquio, sob a escusa de que tirara férias para fugir do calor. Outro nem sequer o encontrou. O terceiro estava muito ocupado, e disse que seria preciso tratar com ele no escritório, em hora marcada. Então, às sete horas de certa manhã, quando o sol ainda não ia muito alto, Sosuke foi levado por um elevador até o terceiro andar de um prédio de tijolos, onde se surpreendeu ao se deparar, na sala de espera, com a cena de sete ou oito pessoas ali aguardando, tal como ele, pelo mesmo sujeito. Independentemente do fracasso ou do sucesso de suas visitas, ele tinha a impressão de que indo a lugares novos para tratar de coisas novas conseguia embutir na cabeça uma parte do mundo que até então vivia longe de seus olhos, o que o deixava de certo modo deleitado.

Até a tarefa anual da qual seu pai lhe incumbia, de arejar livros e roupas, nesse momento parecia-lhe antes parte de um trabalho muito interessante. Sentando-se sobre uma pedra úmida em frente à porta do armazém, por onde soprava um vento gelado, olhava com curiosidade livros que havia na casa desde tempos remotos, como o *Mapa de locais famosos de Edo*[52] ou o *Areias de Edo.*[53] Sentado no chão no centro da sala, onde até os tatames pareciam quentes, ele separava a cânfora comprada pela criada em pequenos papelotes e os dobrava, como os pacotinhos em que médicos costumavam dar medicamentos em pó. Desde os tempos de criança, Sosuke sempre associara o cheiro forte da cânfora com o suor do final de abril, que prenunciava o estio do antigo calendário lunar, com a moxabustão[54]

---

52. *Edo meisho zue*, obra que começou a ser compilada no final do século XVIII por Yukio Saito e foi publicada entre 1834 e 1836, com informações ilustradas sobre a topografia e a localização dos santuários e templos de Edo (antigo nome de Tóquio).

53. *Edo no sunago*, outra obra ilustrada sobre a topografia de Edo, publicada em 1732 por Senryo Kikuoka (1680-1747).

54. No original, *horokugyu*, técnica da medicina tradicional chinesa que consistia em aplicar moxabustão indireta, com a moxa queimando dentro de uma panela de barro (*horoku*), a qual era colocada sobre a cabeça do paciente.

que costumavam aplicar nos templos a essa mesma época, e ainda com os milhafres-pretos que bailavam suavemente pelo céu azul.

Não tardou para que chegasse o fim da primeira semana de agosto, e começasse com isso o outono do calendário lunar. Logo veio também o primeiro de setembro, ducentésimo décimo dia do mesmo calendário, quando sempre se esperava vento e chuva, que de fato houve. No céu moviam-se sem trégua nuvens como que manchadas de tons cinzas. Em dois ou três dias, o termômetro começou a cair gradativamente. Era chegada a hora em que Sosuke precisava fazer as malas e preparar-se para retornar a Kyoto.

Ele ainda não havia se esquecido, entretanto, da promessa que fizera com Yasui. Na ocasião em que voltara para a casa do pai, ele não dera tanta atenção ao caso, posto que ainda houvesse dois meses pela frente, porém, conforme os dias iam passando, preocupava-se em como andaria o amigo. Afinal, Yasui não lhe enviara nem um cartão-postal sequer. Sosuke experimentou escrever uma carta com destino a Fukui, terra natal do rapaz. Todavia, acabou sem resposta. Pensou então em procurar o amigo em Yokohama, porém se esquecera de perguntar o bairro ou a rua em que ele morava, e viu-se de mãos atadas.

Na noite antes de partir, Sosuke foi chamado pelo pai, o qual, conforme o rapaz havia requisitado previamente, além do dinheiro para as despesas normais de viagem, entregou-lhe também uma quantia a mais para fazer uma pausa de dois ou três dias no meio do caminho, e mais um adicional para depois que chegasse a Kyoto. Ele advertiu o filho: "Deves poupar o máximo que puderes."

Sosuke ouviu tais palavras do mesmo modo que qualquer filho recebe uma corriqueira admoestação paterna. O pai ainda acrescentou: "Não nos veremos de novo até retornares no ano que vem, então tome bastante cuidado." Na ocasião desse "retorno do ano seguinte", Sosuke já não teria mais os meios para a viagem. Quando enfim retornasse novamente, já estaria frio o cadáver de seu pai. Até então, sempre ocorria a Sosuke a sensação de arrependimento toda vez que lhe vinha à memória traços do pai àquela época.

Nos últimos momentos antes de partir, por fim ele recebeu um envelope enviado por Yasui. Abriu-o para descobrir que o amigo pretendera, conforme o combinado, fazer a viagem de volta junto com ele. Devido a certo imprevisto, contudo, fez-se necessário partir antes, desculpou-se Yasui, e terminou por escrever que de qualquer modo poderiam se reencontrar com calma em Kyoto. Sosuke enfiou a correspondência dentro do bolso interno de suas roupas em estilo ocidental e subiu no trem a vapor. Quando chegou a Okitsu, onde haviam combinado de fazer uma parada, ele desceu sozinho à plataforma de desembarque e caminhou por uma via comprida na direção do templo Seikenji. Posto que fosse o início de setembro, quando já era findo o verão, e grande parte dos veranistas já havia deixado o local, a pousada onde ficou estava relativamente sossegada. Sosuke deitou-se de bruços em um quarto com vista para o mar e escreveu duas ou três linhas em um cartão-postal que enviaria para Yasui. Em sua mensagem estavam incluídas as palavras: "Como você não veio, vim para cá sozinho."

No dia que se seguiu visitou Miho e o templo Ryugeji, sem fugir do itinerário planejado com o amigo, procurando criar quanto pudesse de assunto para as conversas que teria com este após chegar a Kyoto. Entretanto, quiçá por causa do tempo ou pela falta da companhia com a qual contava, nem a vista do mar nem a escalada da montanha lhe pareceram assim tão interessantes. Ficar ao léu em seu quarto parecia-lhe uma maçada ainda maior. Sosuke despiu-se com pressa do *yukata* provido pela pousada, dependurou-o no corrimão junto com o *obi* curto[55] e deixou Okitsu.

Em seu primeiro dia em Kyoto, devido ao cansaço da viagem noturna de trem, aliado ao do desfazer da bagagem, passou sem tomar a luz do sol. No segundo dia enfim foi às aulas, apenas para descobrir que nem todos os professores haviam regressado. O número de alunos, do mesmo modo, era menor que o usual. O curioso foi constatar que não havia nenhum sinal de Yasui, que supostamente teria retornado com três ou quatro dias de antecedência. Como o fato intrigasse Sosuke, no caminho de volta ele fez questão de

---

55. No original, *sanjaku*, cinta para quimono mais curta, com cerca de noventa centímetros.

passar no local onde Yasui se hospedava. O quarto atual de Yasui ficava em uma casa ao lado do santuário de Kamo[56], local repleto de verde e água. Antes das férias de verão, o amigo dissera que pretendia mudar-se para a periferia da cidade a fim de poder estudar melhor, e acabou por transferir-se para um lugar como esse, algo tão inconveniente quanto morar em um vilarejo rural. A casa que Yasui descobriu cercava-se em dois lados por antigos muros de barro, já arrumada de modo bastante arcaico. Sosuke ouvira do amigo a história de que o dono da residência costumava ser um dos sacerdotes do santuário de Kamo. O sacerdote tinha uma esposa de apenas 40 anos, extremamente loquaz no dialeto de Kyoto, a qual cuidava de Yasui.

"Qual, cuidar — tudo o que faz é preparar uns pratos horríveis para me trazer no quarto três vezes ao dia", Yasui já falava mal da mulher do senhorio desde o momento em que fizera a mudança. Graças às duas ou três visitas que Sosuke prestara ao amigo nessa casa, ele já conhecia os anfitriões responsáveis pela "horrível" comida. A mulher até se lembrava de Sosuke. Tão logo o avistou, cumprimentou-o formalmente com a já referida eloquência para em seguida indagar-lhe sobre o paradeiro de Yasui, surpreendendo a visita com a mesma pergunta que ele viera fazer. Consoante lhe relatou a mulher, desde o dia em que Yasui partira para sua terra natal até aquele momento, não havia chegado naquela casa um único recado do rapaz. Sosuke voltou para o próprio dormitório assaz ressabiado.

Depois disso, por cerca de uma semana ele frequentou as aulas com uma vaga dúvida no peito cada vez que abria a porta da sala, imaginando se então veria o rosto do amigo, ou se porventura no dia seguinte lhe ouviria a voz. Retornava todo dia para casa sentindo uma insatisfação igualmente vaga. É evidente que nos últimos três ou quatro dias, antes de se deixar levar pelo desejo de reencontrar Yasui, em sua condição de amigo Sosuke já estava consternado com a segurança do rapaz, que não mostrava nunca o rosto, apesar de haver mencionado que precisara fazer a desfeita de partir na frente,

---

56. Referência ao santuário Kamomioya em Kyoto.

devido a algum imprevisto. Sosuke procurou perguntar a todo colega de aula que avistasse sobre o que haveria ocorrido com Yasui. Todavia, ninguém sabia dizer. Houve apenas um sujeito que respondeu ter avistado na noite anterior alguém trajando um *yukata*, muito parecido com Yasui, em meio a um grupo de pessoas em Yonjo. Sosuke não foi capaz de acreditar na história. No dia seguinte após ouvir o rumor, contudo, quando se passava cerca de uma semana desde que Sosuke chegara a Kyoto, Yasui apareceu-lhe de visita, trajado tal qual o outro aluno o havia identificado.

Quando Sosuke viu pela primeira vez em tempos a figura do amigo, sem usar nem um *hakama* ou um *haori* por cima das roupas e com um chapéu de palha numa das mãos, teve a impressão de que ele trazia algo de novo no rosto, algo que não existia antes das férias de verão. Yasui tinha o cabelo untado e repartido ao meio, de modo tão meticuloso que não passava despercebido. Havia acabado de retornar do barbeiro, tentou justificar.

Naquela noite, Yasui gastou mais de uma hora jogando conversa fora com Sosuke. Seu modo solene de falar, seu tom hesitante e reservado, seu abuso de "não obstantes", tudo permanecia tal como sempre. Ele não contou, entretanto, porque tivera de partir de Yokohama antes de Sosuke. Tampouco deixou claro onde teria feito uma parada que o tivesse feito chegar a Kyoto ainda mais tarde que o amigo. Revelou apenas que estava na cidade desde três ou quatro dias. Disse ainda que até então não havia retornado à casa onde alugava um quarto desde antes das férias de verão.

— Então onde você... — Sosuke ia perguntar, ao que o amigo lhe informou o nome da pensão onde estava hospedado. Era um estabelecimento de terceira categoria perto de Sanjo. Sosuke conhecia o nome.

— Por que você foi para um lugar desses? Pretende ficar lá por enquanto? — Sosuke fez uma pergunta atrás da outra.

Yasui respondeu apenas que havia certas circunstâncias, e confessou um plano inusitado que deixou Sosuke perplexo:

— Estou pensando em deixar a vida de dormitórios e quartos na casa da família para alugar um cantinho para mim, mesmo que pequeno.

Dentro de uma semana depois desse encontro, Yasui realizou o que havia dito a Sosuke e conseguiu uma casa para si em um local tranquilo, próximo à universidade. Além de a residência ser mal-iluminada e da atmosfera soturna, arquitetura típica de Kyoto, pintaram-lhe as pilastras e as grades de um negro avermelhado, dando à pequena casa de aluguel uma aparência ainda mais antiga. Em frente ao portão de entrada havia um salgueiro, o qual não se saberia dizer a que propriedade pertencia. Sosuke atentou para seus longos galhos balançando ao vento, quase tocando o beiral do telhado. O jardim, ao contrário dos de Tóquio, encontrava-se até um tanto aprumado. Havia apenas um ponto onde se viam pedras espalhadas à revelia, das quais uma relativamente grande se assentava bem em frente à sala. Sob ela crescia um sem-número de líquenes — uma inspiração de frescor. Nos fundos se erguia desolado um pequeno depósito vazio, de vigas apodrecidas, e por trás dele o bambuzal do terreno vizinho se punha de frente à porta do banheiro destacado.

A visita de Sosuke ao local ocorreu em outubro, na altura do semestre em que se podia ter ainda alguma folga. Ele recordaria que, devido aos resquícios de calor do verão, naquele dia ele usou uma sombrinha para ir às aulas. Quando fechou a sombrinha em frente à grade da porta de entrada e espiou para dentro, confirmou de relance a presença de uma moça com um *yukata* de listras esparsas. O chão por trás da grade era de *tataki*[57], que se estendia até o outro lado da casa; desse modo, caso alguém entrasse e não passasse diretamente ao espaço com ares de vestíbulo que havia à direita, poderia ver em uma linha reta, apesar da penumbra, os fundos da casa. Sosuke permaneceu estancado no mesmo lugar enquanto acompanhava com os olhos a silhueta do *yukata*, até ela desparecer por completo. Só depois abriu a grade. O próprio Yasui foi quem veio recebê-lo ao vestíbulo.

Passaram à sala, porém, mesmo conversando ali por algum tempo, a mulher de antes não mais apareceu. Tampouco deixou ouvir sua voz ou algum outro som. Considerando que a casa não era grande, ela estaria quiçá no cômodo ao lado, mas era antes como se não

---

57. Terra batida coberta com cal.

houvesse mais ninguém ali. Essa mulher quieta como uma sombra tratava-se de Oyone.

Yasui falou diversamente sobre sua cidade natal, sobre Tóquio, ou sobre as aulas da universidade. Sobre Oyone, entretanto, não proferiu nem uma palavra. A Sosuke também faltou coragem para indagar. Nesse dia, despediram-se sem abordar o assunto.

No dia seguinte, quando os dois se encontraram, é evidente que Sosuke ainda trazia dentro do peito a curiosidade a respeito da mulher, embora não a expressasse em palavras. Yasui também se fazia de sonso. Conquanto até aquele momento os dois jovens camaradas já houvessem conversado intimamente sobre uma infinidade de tópicos sem hesitações, no tocante a esse assunto poder-se-ia dizer que Yasui tinha a voz embargada. A curiosidade de Sosuke, por outro lado, não era intensa o bastante para fazê-lo buscar extrair forçosamente algo do amigo. Em consequência, cerca de uma semana se passou com a mulher apenas entreposta à consciência de ambos, sem tornar-se objeto de conversa.

No domingo seguinte, Sosuke bateu outra vez à porta de Yasui. Sua ida deveu-se a algum assunto que surgira, sobre uma reunião à qual ambos estavam relacionados — ou seja, uma visita despreocupada e oriunda de motivações outras, que de modo nenhum diziam respeito à mulher. Todavia, ao ser conduzido à sala e sentar-se no mesmo lugar de antes, avistando as pequenas árvores de ameixeira que cresciam junto à cerca-viva, lembrou-se vividamente dos acontecimentos da última vez que viera. À imagem do outro dia, fora da sala havia silêncio absoluto. Era impossível para Sosuke não imaginar a jovem mulher que se ocultava nas sombras desse silêncio. Ao mesmo tempo, acreditava que a jovem não estaria, tal como antes, sequer considerando aparecer diante dele.

Sosuke ainda estava imerso em expectativa quando foi de súbito apresentado a Oyone. Nessa ocasião, ela não usava mais um *yukata* de listras esparsas. A mulher surgiu do cômodo ao lado ataviada como se estivesse pronta a ir a algum lugar, ou, porventura, como se houvesse acabado de chegar de lá. Para Sosuke foi algo inesperado. Posto que ela não trajasse vestes extravagantes, no entanto, nem a cor do quimono nem o brilho do *obi* foram suficientes para deixá-lo estarrecido. Ademais, diante de alguém que ela via pela primeira vez como Sosuke, Oyone não demonstrou um pudor exagerado, conforme tendem a fazer as jovens mulheres. Aparentou apenas ser uma pessoa comum, um tanto mais calma por sua economia de palavras. Averiguando que a mulher era tranquila a ponto de não se distinguir a diferença entre o momento em que se fez presente e quando se ocultava em outro aposento, Sosuke inferiu que ela se mantivera retirada até então não necessariamente por ser encabulada e haver desejado evitar aparecer na frente de estranhos.

— Esta é minha irmã mais nova — foram as palavras que Yasui empregou para apresentar Oyone. Enquanto se quedou sentado diante da moça, conversando por uns cinco minutos, Sosuke reparou que em seu modo de falar não havia nenhum sinal de sotaque interiorano.

— Até hoje você morava com seus pais? — perguntou à moça, embora Yasui tenha respondido antes que ela pudesse:

— Não, faz tempo que estava em Yokohama.

Revelaram ainda a Sosuke que naquele dia sairiam ambos para fazer compras no centro da cidade, motivo pelo qual Oyone não estava vestindo roupas comuns de andar em casa, e calçava meias brancas novas a despeito do calor. Sosuke sentiu certo desconforto, pois imaginou haver atrapalhado os dois quando estavam prestes a sair.

— Pois é, como estou alugando minha própria casa agora, todo dia descubro alguma coisa nova que está faltando, por isso preciso ir uma ou duas vezes por semana até o centro para fazer compras — riu Yasui.

— Vamos juntos até um pedaço — Sosuke levantou-se de pronto. Antes, atendeu ao pedido de Yasui para aproveitar a ocasião e dar uma olhada na casa. Viu no quarto ao lado um braseiro quadrado com suporte de placa de zinco, uma chaleira barata de bronze de coloração amarela, bem como um balde, novo em demasia, colocado ao lado da velha pia, e saiu pelo portão. Yasui trancou a casa e, dizendo que deixaria a chave aos cuidados do vizinho, saiu correndo. Enquanto aguardavam, Sosuke e Oyone falaram duas ou três linhas sem consequência.

Mas Sosuke sempre se recordaria das palavras que eles trocaram naquele curto intervalo de três minutos. Não passaram de gentilezas cambiadas entre um homem e uma mulher comuns na tentativa de expressar simpatia mútua. Fosse adjetivar aquele momento, poderia dizer que fora ralo e superficial como água. Ele não saberia dizer quantas vezes mais desde então repetiria cumprimentos da mesma sorte, em ocasiões diversas, conversando na calçada com um desconhecido qualquer.

Sempre que recordava os pormenores da palestra sobremaneira curta que tivera com a moça, ele reconhecia que foram detalhes triviais, tanto que se poderia dizer não haver existido na interação colorido nenhum. Parecia-lhe com isso um mistério que enunciações tão transparentes houvessem sido capazes de, por algum motivo, pintar o futuro dos dois de um vermelho vivo. É fato que, com o passar dos dias, o tom rubro já tenha perdido a vivacidade de outrora. A chama que consumiu a ambos tornou essa cor naturalmente negra, de tal modo a vida dos dois submergiu na escuridão. Caso se voltasse para o passado a observar inversamente o fluxo dos eventos, ao mesmo tempo que saboreava insaciável em seu peito o modo como uma conversa assim trivial colorira densamente sua história e a dela, temia a força do destino, capaz de transformar acontecimentos mundanos em graves eventos.

Sosuke se lembraria de como, quando estiveram os dois aguardando de pé em frente ao portão, suas sombras se quebravam e projetavam apenas metade de si sobre o muro de barro. Lembraria que a sombra de Oyone incidia sobre o muro obstruída pela silhueta irregular da sombrinha, que lhe tomava o lugar da cabeça. Lembraria do sol de início de outono, já em leve declínio, iluminando-os, incandescente. Com a sombrinha ainda enristada, Oyone aproximara-se da sombra de um salgueiro, apesar de não parecer o local particularmente mais fresco. Sosuke lembraria haver recuado um passo para observar a paisagem em seu todo, com a sombrinha violeta suspensa pela linha branca do cabo sob a cor do salgueiro, cuja folhagem ainda não se descolorira por completo. Recordando agora, o ambiente estava todo muito bem iluminado. Não houvera, por conseguinte, nada de misterioso na cena.

Aguardaram até que Yasui despontasse novamente por detrás do muro de barro, e se puseram todos a caminhar para o lado do centro. Os rapazes andavam lado a lado. Arrastando suas sandálias *zori*, Oyone ficou um pouco para trás. A conversa também era em grande parte dominada apenas pelos rapazes. Não durou muito, no entanto. Afinal, Sosuke acompanhou-os apenas até parte do caminho, separando-se então para retornar ao próprio quarto.

As impressões daquele dia, de qualquer modo, restariam por um longo tempo em sua cabeça. Mesmo após chegar a casa, tomar banho e sentar-se em frente à lamparina, as silhuetas de Yasui e Oyone ainda passavam volta e meia diante de seus olhos, como o plano de uma tela colorida. Uma vez se recolhendo ao leito, o rapaz começou ademais a ponderar se Oyone, apresentada a ele como irmã do amigo, era de fato sua irmã de verdade. Conquanto fosse difícil solucionar essa dúvida a menos que indagasse Yasui, não demorou para que em seu capricho alcançasse um julgamento próprio. Pareceu-lhe engraçado chegar à reflexão, ali deitado, de que havia razões suficientes no comportamento de Oyone e Yasui para justificar esse seu julgamento. Atentando para o fato de que era ridículo resistir em seu íntimo ao julgamento a que ele mesmo chegara, enfim assoprou a chama do lampião que antes se esquecera de apagar.

A relação entre os dois não era assim distante a ponto de Sosuke precisar evitar se encontrar com Yasui até que os pensamentos que trazia na cabeça desaparecessem sem deixar rastro. Sosuke não apenas via Yasui todos os dias na universidade, mas continuava visitando-o tal como fazia antes das férias de verão. Não era garantido, todavia, que Oyone o viesse cumprimentar toda vez que fosse à casa do amigo. Em cerca de uma a cada três visitas ela não dava ar de si, acontecendo de se ocultar em silêncio no aposento ao lado, tal como fizera da primeira vez. Sosuke não fez disso maior caso.

Não obstante, os dois terminaram por se tornar íntimos. Nasceu uma amizade tamanha entre eles, que se acharam capazes de fazer um ao outro gracejos sem fim.

O outono, então, chegou novamente. Visto que, sob as mesmas circunstâncias do ano anterior, Sosuke não possuía muito interesse em vivenciar outro outono em Kyoto, foi convidado por Yasui e Oyone a acompanhá-los em viagem a Takegari, onde pôde descobrir uma nova fragrância de atmosfera límpida. Juntos, os três apreciaram as folhagens de outono. No caminho a pé de Saga para Takao, atravessando a montanha, Oyone caminhava com a bainha do quimono enrolada e as calças longas de baixo recuadas para cima das meias, a sombrinha a servir-lhe de cajado. Uma vez no topo da montanha, de onde se podia ver nitidamente o fundo do riacho que corria pelo vale, talvez uns cem metros mais abaixo, com o sol a brilhar em sua superfície, Oyone voltou-se para os dois rapazes: "Kyoto é um ótimo lugar, não é mesmo?" Sosuke, que também fora alvo do olhar da moça, teve a impressão de que Kyoto era um lugar excelente.

Não era incomum para Sosuke e Oyone saírem juntos assim. Verem um ao outro entre quatro paredes era ainda mais frequente. Certa feita, em uma de suas visitas ao amigo, porque Yasui estivesse ausente, Sosuke encontrou apenas Oyone sentada, como se abandonada em meio ao solitário outono. Perguntou se ela não se sentia de fato solitária e, infiltrando-se na sala, antes de voltar para casa, travou com ela uma conversa mais longa do que poderia ter antecipado, cada qual de um lado do braseiro, com as mãos estendidas sobre o calor. Em outra ocasião, Sosuke quedava-se debruçado sobre a escrivaninha em seu quarto, em um raro momento de alienação no qual não sabia o que fazer das horas, quando foi Oyone quem surgiu a sua porta. Dizendo que saíra para fazer compras ali por perto e aproveitara para fazer uma visita, aceitou o convite de Sosuke para tomar um chá e comer alguns regalos, conversando sem pressa com o rapaz.

No ínterim em que encontros assim se acumulavam, continuavam caindo as folhas das árvores. Não tardou para que, dada manhã, se avistasse completamente alvo o topo das montanhas mais altas.

Tornaram-se brancas também as margens do rio, expostas ao vento, e moviam-se esguias as sombras das pessoas que atravessavam a ponte. Naquele ano, o inverno de Kyoto esgueirou-se como um ninja, cortando sorrateiro a pele das gentes. Afligido por esse frio maligno, Yasui contraiu uma forte gripe. Como a febre era mais alta que a de um simples resfriado, de início até Oyone se sobressaltou. A princípio pareceu se tratar de algo passageiro, pois a febre recedeu em seguida, levando-os a imaginar que em breve o rapaz já estaria são novamente, mas não tardou até que ela retornasse, e os dias passavam sem se confirmar a cura. A febre se grudava a Yasui como cola, fazendo-o sofrer todo dia com seus altos e baixos.

O médico disse que o caso se devia a um ataque no aparelho respiratório, e recomendou enfaticamente que o paciente se afastasse da cidade grande por algum tempo. Desgostoso, Yasui retirou seu baú de madeira de salgueiro do armário, arrumou a bagagem e atou-o com uma corda de cânhamo. Oyone fechou à chave sua maleta de mão. Sosuke acompanhou os dois até a estação Shichijo e aguardou com eles dentro da sala de espera até a partida da maria-fumaça, procurando alegrá-los com sua conversa. Quando foi se despedir na plataforma de embarque, Yasui disse-lhe da janela:

— Venha nos visitar.

— Sim, por favor — reforçou Oyone.

Em seu caminho para os lados de Kobe, a cuspir fumaça, o trem sem demora deixou para trás o rosto bem corado de Sosuke.

O enfermo passou o fim de ano em retiro. Desde o dia em que chegou o primeiro cartão-postal, não pararam de chegar outros. Os viajantes jamais deixavam de repetir a Sosuke que os viesse visitar quando quisesse. Oyone também incluía sem falta nas mensagens uma ou duas linhas de punho próprio. Sosuke deixou os cartões-postais formarem uma pilha em cima da escrivaninha. Ao chegar da rua, caía logo com os olhos sobre eles. Vez por outra tomava-os em ordem um por um, para os reler ou apenas contemplar. "Enfim já me curei por completo, e logo retorno. Mas seria uma pena ter viajado até aqui e não poder encontrá-lo, então venha nos ver assim que chegar esta mensagem, nem que seja por pouco tempo" — dizia o último cartão. Essas linhas foram suficientes para pôr Sosuke em movimento, tomado como estava pelo tédio e pela monotonia. Serviu-se do trem a vapor para chegar à pousada de Yasui ainda na mesma noite.

Quando os três amigos ansiosos por se encontrar reuniram-se sob a luz clara do lampião, a primeira coisa que Sosuke percebeu foi como o enfermo recuperara a boa aparência. Mostrava-se ainda melhor do que antes. O próprio Yasui dizia compartilhar dessa impressão, fazendo questão de arregaçar as mangas da camisa e alisar os braços repletos de veias azuis. Os olhos de Oyone do mesmo modo reluziam de alegria. Sosuke recebeu seu olhar animado com particular estranhamento. A Oyone que até então se refletia em seus pensamentos era sobremaneira plácida, inclusive quando envolta em profusões de cores e sons. Ele imaginava ademais que tal placidez advinha justamente dos olhos, os quais em geral não movia sem propósito.

No dia seguinte, os três saíram à rua e observaram o mar, que estendia sua cor profunda até as lonjuras. Respiraram o ar que carregava consigo a resina dos troncos dos pinheiros. O sol do inverno cortou desvelado o céu estreito em sua longitude e pôs-se em silêncio. Ao se pôr, foi aos poucos pintando pelos flancos as nuvens baixas com uma cor de chamas de fogareiro. Mesmo ao cair da noite o vento não soprou. Apenas de quando em quando se ouvia um assobio nos galhos dos pinheiros. O período de calor agradável persistiu pelos três dias da estada de Sosuke.

Sosuke disse que gostaria de aproveitar mais. Oyone logo o incentivou a tal. Yasui era da tese de que Sosuke trouxera o bom tempo consigo. Não obstante, carregando suas maletas e baús, os três retornaram juntos para Kyoto. O inverno atravessou sem alarde as regiões frias com seu vento boreal. A neve que realçava aqui e ali o topo das montanhas aos poucos ia cedendo, até que de uma só vez brotou-lhe por trás a cor verdejante.

A cada vez que Sosuke recordava essa época, ocorria-lhe que, houvesse estancado de súbito naqueles idos a transição da natureza, fossilizando no mesmo instante a ele e Oyone, ao menos os dois não teriam passado por sofrimento nenhum. O caso entre os dois começou quando a primavera despontou sua cabeça por debaixo do inverno, e terminou à época em que as flores de cerejeira caíram por completo, deixando o colorido das árvores ser tomado pelo tom das novas folhas. Era parte da luta entre a vida e a morte. Enfrentariam uma dificuldade sem tamanho, como se tentassem extrair óleo de bambu verde queimado. Um tufão repentino apanhou-os despreparados e os derrubou no chão. Quando se reergueram, areia era tudo o que viam por todo canto. Reconheceram a si mesmos como pessoas tomadas pela areia. Não sabiam dizer, todavia, quando haviam sido derrubados pelo tufão.

A sociedade jogou impiedosa sobre eles o fardo da transgressão moral. Antes de se deixarem penalizar pela consciência da moralidade, entretanto, quedaram-se ambos absortos a duvidar se estariam de fato em plenas faculdades mentais. Antes que se imaginassem como um casal imoral e vergonhoso, já podiam ver sua união como algo estranho e irracional. Não possuíam, contudo, nenhuma desculpa que lhes valesse. Por isso mesmo, padeciam com uma dor insuportável. Os dois mortificavam-se por ter sido apanhados de surpresa pelos caprichos de um cruel destino, o qual os lançou, em parte por acinte, para dentro de uma cova.

Quando o sol do escândalo lançou seus raios em cheio ao sobrolho de um e outro, eles já haviam ultrapassado moralmente o estado de sofrimento convulsivo. Expuseram com franqueza suas frontes pálidas, e nelas receberam como uma chama uma marca a ferro. Aperceberam-se então de que, ligados por grilhões invisíveis, haveriam de acompanhar o passo um do outro, caminhando de mãos dadas aonde quer que fossem. Afastaram-se de seus pais. Afastaram-se de seus parentes. Afastaram-se de seus amigos. Com um pouco de exagero, afastaram-se da sociedade como um todo, ou se viram afastados por toda essa gente. Da universidade, é claro que o rapaz foi afastado. Apenas pelas aparências ficou entendido que fora ele quem largara os estudos, de qualquer modo estabelecendo formalmente um fim aos vestígios de que um dia fora humano.

Fora esse o passado de Sosuke e Oyone.

XV

 Carregando o tormento de um passado como esse, mesmo se mudando para Hiroshima os dois continuaram a sofrer. Em Fukuoka, o sofrimento perpetrara do mesmo modo. Após virem para Tóquio, igualmente, ainda eram oprimidos como sempre por um pesado fardo. Não puderam mais manter laços estreitos com a família Saeki. O tio havia morrido. Apesar de a tia e Yasunosuke ainda estarem vivos, os dias de indiferença mútua acabaram se acumulando em demasia, de modo que jamais em vida se faria novamente possível cultivar com eles uma relação aberta. Este ano ainda nem sequer haviam ido lhes desejar as boas festas. Tampouco eles vieram fazê-lo.
 Até mesmo Koroku, que fora recolhido à casa do irmão mais velho, no fundo do peito não nutria respeito por este. À época em que o casal recém chegara a Tóquio, em sua mente sincera de criança, ele verdadeiramente odiava Oyone. Tanto ela quanto o marido sabiam bem disso. O casal passou aquele ano em silêncio, sorrindo sob o sol e pensando sob a lua. Agora, mais um ano estava prestes a se completar.
 Nas grandes avenidas, com o fim do ano as fachadas das casas estavam todas enfeitadas. À esquerda e à direita da rua enfileiravam-se dezenas de taquaras festivas, mais altas que os beirais, todas farfalhando suas folhas ao serem sopradas pelo vento frio. Sosuke também comprou um pinheiro esguio para enfeite, de pouco mais de sessenta centímetros, e afixou-o junto ao pilar do portão. Em seguida, colocou uma grande flor vermelha de laranjeira sobre a oferenda de *mochi*[58] que por costume se fazia no fim de ano, dispondo-a na alcova. Dependurou ali ainda uma pintura de *sumi-ê*[59] de qualidade

---

58. Bolinho feito com pasta viscosa de arroz.
59. Pintura monocromática feita com tinta *sumi* (semelhante ao nanquim).

duvidosa, na qual uma ameixeira parecia projetar de si uma lua em forma de concha. Ele não entendia qual o significado de colocar a laranjeira e a oferenda diante de uma pintura estranha como aquela.

— Que diabos de sentido há por trás disso? — perguntou ele a Oyone enquanto contemplava o pergaminho decorado que ele próprio dependurara. Nem para Oyone era de todo claro por que todos os anos faziam aquela decoração.

— Não sei. Não dê muita atenção, apenas deixe arrumado e esqueça — disse ela antes de partir para a cozinha.

— A gente prepara a decoração, mas no fim os *mochi* são para comer, não é? — Sosuke inclinou a cabeça, pensativo, e arrumou a posição da oferenda.

À noite, levaram uma tábua de cortar até o quarto do chá para, todos juntos, fatiar a pasta de arroz e fazer bolinhos achatados de *mochi*. Como não havia facas o suficiente, do início até o fim Sosuke não ofereceu ajuda. Pela força que tinha, Koroku foi quem mais cortou bolinhos. Em compensação, também foi quem cortou o maior número com formatos irregulares. Via-se no meio de seu trabalho alguns *mochi* de aparência bastante feia. Cada vez que saía um desses, Kiyo dava risada.

Para cortar as bordas da pasta de arroz que estavam mais duras, Koroku colocou um pano úmido sobre o dorso da faca, e em seguida disse: "Tanto faz a forma, se der para comer já está bom." Colocava tanta força que ficava vermelho até as orelhas.

De resto, os preparativos da casa para receber o Ano-Novo se resumiam a fritar sardinhas e preparar um ensopado grosso, que deixaram armazenado nas caixas de marmita. Chegada a noite da véspera, Sosuke foi até a casa de Sakai para deixar-lhe os votos, e aproveitou também para levar o dinheiro do aluguel. Fez questão de dispensar o tratamento de visita e entrou pela porta dos fundos, onde pôde ver a claridade de chamas acesas refletida no vidro fosco, indicando a folia em que estava o interior da casa. Foi saudado por um moleque que parecia ter vindo cobrar alguma coisa, sentado sobre a tábua que dividia a rua do vestíbulo, com um livreto de contas na mão. No quarto do chá estavam o dono da casa e sua esposa. Em um dos cantos havia um homem trajando uma capa como as que costumavam usar os comerciantes, a julgar alguém conhecido da casa, cabisbaixo a confeccionar diversos anéis de palha como enfeite para o Ano-Novo. Ao seu lado achavam-se tesoura, galhinhos de samambaia e *yuzuriha*[60], bem como folhas de papel cortadas ao meio. A jovem cozinheira sentava-se em frente à patroa, dispondo sobre o tatame notas e moedas de prata que pareciam ser o troco para alguma coisa. O dono da casa viu Sosuke:

— Ora, veja só — disse, instigando o visitante a se aproximar.
— Com o fim do ano há tanto a se fazer, não? Como se pode notar, estou atarantado. Mas, por favor, entre. Acho que ambos já nos enfadamos do Ano-Novo. Por mais divertido que seja, depois de quarenta anos repetindo a mesma coisa, a gente até pega nojo.

Conquanto Sakai comentasse sobre a atribulação da virada de ano, em sua atitude não havia nada que se pudesse apontar reconhecível como sinal de preocupação. Falava de modo empolgado. Seu rosto cintilava. Podia-se imaginar que o efeito do saquê de depois do jantar ainda se fazia ver em suas faces. Sosuke aceitou um cigarro e ficou de conversa por vinte ou trinta minutos.

Em casa, Oyone esperava o marido com uma saboneteira enrolada em uma toalha: havia dito a ele que pretendia ir juntamente com Kiyo ao banho público, e ele estivera incumbido de cuidar da casa durante sua ausência.

— O que houve, por que demorou tanto tempo? — perguntou ela, olhando para o relógio. Já marcava perto das dez horas. Ora, ele devia ter consideração, que Kiyo ainda esperava passar no cabeleireiro no caminho de volta, para arrumar o penteado. No último dia do ano, Sosuke se deparava com tumultos dignos de sua vida pacata.

— Já pagou todos os credores? — perguntou Sosuke à esposa enquanto se levantava. Ela respondeu que faltava apenas o fornecedor de lenha. Acrescentou em seguida:

— Se ele vier, pague você — retirou do quimono uma carteira

---

60. Arbusto nativo da China, da Coreia e do Japão, comumente usado para fins ornamentais.

imunda e uma niqueleira com boca de metal e as entregou ao marido.

— E Koroku? — perguntou ele enquanto recebia os itens.

— Saiu há algum tempo dizendo que queria ver como ia o último dia do ano lá fora. Admira-me ele se dar ao trabalho. Com o frio que faz — a resposta de Oyone foi seguida por uma gargalhada de Kiyo.

— É porque ele ainda é jovem — avaliou a criada, e foi até a porta dos fundos deixar os *geta* da patroa prontos para sair.

— Que lugar ele pretende ir ver?

— Disse que ia de Ginza até a avenida de Nihon'bashi.

Nesse momento Oyone já havia descido o degrau do vestíbulo. Em seguida veio o som da pequena porta de correr se abrindo. Ao ouvir esse som, Sosuke despediu-se da esposa em pensamento e, sentado sozinho em frente ao braseiro, contemplou a cor do carvão que já se tornava cinzas. Na cabeça de Sosuke, cruzava a imagem da bandeira nacional que no dia seguinte se veria hasteada. Ele visualizou o lustro das cartolas das pessoas que passavam na rua. Ouviu som de sabres, relinchar de cavalos, vozes brincando de *yarihago*.[61] Poucas horas depois ele teria de encarar mais uma vez o cenário que, entre tantos eventos anuais, era especialmente elaborado para trazer renovação ao espírito das gentes.

Por mais que transitasse por seu coração um sem-número de motivos aparentes de alegria ou animação, sequer um desses pensamentos o tomava pelo braço e o carregava junto consigo. Tal qual um rejeitado que não fora convidado a um banquete — alguém que fora proibido de se embriagar, ou que se esquivava da embriaguez —, todos os anos ele ia arrastando a própria vida, e a de Oyone, em meio a altos e baixos corriqueiros, de modo que não possuíam grandes esperanças para o futuro. A tranquilidade de ficar assim sozinho a cuidar da casa, em plena atribulada véspera de Ano-Novo, era portanto uma representação adequada de sua vida ordinária.

---

61. Também conhecida como *oibane*, antiga brincadeira de fim de ano que consistia em formar dois grupos, os quais competiam para, vendados, afixar o maior número de penas em uma tábua.

Oyone retornou um pouco após as dez horas. Suas faces reluziam à chama do lampião com mais vivacidade que de costume. Ela ainda trazia a roupa de baixo do quimono de modo a deixar um pouco da nuca exposta, abafada que estava pelo calor do banho quente. Por trás, via-se bem seu pescoço esguio.

— Nossa, estava tão cheio que mal a gente podia se lavar ou conseguir um balde — começou a dizer, pontuando com um longo suspiro.

Kiyo voltou quando já passavam das onze horas. Ela também despontou de trás da porta corrediça, com seu belo penteado.

— Cheguei, desculpem a demora — fez uma saudação e aproveitou para contar que ainda tivera de esperar por duas ou três pessoas à sua frente.

Somente Koroku não dava sinal de regressar. Quando bateram as doze horas, Sosuke sugeriu que fossem dormir. Oyone achava que, naquela ocasião, seria estranho ir antes para a cama, e esforçou-se por não deixar terminar o fio da conversa. Por sorte Koroku não tardou a voltar. Após haver retornado de Nihon'bashi a Ginza, estendeu o passeio até o santuário Suitengu, mas, posto que os bondes estavam todos lotados, teve de esperar que vários carros passassem até poder retornar — era sua desculpa por ter chegado tarde.

O rapaz havia entrado na loja Hakubotan pensando em conseguir um dos relógios de contorno dourado que estavam distribuindo de brinde aos clientes, mas, como não havia nada que precisasse comprar, adquiriu apenas uma caixa com saquinhos do jogo de cinco marias, providos cada qual com uma sineta. Apanhou então um dentre as centenas de balões que eram assoprados por uma máquina, os quais continham os brindes.

— Mas não consegui o relógio, e em troca trouxe isto — disse enquanto retirava da manga do quimono um pacote de pó de limpeza Club.[62] — Dou para a minha cunhada — em seguida, colocou à

---

62. Pó utilizado para limpeza facial, que começou a ser produzido pela fabricante japonesa Club Cosmetics a partir de 1906, poucos anos antes da publicação desta obra. O produto fora um grande sucesso à época, por permitir a limpeza do rosto sem o risco de irritar a pele, como faziam os sabonetes de então.

frente de Sosuke os saquinhos de cinco marias com sinetas, bordados com a forma de flor de ameixeira. — Que tal dar de presente para a filha de Sakai?

O último dia do ano daquele pequeno lar, tão pobre de eventos, deu-se assim por encerrado.

XVI

O Ano-Novo, com a neve que se estendeu por seu segundo dia, deixou branca a cidade enfeitada para o fim de ano. Mesmo após parar a neve, até que os telhados retomassem a mesma coloração de antes, o casal foi surpreendido não poucas vezes pelo som da neve caindo do beiral das telhas de zinco. Era particularmente intenso o eco surdo que se fazia no meio da noite. O lamaçal das ruas tampouco secava com tanta facilidade, ao contrário daquele gerado pelas chuvas, que secava em apenas um ou dois dias. Cada vez que Sosuke olhava o rosto de Oyone ao retornar da rua com os sapatos imundos, ele pisava no vestíbulo já dizendo: "Assim não dá." Como em sua reclamação dava ares de que colocava na esposa a culpa pelo mau estado das ruas, esta acabava rindo: "Mil desculpas. É mesmo de dar dó." Sosuke não sabia como retribuir o gracejo.

— Oyone, parece impossível sair daqui para qualquer lugar que seja sem se estar calçando *geta*. Mas o centro está bem diferente. Qualquer rua por que se passe está tão seca que chega a levantar poeira, e nesse caso dá vergonha ficar andando de *geta*. Para resumir, vivendo num lugar como este nós estamos, sim, um século atrasados.

Conquanto lhe saíssem tais palavras, no rosto de Sosuke não se notava insatisfação. Oyone inclusive ouvia-o distraída, tanto que apenas observava a fumaça de cigarro que escapava pelas narinas do marido.

— Vá até a casa de Sakai e diga isso para ele — respondeu ela sem consternação.

— Sim, e então vou aproveitar para pedir que me poupe do aluguel — retrucou Sosuke, mas à casa de Sakai acabou não indo.

Cedo na manhã do primeiro dia do ano, Sosuke se ateve a apenas lançar um cartão para dentro da casa do senhorio, saindo pelo portão sem fazer caso de ver-lhe o rosto. No anoitecer do mesmo dia, contudo, após liquidar todas as formalidades de que se vira obrigado e retornar para casa, sentiu-se constrangido por saber que, em sua ausência, Sakai viera prestar-lhe uma muito apropriada visita de Ano-Novo. O dia 2 foi de neve somente, sem acontecimentos notáveis. Na tardezinha do terceiro dia, a cozinheira lá de cima veio com uma mensagem, dizendo que, se estivessem com tempo livre, o senhor, sua esposa e o senhorzinho poderiam aparecer logo mais à noite em casa de seu patrão, para se entreterem um pouco.

— O que será que ele tem em mente? — indagou-se Sosuke.

— Deve ser uma partida de cartas com poesia.[63] Afinal ele tem muitas crianças — sugeriu Oyone. — Divirta-se.

— Seria bom você ir, então. Eu, já faz tempo que não jogo carta, não vou conseguir.

— Pois nem eu, que também não jogo faz tempo.

Nenhum dos dois dava o braço a torcer. Terminaram por concordar que o "senhorzinho" Koroku poderia ir representando-os todos.

— Senhorzinho, divirta-se — disse Sosuke ao irmão. Este se ergueu com um sorriso de constrangimento. O casal achava assaz cômico ter colocado em Koroku o título de senhorzinho. Ao verem o desconcerto no rosto do rapaz ao chamá-lo assim, ambos soltaram o riso. Koroku deixou a atmosfera primaveril da casa. Cortando então o caminho por cerca de cem metros de frio, sentou-se novamente sob a luz elétrica, dessa vez na casa de Sakai, de ar igualmente primaveril.

Nessa noite, Koroku colocou no bolso da manga do quimono as cinco marias em forma de flor de ameixeira que comprara na véspera de Ano-Novo, e as ofereceu à filha de Sakai, fazendo questão de dizer que eram presente de seu irmão. Na hora de voltar, inseriu na mesma manga uma pequena boneca desnuda que lhe deram em agradecimento, a qual haviam ganhado em algum sorteio. A testa da boneca tinha uma pequena falha, um único ponto que estava marcado com tinta preta. Koroku colocou-a em frente ao irmão e a cunhada com a expressão séria, afirmando que lhe disseram se

---

63. No original, *utagaruta*, baralho tradicional japonês com uma coletânea de cem poesias separadas em duas metades. O objetivo do jogo é saber a qual outro se conecta um dado trecho de poesia.

tratar de uma boneca de Sodehagi.⁶⁴ Porque haveria de ser uma boneca de Sodehagi, o casal não soube concluir. Koroku, é evidente, também não o sabia, embora a esposa de Sakai houvesse lhe explicado gentilmente a respeito. Entretanto, como mesmo assim ele não compreendera nada, Sakai fez questão de escrever com bom humor a explicação em uma meia folha de papel, e entregou-a ao rapaz dizendo que, quando voltasse, mostrasse-a ao irmão e à cunhada. Koroku procurou na manga do quimono pelo tal recado e o exibiu ao casal. No papel constava a frase: "É de ferro, este único anel de cercado"⁶⁵, após a qual se lia, entre parênteses: "Tem uma mancha preta, esta testa de pivete."⁶⁶ Sosuke e Oyone voltaram a esboçar um sorriso primaveril.

— É de fato muito bem pensado. De quem será que foi a ideia? — perguntou o irmão mais velho.

— Pois é, de quem...? — Koroku mostrou uma expressão de desinteresse, é claro, abandonando a boneca ali mesmo e recolhendo-se para seu quarto.

Passados mais uns três dias — sim, foi no entardecer do dia 7, sem dúvida —, veio uma vez mais a mesma criada de antes, para entregar com delicadeza a mensagem do patrão: caso dispusessem de tempo livre, que aparecessem para uma conversa. Foi justo à hora em que Sosuke e Oyone haviam acendido o lampião e começado o jantar. Sosuke dizia com uma tigela na mão:

— Parece que a primavera enfim vem se assentando — e nesse instante Kiyo entrou para dar o recado de Sakai. Oyone olhou para o rosto do marido com um sorriso. Sosuke largou a tigela e moveu o sobrolho em sinal de leve incômodo. Perguntaram à criada de Sakai

---

64. Personagem da peça para teatro de bonecos *Oshu Adachigabara* (1762), de autoria de Hanji Chikamatsu, Izumi Takeda e Saburobee Takemoto.
65. Citação de Sodehagi na peça *Oshu Adachigabara*. Nesse trecho a moça chora ao portão do pai, que no passado a deserdara. A impossibilidade de voltar à casa paterna faz com que a personagem compare o cercado a uma muralha de ferro.
66. No original, as frases soam bastante similares: "Kono kaki hitoe ga kurogane no" e "Kono gaki hitae ga kurogake no."

o motivo do convite: o patrão não tinha visita nenhuma naquele dia, tampouco mais o que fazer. Acrescia que sua esposa havia sido chamada à casa de algum parente, e saíra levando consigo as crianças, chegou a contar-lhes a criada.

— Então vamos lá — disse Sosuke já de saída. Aborrecia a Sosuke a socialização banal. Tratava-se de um homem que não comparecia a encontros sociais salvo quando não o podia evitar. Tampouco eram frequentes as ocasiões em que procurava algum amigo em particular. Não possuía tempo para visitas. Sakai era a única exceção. Por vezes, ocorria de o próprio Sosuke dirigir-se à casa do senhorio, não obstante não ter nada que tratar, apenas para matar as horas e depois voltar para casa. Em contrapartida, Sakai era o indivíduo mais sociável de todo o mundo. Mesmo para Oyone parecia um fenômeno peculiar que o sociável Sakai e o solitário Sosuke conseguissem se aproximar dessa forma para conversar.

— Vamos para lá — Sakai cruzou o quarto do chá e, pela varanda, conduziu sua visita até um pequeno escritório. Na alcova da saleta se encontrava dependurado um pergaminho de cinco caracteres apenas, grandes e angulares, os quais, a julgar, haviam sido escritos com pincel de palmeira. Sobre a prateleira da mesma alcova, uma esplêndida peônia branca enfeitava o ambiente. A escrivaninha, as almofadas, tudo o mais era impecável. — Bem, faça o favor — o anfitrião se colocou à frente, prostrado à entrada escura, onde girou um botão em algum lugar para a luz elétrica. — Espere um pouco — disse em seguida, acendendo com um fósforo o aquecedor a gás. O aquecedor era sobremaneira pequeno, à imagem da sala. Por fim, Sakai ofereceu-lhe uma almofada. — Esta é a minha gruta. Se estou enfadado, é aqui que me refugio.

Sentado sobre a espessa camada de algodão, Sosuke compartilhou da singular quietude do local. À medida que ouvia o suave ruído do gás queimando, abraçava-lhe pelas costas um calor aconchegante.

— Uma vez aqui dentro, desligo-me do mundo. Atinjo o relaxamento completo. Sinta-se à vontade. Na prática, esta tal de virada do ano é mais turbulenta do que se espera, não é? Eu mesmo ainda ontem tive de me render, pois já estava praticamente esgotado. É de fato sofrível que esse Ano-Novo não nos deixe em paz, parece nos estagnar. Foi hoje que enfim me afastei deste mundo secular, pois fiquei doente desde o almoço e passei o dia dormindo. Não há muito que despertei, tomei banho, fiz uma refeição, fumei um cigarro e me dei conta de que estava sozinho em casa, porque minha mulher pegou as crianças e foi visitar algum parente. Sem dúvida, estava silencioso demais, pensei. Dessa vez fiquei logo entediado. O ser humano é assim, cheio de caprichos. Contudo, por mais entediado que estivesse, pareceu-me uma maçada procurar entreter-me vendo ou ouvindo um júbilo qualquer, e não me apeteceram tampouco os comes e bebes festivos de Ano--Novo. Eu quis, portanto, trocar algumas palavras com alguém sem esse ar festivo — desculpe, talvez isso tenha soado rude —, digo, um sujeito como você, sem ligações com o mundo dos homens — lá venho eu faltar com o respeito outra vez —, enfim, colocando em termos simples: tive vontade de conversar com um partidário do grupo dos lobos solitários, e por isso quis mandar a criada com aquela mensagem — falou Sakai com sua loquacidade usual. Acontecia com frequência de Sosuke esquecer o próprio passado diante de um otimista como Sakai. A depender da ocasião, refletia inclusive se não poderia ele também ter se tornado uma pessoa dessa sorte, houvesse sua vida progredido de modo mais razoável.

Nesse ínterim, a criada entrou pela estreita abertura de menos de um metro da porta, reverenciou uma vez mais Sosuke com polidez e colocou-lhe em frente um prato, aparentemente de madeira, no qual serviu-lhe um doce. Em seguida, colocou um objeto idêntico em frente ao patrão, retirando-se sem dizer palavra nenhuma. Sobre cada prato de madeira havia um *manju*[67] grande como uma bola de borracha. Completava o conjunto um palito para cortar o doce, que se diria ter duas vezes o tamanho usual.

— Por favor, coma enquanto está quente — recomendava o anfitrião, o que chamou pela primeira vez a atenção de Sosuke ao preparo recente do confeito, ainda fumegante. Observou com interesse a película amarela de farinha tostada que envolvia o recheio de feijão.

---

67. Doce da culinária japonesa feito com recheio de pasta de feijão doce.

— Não, não foi feito agorinha — continuou Sakai. — Na verdade, ontem à noite saí para certo lugar e, como elogiei por brincadeira os doces que faziam, me deram de presente. Claro que na ocasião estavam quentes de verdade. Apenas mandei que os requentassem agora, pensando em lhe oferecer um.

O anfitrião tomou do objeto o qual não se saberia dizer ser um pauzinho para comer ou um palito para cortar, e fatiou o *manju* sem arte nenhuma, engolindo-o com voracidade. Sosuke seguiu-lhe o exemplo.

Entrementes, Sakai contou sobre uma excêntrica gueixa que encontrara na noite anterior, no restaurante onde estivera. Disse que a tal gueixa tinha predileção pelos *Analectos de bolso*[68], e que não andava sem o livro junto ao peito, estivesse no trem ou saindo para se divertir.

— Ela ainda disse que seu favorito entre os discípulos de Confúcio é Zi-lu. Perguntei-lhe qual a razão, e ela contou que Zi-lu era um homem extremamente honesto, tanto que chegava mesmo a sofrer caso ouvisse um novo ensinamento antes de haver podido colocar em prática o último que aprendera. Para falar a verdade, eu fiquei um pouco perdido, pois não conheço Zi-lu lá muito bem, mas arrisquei perguntar se não seria tal como o sofrimento de conhecer uma boa companheira e, antes de se poder começar um namoro, acabar conhecendo outra pessoa tão boa quanto a primeira...

Sakai contava sua história com uma casualidade aparentemente sem igual. A julgar por seu modo de falar, dir-se-ia que ele frequentava com assiduidade lugares como esse, onde, por força do hábito, continuava a repetir as mesmas experiências várias vezes ao mês, deixando-se sempre entorpecer pelos estímulos com que lá se deparava. Sosuke confirmou sua suspeita com o senhorio, o qual lhe disse que, no entanto, mesmo os homens mais despreocupados por vezes cansavam-se dos banquetes da boemia, e se viam obrigados a descansar os nervos em um escritório fechado.

---

68. Tradução popular dos analectos de Confúcio, publicada em 1909 por Tsuneta Yano.

Posto que Sosuke não era alguém sem nenhuma experiência nesses assuntos, não lhe foi preciso disfarçar interesse: conquistou o bom grado do interlocutor apenas respondendo com o que seria dele esperado. Sakai demonstrou haver percebido, em meio às respostas triviais com que Sosuke vinha contribuindo à conversa, palavras que também indicavam possuir o seu visitante um passado nada usual. Todavia, ao menor vestígio de que Sosuke não desejava prosseguir com a conversa nessa direção, Sakai mudou logo de assunto. Não por política, mas antes por respeito. Como consequência, não causou a Sosuke nenhum desconforto.

Em instantes o nome de Koroku veio à mesa. Sakai possuía duas ou três opiniões novas a respeito do jovem que quiçá passariam despercebidas ao irmão mais velho. Sosuke, é evidente, ouviu com gosto as avaliações do senhorio, indiferente ao fato de serem elas acertadas ou não. Em meio a sua palestra, Sakai perguntou se não seria justo dizer que Koroku era dono de uma mente que não se adequava a aplicações práticas complexas, a despeito de sua idade, de modo que ele parecia uma criança mostrando sem pudores uma personalidade ainda mais simples do que lhe permitiria a juventude. Sosuke assentiu de pronto. Respondeu que, entretanto, alguém que possuía apenas a educação da escola e nenhuma educação do mundo real tenderia a ser sempre assim, por mais velho que se tornasse.

— De fato, e, pelo lado contrário, aqueles que têm apenas a educação das ruas e nenhuma educação formal, embora demonstrem uma personalidade complexa que baste, terão sempre a mente de uma criança. Talvez casos assim sejam ainda mais perigosos — o anfitrião riu brevemente, mas continuou sem demora: — Que tal, se quiseres pode deixá-lo morando comigo por uns tempos, talvez ele aprenda um pouco da escola da vida — um mês antes de o cachorro da casa adoecer e terem de interná-lo no hospital veterinário, o estudante a quem Sakai alugava um quarto havia sido chamado para prestar o serviço militar, de modo que agora não tinha mais um inquilino.

Sosuke felicitou-se sobremaneira porque, antes mesmo que ele se propusesse a buscar um destino para Koroku, chegava-lhe de forma inesperada junto com a primavera uma ótima oportunidade. Ao mesmo tempo, para alguém que até então não havia se lançado antecipadamente à sociedade em busca de gentilezas ou favores alheios, deparar-se de súbito com uma proposta tal qual lhe fizera o senhorio bastou para surpreendê-lo, ou deixá-lo até desnorteado. Foi capaz de discernir, não obstante, que transferindo seu irmão o mais rápido possível para a casa de Sakai, poderia utilizar a folga que lhe surgiria no orçamento para incrementar em parte a ajuda financeira providenciada por Yasunosuke, e enfim, como desejava o rapaz, enviar-lhe-ia de volta para as aulas do ensino superior. Sosuke então abriu seu coração e revelou todo o caso do irmão ao senhorio, o qual apenas ouviu sem objeções, até arrematar sem rodeios, praticamente decidindo o assunto na mesma hora:

— Por mim, não há problemas.

Como teria sido bom caso Sosuke se escusasse e retornasse para casa nesse momento. Chegou com efeito a se despedir para ir embora. Foi interrompido, todavia, pelo apelo do senhorio, que dizia não ser preciso pressa.

— A noite ainda é uma criança, mal acabou de cair o sol — disse, chegando a mostrar-lhe o relógio. Ele parecia de fato entediado. Uma vez que Sosuke não possuía outro compromisso em casa além de ir para a cama dormir, terminou por acomodar outra vez o traseiro e voltar a fumar um cigarro. Seguindo o exemplo de seu anfitrião, por fim perdeu a compostura e relaxou sobre a almofada. Sakai continuou a conversa sobre Koroku:

— Pois ter um irmão mais novo é algo bem problemático. Eu também trago na memória os tempos em que ajudei meu irmãozinho, um imprestável.

Contou histórias várias, contrastando o dinheiro que lhe custara o irmão quando estava na universidade com a singeleza em que ele próprio vivera durante sua época de estudante. Sosuke perguntou ao senhorio sobre qual caminho teria seguido o irmão pródigo, e o que ele teria se tornado, buscando por um lado conhecer a sensação de um destino pouco promissor.

— *Adventurer*! — Sakai disparou de pronto uma única interjeição, como se a lançasse às favas, sem sujeito nem predicado.

Após se graduar, o rapaz havia entrado para um banco, sob a indicação de Sakai. Contudo, reclamando que queria acumular fortuna a qualquer custo, tão logo findou a Guerra Russo-Japonesa afirmou que buscaria a sorte grande e terminou partindo para a Manchúria, sem dar ouvidos aos apelos do irmão mais velho. Imaginou-se que começaria algo por lá e, com efeito, tornou-se gerente de uma grande companhia de transportes a qual enviava soja seca, de barco, pelo rio Ryoga. Não tardou a vir o fracasso. Como resultado de que nunca fora capitalista, certa feita, chegada a hora de fazer o balanço, averiguaram nas contas um grande prejuízo que sem dúvida não permitiria dar continuidade ao empreendimento, tornando-se inevitável para ele a perda do cargo.

— Depois disso nem eu fiquei sabendo direito o que havia sido dele, até que resolvi perguntar e tive uma surpresa. Foi para a Mongólia e hoje vive como nômade. Veja só, até eu já estou começando a me preocupar, pois não sei até onde vai sua intrepidez. Por outro lado, imagino que mesmo distante ele deve estar conseguindo levar a vida de alguma forma, e deixo por estar. Por vezes chega uma correspondência, em que conta, por exemplo, que a Mongólia é um lugar de águas muito escassas, que quando o calor está intenso é preciso jogar água das valas nas ruas, ou, se já estiverem secas também as valas, jogam então urina de cavalo, que deixa um fedor insuportável — enfim, só chegam cartas desse tipo —, de dinheiro ele também fala, mas, estando eu aqui em Tóquio e ele lá na Mongólia, basta eu ignorar que a história acaba por aí. Por isso eu já vinha pensando que estaria tudo bem contanto que ele se mantivesse distante, até que ele surgiu-me de supetão no final do ano passado.

Como se houvesse se lembrado de algo, o senhorio apanhou o singular ornamento que se encontrava suspenso no pilar da alcova, adornado com uma linda borla.

Tratava-se de uma espada de apenas uns trinta centímetros, guardada em um saco de brocado. Sua bainha parecia ser de um verde indistinto que lembrava mica, e estava atada em três pontos com uma faixa. A parte metálica em si possuía apenas uns vinte centímetros. Em consonância com seu comprimento diminuto, a lâmina era bastante delgada. Não obstante, a bainha era espessa como se feita para guardar um robusto bastão de carvalho. Observando com atenção, Sosuke descobriu dois finos bastonetes inseridos juntos atrás do cabo da espada. Enfim, a faixa prateada parecia envolver a bainha a fim de manter fixo todo esse conjunto.

— Trouxe-me isto de lembrança. Disse ser uma espada mongol — Sakai logo desembainhou-a para mostrar. Retirou também os dois bastonetes em forma de presas de elefante que se encontravam inseridos na parte posterior do cabo e exibiu-os a Sosuke.

— Estes são pauzinhos para comer. Dizem que os mongóis andam sempre com eles dependurados nos quadris, pois, assim que aparece uma oportunidade para encher a barriga, sacam da espada para cortar a carne e, com os pauzinhos, tratam logo de devorar a refeição.

Sakai fez questão de empunhar a espada em uma mão e os pauzinhos na outra, imitando para Sosuke o modo como os mongóis cortavam e comiam a carne. O visitante contemplou absorto o gesto do senhorio.

— Também ganhei um feltro que os mongóis usam para confeccionar suas tendas, mas, bem, não é muito diferente dos antigos tapetes japoneses.

Sakai contou ainda sobre a maestria com que os mongóis domavam os cavalos; sobre como os cães mongóis eram magros e compridos, semelhantes aos galgos ingleses dos ocidentais; sobre como o povo se via cada vez mais recuado em seu território pelos chineses — suas descrições eram tal como as ouvira do irmão que havia pouco retornara de lá. Como a conversa versava sobre coisas que Sosuke jamais escutara antes, ele prestava toda a atenção a cada detalhe do que era dito. Logo ficou curioso por saber o que esse irmão estaria fazendo agora na Mongólia. Indagou Sakai a respeito, o qual repetiu com ímpeto a mesma palavra de antes: "*Adventurer!*"

— Não sei o que está fazendo. A mim disse estar trabalhando com criação de animais. Diz ainda que é bem-sucedido, mas não lhe deposito a mínima confiança. Até hoje só vem me ludibriando com suas histórias grandiosas. Dessa vez veio a Tóquio porque tinha um assunto a resolver, algo por demais difícil de acreditar. Queria um empréstimo de 20 mil ienes em nome de um fulano, suposto rei dos mongóis. Caso não conseguisse o empréstimo, ficaria com sua própria imagem abalada, desesperou-se ele. Antes de tudo, veio pedir a mim, mas, por mais que seja rei dos mongóis, por maior que seja a terra que me deem de garantia, eu estando em Tóquio e eles na Mongólia, não tenho nem como cobrar. Neguei-me a contribuir, e ele foi até minha esposa sem eu saber, dizendo que é por eu ser assim que nunca consigo grande coisa, o atrevido. Ele não tem jeito.

Sakai então riu de leve, porém, ao ver o rosto estranhamente tenso de Sosuke, sugeriu enfático:

— O que você acharia de conhecê-lo? É até um pouco engraçado, pois ele anda vestindo uma roupa folgada de peles. Se quiser eu lhe apresento. É bom, pois já o convidei para jantar conosco depois de amanhã. Só não pode deixar que ele o leve na conversa. Não há mal nenhum em ficar quieto e deixar apenas que ele fale. Mas tome tudo como piada.

Sosuke sentiu-se um tanto motivado.

— É apenas o seu irmão que virá?

— Não, ainda há mais um amigo dele, que o acompanhou na viagem, e deve vir junto. Ainda não conheço o homem — Yasui, creio que se chama —, mas, posto que meu irmão insiste em que eu o conheça, na verdade convidei os dois.

Nessa noite, Sosuke saiu pelo portão da casa de Sakai com o rosto lívido.

XVII

A relação que pintara de negro a vida de Sosuke e Oyone empurrou o casal para a obscuridade, fazendo com que se abraçassem a um arrependimento digno de almas penadas. Enquanto eles reconheciam nos próprios corações a existência de um medo latente, tuberculoso, passavam os anos entre si como se de nada soubessem.

O que primeiro lhes atormentou o pensamento foi imaginarem que o erro por eles cometido exerceria influência sobre o futuro de Yasui. Quando afinal havia se acalmado na cabeça de ambos a aflição, que efervescia com um borbulhar violento, chegou-lhes aos ouvidos notícias de que Yasui havia interrompido os estudos a meio. Não havia dúvidas de que eles de fato haviam sido os responsáveis por tolher o rapaz de seu futuro. Após isso, ouviram boatos de que Yasui teria voltado para sua terra natal. A próxima nova que tiveram dizia que ele havia contraído alguma doença e estaria confinado à própria cama. Cada vez que escutavam algo sobre ele, os dois sofriam com um peso no peito. A última informação que obtiveram foi de que Yasui havia partido para a Manchúria. Na ocasião, Sosuke pensou consigo mesmo que ao menos da doença havia de ter sarado. Por outro lado, imaginou se sua ida para a Manchúria não seria mentira. Afinal, quer o julgasse pelo físico ou pela personalidade, Yasui não parecia ser o tipo de homem que iria embora para a Manchúria ou mesmo para Taiwan. Sosuke fez tudo o que estava ao seu alcance para averiguar a veracidade da história. No fim das contas, conseguiu confirmar com certeza, por meio de um conhecido, que Yasui se encontrava em Fengtiang.[69] Confirmou ainda, quanto a seu estado de saúde, que andava bastante ativo e ocupado. Ao ouvir isso, o casal entreolhou-se e soltou um suspiro de alívio.

---

69. Antigo nome da cidade de Shenyang, no nordeste da China.

— Enfim, parece estar bem — dissera Sosuke.
— Ao menos não está doente — dissera Oyone.
Desse dia em diante, os dois evitaram mencionar o nome de Yasui. Esforçavam-se inclusive para não pensar nele. Deviam isso ao fato de se verem em uma posição intolerável, arcando com o remorso de muitos pecados acumulados terem feito Yasui largar a universidade, retornar para sua terra, cair enfermo e ainda fugir para a Manchúria.

— Oyone, você alguma vez já sentiu fé? — perguntou Sosuke certa feita à esposa.
— Já senti, sim — disse ela apenas, e devolveu a pergunta: — E você?
Sosuke soltou uma leve risada, mas não respondeu. Por outro lado, tampouco inquiriu mais a fundo sobre a fé que Oyone teria possuído. Ela talvez tenha achado melhor assim. Porque, no tocante a esse assunto, ela não contava com nenhum argumento definido e lapidado que pudesse oferecer ao marido. De qualquer modo, tanto um quanto o outro passaram os dias sem nunca chegar perto de um banco de igreja, ou cruzar pelo portão de um templo. Tranquilizaram-se por fim tão somente com a bênção natural do tempo, dando graças à força acalentadora de sua passagem. Se por vezes lhes surgissem de longe, inadvertidas, quaisquer queixas do espírito, já eram estas tênues demais, rarefeitas demais, distantes demais de seus anseios e de seus corpos para que pudessem designá-las com nomes cruéis como medo ou sofrimento. Em suma, a fé de ambos, por não contemplar Deus, por não encontrar Buda, operava apenas tendo um ao outro como balizas. Abraçados um ao outro, principiaram a desenhar para si um perímetro circular. A vida dos dois se tornava sossegada na mesma medida em que se tornava solitária. Saboreavam nesse sossego solitário uma angústia singularmente doce. Como pessoas sem elos com a literatura ou a filosofia, não possuíam o conhecimento necessário para refletir com soberba sobre a própria situação, enquanto degustavam tal sabor, e eram por isso mesmo mais cândidos do que os poetas e literatos que compartilhassem das mesmas intempéries. Assim o casal via a si mes-

mo até aquela noite do dia 7, em que Sosuke fora chamado à casa de Sakai e ouvira uma vez mais sobre o paradeiro de Yasui.

Naquela noite, ao voltar para casa, Sosuke disse assim que viu o rosto de Oyone:

— Não estou me sentindo muito bem, vou direto para a cama — o que assustou a esposa, que esperava junto ao braseiro por seu retorno.

— O que houve? — Oyone ergueu os olhos para fitá-lo. Sosuke estava pregado ao chão.

Era tão raro para ele agir desse modo ao voltar da rua que Oyone nem sequer recordava precedentes de situações similares. Embora ela se pusesse de pé atônita, como se assaltada pela memória de um pavor indefinido, foi com movimentos quase mecânicos que retirou o futon do armário e começou a preparar o leito, como queria o marido. Entrementes, Sosuke apenas se manteve de braços cruzados ao seu lado. No instante em que era finda a tarefa, ele despiu-se do quimono como pôde e meteu-se logo no leito. Oyone não conseguia deixar a cabeceira do marido.

— O que houve?

— Não sei, é só um leve mal-estar. Basta eu ficar quieto um pouco que logo melhoro.

A resposta de Sosuke saiu em parte de dentro dos lençóis. Quando a voz abafada ecoou nos ouvidos de Oyone, ela fez uma expressão de insatisfação e manteve-se imóvel, sentada junto à cabeceira.

— Pode ir. Eu chamo se precisar de algo.

Oyone enfim retornou para o quarto do chá.

Sosuke estava rígido debaixo da coberta, com os olhos cerrados. Dentro da escuridão, ruminou um sem-número de vezes a conversa que ouvira de Sakai. Vir a saber, pela conversa com seu senhorio, do paradeiro de Yasui, ora na Manchúria, era algo que até então ele jamais supusera. Até terminar o jantar dessa noite, nunca antes lhe ocorrera que estaria em seu destino ser convidado à casa de Sakai juntamente com o outro, tomando assento à mesma mesa, quiçá inclusive de frente para ele. Pensando deitado por duas ou três horas sobre os eventos de seu passado, pareceu-lhe fantástico que o clímax da história ocoresse agora de modo tão inusitado. Pareceu-lhe triste, inclusive. Ele não se achava capaz de enfrentar um inimigo tão forte quanto esse acontecimento imprevisto, um inimigo que só poderia ser derrubado de surpresa, com uma rasteira por trás. Para enxotar um homem fraco como ele próprio, acreditava Sosuke, haveria uma infinidade de outros métodos muito mais razoáveis que esse.

De Koroku ao irmão de Sakai, deste à Manchúria, à Mongólia, à vinda para Tóquio, a Yasui — quanto mais trilhava pelo fio da conversa que tivera, mais se assegurava de sua extrema casualidade. Sosuke martirizava-se ao imaginar que ele fora aquele único escolhido, entre todas as centenas de milhares de indivíduos, para enfrentar uma reunião com a qual as pessoas em geral não se deparam, capaz de reabrir chagas antigas. Irritou-se. Exalou um longo suspiro por baixo da escuridão da coberta.

A ferida que enfim cicatrizara ao cabo dos dois ou três anos que se passaram voltou a latejar num átimo. Com o latejar, veio-lhe também um rubor. Aberta uma vez mais a ferida, o vento soprava sobre ela sem trégua, com ferocidade. Sosuke cuidou que talvez fosse melhor revelar tudo a Oyone, para poderem compartilhar juntos a dor.

— Oyone! Oyone! — chamou-a duas vezes.

Ela logo veio até a cabeceira e fitou Sosuke pelo alto. Ele expôs a cabeça inteira de debaixo da coberta. A chama acesa no aposento ao lado iluminava metade do rosto da mulher.

— Traga-me um copo de água quente.

Sosuke acabou perdendo a coragem de dizer o que pretendia, apenas enganando a esposa com uma mentira.

No dia seguinte, Sosuke levantou como de costume, terminando sua refeição matinal tal como o fazia sempre. Contemplou com um ar único a esposa que lhe servia, repleto de um tanto de felicidade e outro tanto de lástima, ao identificar no rosto dela o tom da tranquilidade.

— Assustei-me ontem à noite. "O que será que houve?", fiquei pensando.

Sosuke não fez mais que baixar os olhos e beber o chá que estava servido em sua tigela. Não encontrou as palavras adequadas com que responder.

Nesse dia o vento soprava irrequieto desde a manhã, levantando volta e meia a poeira da rua, bem como os chapéus dos transeuntes.

Ignorando a preocupação de Oyone, que queria fazê-lo faltar ao trabalho por um dia, com medo que lhe desse febre, Sosuke tomou o bonde como sempre o fazia e, com o pescoço encolhido em meio ao som do vento e dos carros, olhava fixamente para um único ponto. Enquanto descia da condução, ouviu um sopro agudo: deu-se conta de que era o som do fio condutor sobre sua cabeça e olhou para o céu, onde, em meio à tremenda força da natureza, que soprava ensandecida, encontrou o sol, mais claro do que nunca, saindo de mansinho por trás das nuvens. O vento congelava-lhe os fundilhos das calças ao passar. Para Sosuke, a sombra do vento, carregando a areia de um lado ao outro do canal em um redemoinho, parecia tal qual chuva soprada lateralmente.

Na repartição não deu conta de nada. Com a pena em uma das mãos e o queixo na outra, pensava. Às vezes, distraía-se e fazia mais tinta para a caneta do que o necessário. Fumava sem controle. Como se de repente houvesse se lembrado de algo, abria o vidro da janela e olhava para a rua. Toda vez que o fazia, via que o mundo lá fora estava tomado pelo vento. Tudo que Sosuke queria era ir embora cedo.

Quando enfim veio o fim do expediente e chegou em casa, Oyone mirou-lhe o rosto com insegurança e perguntou:

— Aconteceu alguma coisa? — Sosuke só soube responder que não acontecera nada, estava cansado apenas — enfiou-se logo para dentro do *kotatsu* e lá ficou, imóvel, até a hora do jantar. Nesse ínterim, o vento desapareceu junto com o sol. Como em reação ao dia agitado, a vizinhança caiu em silêncio repentinamente.

— Que coisa boa, parou o vento. Com o vento soprando daquele jeito durante o dia, até sentada dentro de casa não se pode deixar de sentir desconforto — as palavras de Oyone carregavam um tom que sugeria que ela temia o vento como se fosse uma assombração.

Sosuke disse sossegado:

— Até que não está tão frio esta noite, não é? É um bom início de ano, com o tempo ameno assim — após terminar a refeição, no que era chegada a hora de fumar o seu cigarro, ele de repente convidou a esposa, como raramente o fazia: — Oyone, que tal se formos ao teatro?

Ela, é claro, não tinha razão para recusar. Como Koroku preferia ficar em casa e talvez até assar alguns *mochi* em vez de ir ver *gidayu*[70] ou o que quer que fosse, o casal partiu e deixou a residência sob seus cuidados.

Posto que se atrasaram um pouco, encontraram o teatro lotado. Conseguiram que lhes abrissem espaço nas fileiras mais distantes do palco, onde assistiram ao espetáculo agachados, por não haver espaço para colocar almofadas.

— Quanta gente!

— Deve ser mesmo por causa da primavera.

Conversando em voz baixa, passaram os olhos pelas cabeças das pessoas amontoadas a encher o grande espaço da plateia. Entre tantas cabeças, aquelas que despontavam mais à frente, próximas ao palco, mostravam-se difusas devido à fumaceira dos cigarros. Sosuke refletiu que aquele mar de pontos pretos era composto por pessoas com folga o bastante para poderem comparecer a uma distração dessas, despendendo metade de uma noite a se divertir. Causava-lhe inveja qualquer rosto que avistasse.

Ele esforçou-se por concentrar o olhar na direção do palco e ouvir com devoção o desempenho de *joruri*. Volta e meia desviava os olhos e relanceava o rosto de Oyone. Cada vez que o fazia, encontrava-a a mirar sempre para o ponto certo. Aparentava haver esquecido que o marido estava ao seu lado, apurando séria os ouvidos. Sosuke teve de incluir também a mulher ao grupo das pessoas que invejava.

Ele abordou Oyone durante o intervalo:

— O que acha, vamos embora? — espantou-a com a rispidez da pergunta.

— Não está gostando? — indagou ela. Sosuke não respondeu nada. — Por mim, tanto faz — continuou Oyone, em parte buscando não contrariar o desejo do marido. Ele foi acometido antes de certo desconforto, por sentir que estragaria a distração que proporcionara à mulher. No fim permaneceu sentado, resistindo até o encerramento.

---

70. Forma mais popular do teatro *joruri*, criada por Gidayu Takemoto (1651-1714), em que a narrativa é entoada em monólogo com o acompanhamento musical de um *shamisen*.

Ao retornarem, encontraram Koroku sentado de pernas cruzadas no chão em frente ao braseiro, a ler um livro que erguia sobre a própria cabeça, sem se importar em lhe estar torcendo o dorso. Havia retirado a chaleira do fogo e a deixado ao seu lado, motivo pelo qual já estava fria a água. Sobre uma bandeja havia três ou quatro pedaços de *mochi*, sobras da porção que ele teria assado. Dentro de um pires, por debaixo de uma peneira, ainda se via a cor de *shoyu* que também restara.

Koroku levantou-se e perguntou:

— Estava divertido?

Após aquecer os corpos cerca de dez minutos ao *kotatsu*, o casal foi logo para a cama.

Com o nascer de outro dia, não houve para Sosuke muita diferença em relação ao anterior, pois tampouco após dormir ele encontrara sossego para seu coração. Ao deixar a repartição, tomou o bonde como sempre, mas, ao notar que à noite haveria de ficar frente a frente com Yasui, ambos convidados à casa de Sakai, pareceu-lhe insensato estar voltando depressa assim para casa, se o que o aguardava logo mais era um encontro com essa pessoa. Ao mesmo tempo, ao imaginar como Yasui haveria mudado depois daqueles acontecimentos, sentiu vontade de observá-lo de longe.

Dois dias antes, Sakai avaliara o próprio irmão mais novo com uma só interjeição — "*Adventurer!*" —, e aquele som agora retumbava alto nos ouvidos de Sosuke. Atribuindo a essa única palavra desconsolo e desespero, descontentamento e rancor, falta de ética e falta de moral, mau juízo e obstinação, ele procurava pintar em sua cabeça como seria o irmão de Sakai, o qual deveria ter um quê de cada um desses atributos; imaginava ainda como teria se tornado Yasui, que acompanhara esse irmão desde a Manchúria e havia de compartilhar com ele os mesmos interesses. O quadro pintado exibia sem dúvida as tonalidades mais fortes permitidas pelo título de "*adventurer*".

Após inventar desse modo em sua cabeça a imagem de um *adventurer* particularmente decaído, Sosuke teve a impressão de que precisava arcar sozinho com o fardo. Tudo o que ele queria era espreitar a silhueta de Yasui enquanto este estivesse como convidado na casa de Sakai, e, com uma espiadela apenas, inferir que sorte de pessoa ele teria se tornado. Ansiava pelo consolo de reconhecer então que o sujeito não haveria decaído tanto quanto vinha imaginando.

Ponderou se não haveria um local propício a partir do qual pudesse espionar a casa de Sakai sem ser percebido. Por infelicidade, não lhe veio à cabeça o lugar onde haveria de se esconder. Se por um lado o cair do sol proporcionava a vantagem de não permitir que ninguém o reconhecesse, por outro havia o empecilho de que também para ele seria difícil discernir o rosto de quem passava.

Nesse ínterim, o bonde chegou a Kanda. Foi sofrível para Sosuke fazer como todos os dias e trocar ali de linha para voltar para casa. Seus nervos não suportavam que ele avançasse um passo sequer na direção em que se encontraria com Yasui. Uma vez que sua curiosidade em observar Yasui a distância jamais fora assim tão forte, chegado o instante de fazer a baldeação, ela se reprimiu por completo. À imagem de muitos outros, ele andou pela cidade fria. Ao contrário de muitos outros, todavia, não possuía destino definido. Em pouco tempo, acenderam-se as lojas. Iluminaram-se também os bondes. Sosuke entrou em um restaurante que servia carne bovina e começou a beber. A primeira garrafa bebeu absorto. A segunda foi por força. Mesmo com a terceira não conseguia se embriagar. Sosuke reclinou as costas contra a parede e quedou-se a mirar fixo para um lugar qualquer, alienado, com olhos de bêbado sem companhia.

Sendo a hora que era, não cessava o movimento dos clientes que vinham para jantar. Muitos deles terminavam a refeição com ar de quem estava ali somente para isso mesmo: pediam logo a conta e iam embora. Sosuke permaneceu mudo em meio à agitação, até que, ao cabo de um tempo que lhe pareceu ser duas ou três vezes maior do que o que as demais pessoas passavam ali dentro, aborreceu-lhe o assento e se levantou.

A rua estava iluminada pelas luzes das lojas, a incidir por todos os lados. Ele podia inclusive distinguir com precisão o chapéu e as roupas das pessoas que passavam em frente ao restaurante. As luzes eram fracas demais, no entanto, para iluminar o vasto frio. A noite se mostrava tão escura como era, ignorando as lâmpadas e lamparinas que se acendiam em cada porta. Sosuke caminhou envolto por um casaco tão negro que harmonizava com esse mundo à sua volta. Ele sentiu que mesmo o ar que respirava assumia uma cor acinzentada, tocando-lhe as veias dentro dos pulmões.

Apenas nessa noite não lhe ocorreu a ideia de fazer proveito dos bondes que iam e vinham apressados em frente aos seus olhos, a tocar suas campainhas. Esquecera-se de mover as pernas com compenetração ou desejo de chegar a algum lugar, como faziam as demais pessoas na rua. Como alguém que não conseguia se fixar a nada, em seu íntimo lutava para antever o próprio porvir, pois não sabia o que haveria de fazer caso seu coração continuasse a encenar essa farsa de andarilho. O decorrer dos fatos até ali lhe permitia inferir ser o tempo o elixir que cura todas as chagas — uma máxima que ele extraiu das experiências de seu próprio lar, e a qual trazia encravada profundamente no peito. Duas noites atrás, essa segurança ruíra por completo.

Enquanto caminhava pela noite negra, pensava tão somente que gostaria de poder fugir do próprio coração. Este lhe parecia por demais fraco e irrequieto, inseguro e incerto, miserável e privado de coragem. Sob a singular pressão que lhe esmagava o peito, ele buscava apenas um método prático para resgatar a si mesmo, qualquer coisa que pudesse fazer, e acabou excluindo por completo dos cálculos suas faltas e seus pecados pessoais, que configuravam a própria causa da pressão. O Sosuke de então já havia perdido as condições de pensar nos outros, tornando-se de todo centrado em si mesmo. Até então, viera levando a vida com persistência. A partir dali, seria necessário mobilizar-se para mudar a própria maneira de ver as pessoas. Essa nova percepção, ademais, não podia ser dita em palavras nem assimilada pelos ouvidos. Servir-lhe-ia apenas aquilo que pudesse cevar a essência de seus sentimentos.

Ele repetia um sem-número de vezes, entredentes, a palavra "religião". No entanto, assim que terminava de repeti-la seu eco desaparecia. Para ele, tratava-se de um som tênue como fumaça, o qual, quando imaginava haver agarrado, bastava abrir a mão para ver que não estava mais lá.

Religião fez Sosuke, por associação, lembrar-se do *zazen*.[71] Antigamente, na época em que morava em Kyoto, havia um colega de classe que costumava ir ao templo Shokokuji para meditar. Naqueles tempos, Sosuke fazia troça de tamanha perda de tempo. "No mundo de hoje...", pensava ele. Ao ver que sua própria atitude agora não diferia da de seu antigo colega, sentiu-se cada vez mais patético.

Sosuke ponderou se naquele dia o colega de classe não haveria ido até o templo Shokokuji, sem receios de gastar o precioso tempo, por motivações que mereceriam no mínimo o seu desdém, e envergonhou-se profundamente da própria superficialidade. Pensou que caso fosse verdade, como dizia o povo desde tempos idos, que pela força da meditação era possível atingir um estado de humildade e paz de espírito, ele também gostaria de experimentar, pois não se importaria de pedir uns dez ou vinte dias de folga na repartição. No tocante aos caminhos da religião, contudo, ele se via totalmente alheio, como se estivesse do outro lado do portal de um mundo à parte. Em consequência, não lhe veio à cabeça outro plano mais definido.

Quando enfim retornou para casa depois de sua jornada, ele encontrou a mesma Oyone de sempre, o mesmo Koroku de sempre, os mesmos quarto do chá, sala de estar, lampião, armário — e reconheceu que apenas ele se encontrava em um estado sem precedentes, momento em que teve enfim consciência profunda das últimas quatro ou cinco horas que tinha passado na rua. Havia uma pequena panela sobre o braseiro, de cuja tampa entreaberta se levantava vapor. Ao lado do braseiro, no lugar em que ele sempre se sentava, estava posta sua almofada, com a mesa em frente pronta para o jantar. Sosuke fitou sua tigela de comer arroz, virada a propósito para baixo, em sinal de que o esperava, bem como os pauzinhos que já estava acostumado a usar de dia e de noite pelos dois ou três anos recentes, e disse:

— Não vou mais comer.

Oyone revelou no semblante um tanto de desapontamento.

— Ah, é? Como você demorou tanto, eu bem imaginei que já

---

71. Meditação do budismo zen.

pudesse ter comido em algum lugar, mas não podia deixá-lo sem comida caso ainda não tivesse jantado — disse ela enquanto agarrava as alças da panela com um pano para colocá-la sobre o descanso. Em seguida, chamou Kiyo e a fez recolher a mesa.

Quando saía assim da repartição para ir logo tratar de algum imprevisto na rua, tão logo chegava em casa relatava sempre a Oyone, por costume, o resumo dos afazeres que o fizeram se atrasar. A mulher também não sossegava até lhe ouvir o relato. Nessa noite em especial, todavia, ele não se sentia nem um pouco inclinado a falar sobre como descera do bonde em Kanda, entrara em um restaurante qualquer e se forçara a beber. Oyone, sem saber de nada, ansiava por fazer um interrogatório inocente, como geralmente o fazia, sobre os passos do marido.

— Não tive um motivo específico, mas... apenas fiquei com vontade de comer carne de boi naquele lugar.

— E voltou andando pelo caminho todo para fazer a digestão?

— Bem, pois é.

Oyone riu achando graça. Sosuke sentiu-se antes desgostoso. Segundos depois, perguntou:

— Veio alguém da casa de Sakai para me chamar enquanto eu não estava?

— Não, por quê?

— É que, quando fui lá anteontem à noite, ele havia me convidado para jantar.

— De novo?

Oyone demonstrou um pouco de espanto. Sosuke cortou a conversa nesse ponto e foi se deitar. Ruminava algo na cabeça. Se por vezes abria os olhos, encontrava o lampião colocado na escuridão da alcova, a exemplo de sempre. A mulher parecia dormir um sono agradável. Até pouco tempo atrás, era ele quem conseguia dormir relaxado, ao passo que Oyone era atormentada por noites intermináveis de insônia. Sosuke lamentou-se ainda mais de seu estado atual, em que ao fechar os olhos se via obrigado a ficar ouvindo o som do relógio no cômodo adjacente. Primeiramente, o relógio bateu diversas vezes em sequência. Passada essa hora, soou uma vez apenas.

O som difuso reverberou por um momento nos lóbulos das orelhas de Sosuke, deixando um rastro sutil como a cauda de um cometa. A seguir, soou duas vezes. Foi um som assaz solitário. Nesse espaço de tempo, Sosuke ao menos tomou a resolução de que era preciso apurar o discernimento para levar uma vida com menos preocupações. As três horas bateram de modo vago, que ele ouvia já sem ouvir. As quatro, as cinco e as seis horas ele nem sequer soube que passaram. Sentia apenas que o mundo se expandia. Os céus se expandiam e encolhiam em um bater de ondas. A Terra balançava no espaço, desenhando um longo arco, tal qual uma bola suspensa por um fio. Era tudo um sonho assustador, manipulado por um demônio. Passadas as sete horas, ele despertou do sonho com um sobressalto. Oyone, como sempre, sorria agachada ao lado de sua cabeceira. O sol reluzente afugentou de pronto o mundo escuro para algum lugar qualquer.

XVIII

Sosuke entrou pelo portão com uma carta de recomendação no peito do quimono. Ele a havia recebido de um fulano que fora seu colega de trabalho. Esse colega costumava, dentro do bonde a caminho do serviço, retirar um *Caigentan*[72] de dentro do bolso do terno. Era desnecessário dizer que Sosuke, sem interesse nesses assuntos, nunca soubera que diabos era o *Caigentan*. Certa feita, quando sentaram lado a lado no mesmo carro, ele experimentou perguntar o que era aquilo. Seu colega voltou a pequena capa amarela do livro para Sosuke e respondeu ser "um livro sem igual". Sosuke seguiu perguntando que tipo de coisas estavam escritas nele. Nisso o colega, dando a entender que não havia resposta que pudesse explicar o livro em poucas palavras, disse-lhe que, bem, era um escrito sobre o budismo zen. Sosuke se lembrava muito bem dessa resposta oferecida pelo colega.

Quatro ou cinco dias antes de receber a carta de recomendação, ele havia ido até seu colega de trabalho perguntar de súbito se o sujeito praticava o zen. Embora o colega houvesse ficado bastante sobressaltado ao ver o rosto tenso de Sosuke, disse antes de escapar: "Não, não pratico, leio aquele livro em parte para me reconfortar, somente." Sosuke retornou para o próprio assento com o beiço caído, em relativo desconsolo.

No mesmo dia, no caminho de volta para casa, os dois se encontraram outra vez dentro do bonde. O colega, que antes achara algo de lamentável nos modos de Sosuke, aparentava agora haver reconhecido na pergunta feita um significado mais profundo do que uma mera busca de assunto para conversa fiada, e forneceu então a

---

72. Compilação de aforismos confucionistas, taoístas e budistas escrita pelo filósofo chinês Hong Zicheng por volta de 1590.

Sosuke uma resposta bem mais delicada do que a anterior. Confessou que ele próprio ainda não havia experimentado a meditação zen. Caso Sosuke desejasse ouvir mais a respeito, no entanto, havia entre seus conhecidos um homem que ia com frequência ao monastério em Kamakura, que o colega poderia lhe apresentar. Ainda no bonde, Sosuke anotou o nome e o endereço desse conhecido. Destarte no dia seguinte, em posse das orientações do colega de trabalho, desviou-se do caminho de sempre para ir prestar uma visita ao sujeito. A carta que Sosuke ora trazia junto ao peito fora o resultado dessa visita.

Na repartição, tirou uma licença de dez dias, alegando doença. A desculpa que deu para Oyone também foi doença, é evidente.

— Não ando com a cabeça muito boa, vou folgar no trabalho por uma semana mais ou menos e fazer uma viagem de descanso — disse ele. Como Oyone já acreditava que o marido não estava em seu estado normal nos últimos tempos, preocupando-se em silêncio dia e noite, ficou feliz com a resolução do marido, em geral tão indeciso. A mesma rispidez, no entanto, também serviu para deixá-la assustada em boa medida.

— Viagem de descanso? E para onde você vai? — perguntou quase a arregalar os olhos.

— Pensei que Kamakura seria uma boa opção — respondeu ele tranquilo. A rusticidade de Sosuke e a modernidade de Kamakura eram duas coisas muito destoantes, quase sem relação. Era até cômico tentar interligar de repente esses dois polos. Sequer Oyone conseguiu conter um sorriso.

— Ora, mas então estamos bem de dinheiro. Que tal me levar também?

Sosuke não tinha então a paz de espírito para apreciar a brincadeira tão adorável da esposa. Com o semblante grave, defendeu-se:

— Não estou indo para um lugar extravagante. Vou ficar hospedado em um templo zen, onde quero apenas descansar a cabeça em paz, de uns sete a dez dias. Não posso dizer com certeza que isso vai me fazer sentir melhor ou não, mas, afinal, todo mundo diz que faz muita diferença para a cabeça ir a um lugar com o ar puro.

— Você entendeu mal. Eu quero muito que você vá. Eu só estava brincando.

Oyone sentiu-se um tanto desconcertada por haver provocado seu indulgente marido. Foi logo no dia seguinte que Sosuke guardou junto ao peito a carta de recomendação que havia recebido e partiu de Shin'bashi no trem a vapor.

No anverso da carta se lia: "Ao Sr. Gido Shaku."

"Até algum tempo atrás ele estava servindo como *jisha*[73], mas ouvi dizer que recentemente consertou uma cabana que havia no *tacchu*[74] e lá se instalou. Que tal quando chegar lá tentar procurá-lo? Se não me engano, o nome da cabana era 'Issoan', a 'Cabana de uma janela só'." Sosuke ouvira essas palavras ao pedir pela recomendação, de modo que, ao agradecer a gentileza e receber em mãos a carta, antes de voltar para casa teve de pedir a explicação de palavras como *jisha* ou *tacchu*, as quais jamais ouvira antes.

Ao entrar pelo portão principal do monastério, o caminho de súbito tornou-se mais escuro, pois à esquerda e à direita Sosuke se viu cercado por grandes criptomérias que bloqueavam o céu com o alto de suas copas. Uma vez tocado pela atmosfera lúgubre, ele de pronto compreendeu a diferença entre o mundo lá fora e o de dentro do monastério. Parado à entrada das silenciosas instalações, brotou-lhe um calafrio singular, não diferente de quando se percebe pela primeira vez que se está resfriado.

Ele começou por caminhar em linha reta. De ambos os lados e também à frente, ele via se repetir o cenário de templos e oratórios. Movimento de pessoas, contudo, não havia em absoluto. O local todo era inóspito e desolado. Sosuke, enquanto pensava aonde poderia ir para inquirir sobre Gido, quedou-se no meio da trilha pela qual ninguém passava e lançou os olhos nas quatro direções.

O monastério parecia haver sido erguido uns cem ou duzentos metros a partir do pé da montanha, em uma região desmatada, pois

---

73. À época, monge que servia na casa de algum senhor.
74. Templo adjacente ao templo principal. Originalmente o termo servia para indicar a cabana onde os discípulos de um mestre zen moravam, junto ao relicário, após a morte deste.

a paisagem além era bloqueada até as alturas pela cor das árvores. A própria trilha era ladeada por uma topografia acidentada, que já sugeria a presença de montanha ou colina. Ele caminhou até o segundo ou o terceiro dos altos portões, típicos de templos, construídos nos trechos de pequena elevação, com o acesso garantido por degraus de pedra dispostos desde o ponto mais baixo. Havia uns quantos outros portões também na área mais plana, espalhados aqui e ali ao longo dos muros. Ao se aproximar dos portões, Sosuke reparou que em cada qual havia dependurada sob as telhas uma inscrição com o nome de um templo ou do aposento de um monge.

Enquanto caminhava, Sosuke leu uma ou duas das plaquetas velhas, já com a folha de metal descolada, e imaginou que poderia começar procurando pela Issoan; caso não encontrasse lá o monge destinatário de sua carta, poderia então ir mais adiante indagando por ele. Deu meia-volta e se pôs a investigar cada canto nas redondezas do relicário, encontrando a Issoan logo à direita de quem entra pelo portão principal, no topo de uma escadaria de pedra. Com um pátio amplo, bem iluminado por estar afastado da colina, o cenário parecia um abrigo contra o inverno, abraçado no colo cálido da montanha. Sosuke passou o vestíbulo e entrou pela porta do armazém, colocando os pés no chão batido da entrada. Chegou até o *shoji* fechado que levava para a parte do piso coberta por tatames e chamou duas ou três vezes: "Com licença, com licença!" No entanto, ninguém apareceu para lhe atender. Ainda estancado no mesmo lugar, Sosuke procurou adivinhar algum movimento dentro da casa. Por não se ouvir um ruído sequer por mais que esperasse, acabou achando estranho e saiu pela mesma porta do armazém, retornando para os lados do portão. Foi então que avistou um monge subindo as escadas de pedra, sua cabeça recém-raspada a reluzir com um brilho pálido. Tinha a tez jovem e branca de quem contaria apenas 24, 25 anos. Sosuke aguardou-o junto ao portão e perguntou:

— Estaria por aqui uma pessoa de nome Gido?

— Eu sou Gido — respondeu o jovem monge. Sosuke surpreendeu-se um pouco, mas, ao mesmo tempo, alegrou-se. Sem demora, retirou do peito a já referida carta de recomendação para entregar-lhe.

Gido abriu ainda em pé o envelope e começou a lê-la ali mesmo. Em instantes voltou a dobrá-la e a guardou de volta no envelope. — Bem-vindo — cumprimentou ele educadamente, e de pronto colocou-se à frente para guiar Sosuke. Ambos descalçaram seus *geta* à entrada do armazém, abriram o *shoji* e adentraram o casebre. Lá havia um grande *irori*[75] cortado no chão. Gido despiu a leve e simples veste budista que trajava sobre um tecido de algodão cinza e, dizendo "Faz frio, não achas?", extraiu de dentro das cinzas os pedaços de carvão que estavam enterrados no fundo do *irori*.

O monge tinha um jeito de falar sossegado ao extremo, que não condizia com sua idade. Seu modo de responder qualquer pergunta com a voz baixa, para depois exibir um alegre sorriso, pareceu de todo afeminado a Sosuke. Ele imaginava o que teria feito um jovem como aquele se decidir a raspar a cabeça e dedicar-se à ascese, achando-lhe os trejeitos graciosos de certo modo dignos de compaixão.

— Está tão silencioso, por acaso não há ninguém por aqui hoje?

— Não apenas hoje, eu estou sempre sozinho. Por isso, quando tenho algo a fazer, saio e deixo a porta aberta sem me preocupar. Hoje também, fui até lá embaixo tratar de um assunto e voltei. Por isso não estava, desculpe tê-lo feito esperar.

Gido, devido a sua ausência, ofereceu uma educada apologia ao viajante vindo de longe. Sosuke não pôde deixar de expressar um tanto de pena, pois o monge já precisava tomar conta sozinho daquela grande cabana, o que havia de requerer não pouco trabalho, e agora estava para lhe causar ainda mais incômodo. Gido redarguiu com palavras admiráveis:

— De modo nenhum, não precisas manter nenhuma reserva. Afinal, estás aqui para seguir o Caminho... — explicou então que, além de Sosuke, havia nesse momento sob seus cuidados outra pessoa, um praticante leigo do budismo. De acordo com sua história, já se iam dois anos desde que o leigo viera para a montanha. Embora

---

75. Espécie de fogareiro localizado dentro do piso; quando não está em uso, é coberto por uma tampa, cortada do tatame.

Sosuke o fosse avistar pela primeira vez dois ou três dias mais tarde, acharia o homem bastante despreocupado, com a expressão jocosa de quem já havia estudado tudo o que havia para se saber da religião. Dizendo que comprara um banquete para o dia, na ocasião ele viria balançando três ou quatro rabanetes finos, os quais mais tarde Gido lhe cozinharia para comer. Gido e Sosuke também compartilhariam da refeição.

O leigo dava ares de ser o senhorzinho de alguma família importante e, por vezes, escapava-se do grupo de monges que se dirigiam para a meditação e dizia para Gido estar indo até o povoado próximo atrás da comida oferecida em algum velório ou outra cerimônia, provocando o riso do monge.

Sosuke ouviu muitas outras histórias sobre os leigos que foram praticar a ascese naquele monastério. Entre eles havia um homem que era comerciante de pincéis e tinta para escrita. Punha às costas um fardo com sua mercadoria e, no intervalo de vinte a trinta dias, andava por aquelas redondezas até que, uma vez vendido quase todo o estoque, voltava para a montanha para meditar. Depois de algum tempo, quando não tinha mais o que comer, jogava mais uma vez seus pincéis e tintas às costas e continuava sua venda ambulante. Ele repetia essa vida dupla tal qual uma dízima periódica, alheio ao significado da palavra enfado.

Sosuke, comparando o dia a dia dessas pessoas, à primeira vista sem preocupações, com a vida que ele próprio vinha levando, assombrou-se com a discrepância abismal. Não lhe era claro se essas pessoas conseguiam se aplicar à meditação justamente porque eram assim despreocupadas, ou se suas despreocupações seriam antes resultado da meditação.

— Não se pode é ser relaxado. Fosse algo que pudesse ser realizado como mera distração, não teríamos monges errantes que sofrem em jornadas de vinte ou trinta anos — disse Gido.

O monge advertiu sobre o estado geral de espírito durante a meditação, bem como sobre o *koan*[76] que Sosuke ouviria do mestre e

---

76. Paradoxo proferido por um mestre zen a quem pretende iniciar a ascese. Tal paradoxo serve de ponto de apoio para a meditação como um enigma a ser desvelado.

a necessidade de lançar-se a esse paradoxo com todas as suas forças, enfim, de manter-se atracado a ele de dia ou de noite, sob o sol ou sob a lua — palavras que nesse momento não encontravam alvo no coração de Sosuke. Ao cabo de tudo, levantou-se anunciando:

— Vou mostrar-te teus aposentos.

Deixou o cômodo onde havia o *irori* cortado no chão, atravessou pelo lado o saguão principal e abriu o *shoji* de uma sala adjacente, de seis tatames. Quando foi conduzido para dentro dela, Sosuke pela primeira vez se apercebeu de quão longe havia viajado. Não obstante, quiçá em reflexo à atmosfera morta de seus arredores, dentro de sua cabeça estava mais afoito do que quando estava na cidade.

Teria passado cerca de uma hora quando pôde ouvir os passos de Gido novamente no saguão principal.

— O mestre irá conceder-te o *shoken*[77]; se podes ir agora, siga-me — o monge ajoelhou-se de modo cortês à entrada do quarto.

Eles deixaram o templo outra vez vazio e saíram um em companhia do outro. Após avançarem cerca de cem metros além do portão principal, depararam-se ao lado esquerdo com uma pequena lagoa repleta de flores de lótus. Conquanto a atmosfera não cativasse nenhuma ideia de purificação, uma vez que a época fria deixava as águas inertes manchadas de uma leve opacidade, no lado oposto da lagoa via-se sobressair a varanda de uma sala, com corrimões ao longo de sua extensão, até chegar a um alto paredão de pedra, o que trazia à cena um tom digno de uma pintura *bunjinga*.[78]

— É lá onde vive o mestre — Gido apontou a construção relativamente nova.

Os dois atravessaram à frente da lagoa de lótus, subiram os cinco ou seis degraus de uma escada de pedra e, contemplando o telhado do grande templo que havia logo em frente, dobraram de imediato à esquerda. Quando chegaram à entrada, Gido escusou-se

---

77. No budismo zen, o termo designa uma conferência com o mestre do templo.
78. Escola artística japonesa popular no século XIX, caracterizada pela forte influência da cultura chinesa. As pinturas *bunjinga* em geral buscavam retratar paisagens em tons monocromáticos, enfatizando a expressão do ritmo da natureza sobre o realismo.

com "Um momento, por favor", e foi sozinho à porta dos fundos. Retornou em instantes para acompanhá-lo até onde estava o mestre:

— Vem, por favor.

O mestre era um homem que aparentava ter seus 50 anos. Mostrava nas faces um brilho opaco e ruborizado. Com a pele e os músculos todos tesos, sua aparência, que não acusava relaxamento nenhum, cunhou no peito de Sosuke a impressão de que olhava para uma estátua de bronze. Sua única falta seriam os lábios, espessos por demais, os quais acusariam certo descuido. Em contrapartida, cintilava-lhe nos olhos uma vivacidade singular, de todo invisível aos olhos das pessoas comuns. No momento em que Sosuke foi pela primeira vez alvo desse olhar, ocorreu-lhe ter visto o súbito brilho de uma lâmina desembainhada em meio à escuridão.

— Bem, por onde começas não faz diferença? — o mestre dirigiu-se a Sosuke. — Por ora procure pensar no seguinte: que fisionomia tinhas tu antes mesmo de teus pais nascerem?[79]

Embora não tenha ficado claro para Sosuke o que significava o "antes de seus pais nascerem", avaliou que, de qualquer modo, o objetivo era descobrir quem de fato era, buscar sua verdadeira identidade. Como seus conhecimentos sobre o zen eram parcos para lhe permitir falar a respeito, apenas calou-se e acompanhou Gido de volta até Issoan.

Durante o jantar, Gido explicou-lhe que era possível fazer o *nyushitsu*[80] duas vezes ao dia, uma pela manhã e outra pela noite, e que o *teisho*[81] era realizado pela manhã. Em seguida, disse-lhe de modo gentil:

— Acredito que não lograrás o *kenge*[82] hoje, então deixarei para chamá-lo amanhã pela manhã ou pela noite.

---

79. Uma referência ao caráter que é inerente ao indivíduo antes mesmo de ele sequer existir (posto que sequer seus pais existiam), quando ainda fazia parte do mundo imaterial e não estava preso à existência efêmera do "eu". O *koan* oferecido a Sosuke pelo mestre zen representa esse paradoxo.

80. Audiência com o mestre para tentar oferecer uma resposta sobre o *koan* que ouvira previamente, ou solucionar dúvidas a respeito.

81. Sermão realizado pelo mestre budista ao grupo de pessoas em ascese sobre os princípios fundamentais da religião.

82. Termo budista com o significado geral de "conhecimento". Nesse contexto, designa a obtenção da resposta do *koan*.

Por fim, como de início seria muito laborioso manter-se sentado do modo correto para meditar, aconselhou-o a acender um incenso e usá-lo para medir o tempo, pois não haveria problema em descansar a certos intervalos.

Sosuke pegou um incenso, atravessou o saguão principal e chegou ao quarto de seis tatames que lhe fora designado, onde se sentou em alheamento. Sob seu ponto de vista, não havia como deixar de pensar que o assim chamado *koan* era, por natureza, algo que se encontrava em uma orla distante de sua própria realidade. Era como se ele ora sofresse com uma dor de estômago, e, ao tentar lidar com a queixa de seu corpo expressa nessa dor, oferecessem-lhe por terapia sintomática um problema complicado de matemática, sugerindo que tentasse resolvê-lo. Se queriam que ele resolvesse o problema, não é que se recusava a fazê-lo, mas seria algo impossível de realizar caso primeiro não lhe curassem a dor de estômago.

Por outro lado, ele pedira licença do trabalho somente para ir até ali. Não podia portar-se de modo leviano, sobretudo se pensasse no homem que lhe escrevera a carta de recomendação e em Gido, que vinha lhe prestando tantos cuidados. Ele resolveu que, em primeiro lugar, precisava evocar toda a coragem que ora encontrasse em si para lançar-se ao *koan*. Aonde o paradoxo poderia guiá-lo, ou que sorte de efeitos teria sobre seu espírito, mesmo para ele era algo totalmente desconhecido. Iludido pela beleza de palavras como "iluminação", ele havia se proposto a experimentar uma aventura que destoava de sua mediocridade. Se por acaso lograsse sucesso nessa aventura, não seria possível mesmo uma pessoa irresoluta e insegura como ele atingir a salvação? — era a débil esperança a que se abraçava.

Sosuke pôs o incenso a queimar entre as cinzas frias do braseiro e, tal como lhe fora ensinado, sentou sobre uma almofada na posição de *hanka*.[83] Ao contrário do que se poderia imaginar durante o dia, com o cair do sol o quarto congelara de repente. Ele não conseguiu

---

83. Forma simplificada da posição de lótus. Enquanto nesta se apoia cada tornozelo sobre a coxa oposta, na posição de *hanka* apoia-se apenas o tornozelo esquerdo sobre a coxa direita.

suportar, ali sentado, a baixa temperatura do ar que lhe arrepiava as costas.

Ele pensou. Contudo, em que direção deveria guiar seus pensamentos, ou qual era a essência da questão sobre a qual pensava, era para ele uma vaguidão impalpável. Enquanto pensava, duvidava não estar apenas desperdiçando tempo. Sentiu como se estivesse encenando uma ação muitas vezes mais disparatada do que alguém que, ao ir visitar uma vítima recente de incêndio, antes de sair sacasse um mapa com toda a calma do mundo para averiguar em detalhes a rua e o número do hospital.

Vagavam uma diversidade de ideias por sua cabeça. Era capaz de ver algumas com clareza bem em frente aos olhos. Outras eram nuvens em bloco, que se moviam indistintas. Não sabia de onde vinham, tampouco aonde iam. Acontecia apenas de sumir uma imagem para em seguida vir-lhe outra logo atrás. Esta continuava aquela, sem divisas. Os transeuntes na avenida dos pensamentos de Sosuke eram infinitos e inumeráveis, oriundos de uma fonte inexaurível que não podia ser interrompida ou estancada por ordem sua. Quanto mais pensasse em cessar o movimento, com mais ímpeto brotavam.

Sosuke chamou súbito de volta a si seu eu de todo dia, assustado que estava, e passou os olhos pelo quarto. Este se encontrava mal-iluminado em lusco-fusco por uma chama tênue. O incenso que erguera entre as cinzas havia queimado apenas até a metade. Pela primeira vez ele atentou para como era temível a demora na passagem do tempo.

Sosuke pôs-se a pensar novamente. Tão logo começou, cores e formas principiaram a transitar por sua cabeça. Moviam-se pelo caminho como uma trilha de formigas as quais, uma vez passadas, davam sempre lugar à aparição de nova trilha. O que permanecia inerte era apenas o corpo de Sosuke. Sua mente se movia de modo incômodo, sofrível, intolerável.

Não tardou para que o corpo inerte também lhe doesse, começando pelos joelhos. A coluna, a princípio rígida em linha reta, a cada instante se curvava mais e mais para a frente. Sosuke agarrou com ambas as mãos o peito do pé esquerdo, como se o abraçasse, e desceu-o da coxa. Levantou-se no meio do quarto, ainda sem saber por quê. Teve vontade de abrir o *shoji* e ir para fora, dar voltas em frente ao portão. A noite estava muda. Não era possível imaginar que houvesse mais alguém nas redondezas, fosse dormindo ou desperto. Sosuke perdeu a coragem de sair. Temeu ainda mais viver naquele estado de inércia e ser afligido por uma paranoia.

Enristou um novo incenso entre as cinzas, resoluto. Repetiu então praticamente o mesmo processo de antes. Por fim, avaliou que se o objetivo era pensar, tanto se dava fazê-lo sentado ou deitado. Ele estendeu o futon um tanto encardido que havia dobrado a um canto do quarto e enfiou-se entre as cobertas. Devido ao cansaço que já vinha sentindo desde antes, mal tivera tempo de pensar em qualquer coisa, pois logo caiu em sono profundo.

Ao abrir os olhos, reparou que o *shoji* em algum momento já começara a se iluminar, e em instantes o avanço da luz do sol jogou sua cor sobre o branco do papel da porta. Assim como durante o dia era possível sair à rua naquele templo montês sem se preocupar com a segurança da casa, à noite tampouco se ouvia o som de portas sendo trancadas. Assim que Sosuke tomou ciência de que não era na escuridão do próprio quarto que estava dormindo, aos pés do paredão da casa de Sakai, ergueu-se de pronto. Foi à varanda e viu que um alto cacto projetava sua sombra sobre o beiral do telhado. Sosuke passou mais uma vez pela estátua de Buda do saguão principal e dirigiu-se ao quarto do chá do dia anterior, onde havia o *irori* cortado no chão. À imagem da última vez, as vestes budistas de Gido encontravam-se dependuradas em um prego dobrado. Seu dono estava agachado na cozinha, em frente a uma panela, a fazer fogo. Quando viu Sosuke, saudou-o sincero:

— Bom dia. Fui há pouco te chamar, mas vi que estavas dormindo tranquilo e tomei a liberdade de vir sozinho.

Sosuke descobriu que o jovem monge já havia encerrado sua primeira meditação do dia logo às primeiras horas da madrugada, para depois voltar e preparar ele mesmo a refeição matinal.

Observou com atenção e viu que, enquanto Gido se concentrava em trocar a lenha com a mão esquerda, na mão direita mantinha aberto um livro de capa preta, o qual parecia ler nos intervalos da tarefa. Sosuke perguntou-lhe o nome da obra. Tratava-se de um título complicado, *Hekiganshu*.[84] Sosuke ponderou consigo mesmo se, antes de cansar o cérebro fazendo-se absorver em pensamentos como na noite passada, tomar um livro desses emprestado para ler não seria um caminho mais curto para atingir a compreensão que buscava. Propôs a ideia a Gido, que a rechaçou de imediato, sem direito a reconsiderações.

— Os livros são um mal sem tamanho. Falando francamente, não há nada mais nocivo à ascese que a leitura. Eu mesmo, embora leia materiais como o *Hekigan*, quando me deparo com alguma passagem acima de minha compreensão, fico realmente atarantado. Caso criemos então o hábito de inferir um significado que pareça razoável, acabamos criando um empecilho na hora da meditação, pois esperamos atingir um nível que ainda está além de nós, ficamos a antecipar a iluminação, e tornamo-nos frouxos quando precisamos mostrar ímpeto. Torna-se um veneno sem igual, por isso é melhor abster-te. Se fazes questão de ler, seria mais adequado algo como o *Zenkansakushin*[85], capaz de despertar coragem nas pessoas e motivá-las. Mesmo essa leitura, entretanto, é somente um meio para satisfazer os sentidos, pois não possui relação com o Caminho.

Sosuke não entendeu bem o sentido das palavras de Gido. De pé em frente ao monge de cabeça raspada, ainda tão jovem, ocorreu-lhe a sensação de ser uma criança com retardo mental. É fato que seu orgulho já havia se exaurido desde os tempos de Kyoto. Ele vivera até então fazendo da mediocridade o seu dever. Não havia nada mais distante de seu coração que a notoriedade. Ele punha-se ali de pé perante Gido tal qual realmente era. Não podia deixar de reconhecer a si mesmo, todavia, senão como um bebê incapaz

---

84. Compêndio sobre *koan* editado no século XII pelo monge budista chinês Kokugo Engo (1063-1135), bastante reverenciado pela escola Rinzai do budismo zen.

85. Coletânea de textos budistas compilada pelo monge chinês Shuk Unsei (1535--1615), tida à época de Sosuke como uma introdução indispensável à prática da religião.

e impotente. Isso para ele se tratava de uma nova descoberta. Uma descoberta que não deixava de aniquilar sua autoestima desde a raiz.

Enquanto Gido terminava de cozinhar o arroz com o fogo da panela já apagado, Sosuke saiu da cozinha e foi até a beira do poço que havia no quintal para lavar o rosto. Podia ver logo em frente a variedade de árvores da montanha. Ao pé dela haviam construído um horto, em uma área plana que fora desmatada. Expondo ao ar frio sua cabeça ainda úmida, Sosuke resolveu descer até a plantação. Descobriu um grande buraco escavado na lateral de um paredão. Permaneceu alguns instantes parado ali em frente, fitando a escuridão no fundo da abertura. Ao voltar para o quarto do chá, encontrou um fogo aconchegante aceso no *irori*, com uma chaleira a apitar água fervendo.

— É uma lástima que tenha se tornado tão tarde, mas, vês que não tenho ajudantes. Comamos já. É uma vergonha no entanto que, estando onde estamos, eu não tenha muito para oferecer. Ao menos por volta de amanhã poderei servi-lo também com um banho de ofurô — disse Gido. Sosuke sentou-se agradecido no lado oposto do *irori*.

Terminada a refeição, Sosuke retornou para o próprio quarto, trouxe diante dos olhos a esquisita questão sobre o tempo anterior ao nascimento de seus pais e contemplou-a fixamente. Não obstante, por se tratar desde o princípio de uma questão que não fazia sentido, e que em consequência não permitia progresso, por mais que pensasse, não encontrava como abordá-la. Logo se aborreceu de pensar. Atentou por acaso ao fato de que se fazia necessário escrever para Oyone sobre sua chegada até ali. Como se estivesse feliz por haver encontrado um passatempo, abriu de pronto a pasta e retirou pergaminho e envelope para compor uma carta endereçada à esposa. Contou sobre a tranquilidade do local, talvez devido à proximidade do mar, sobre como era bastante menos frio que Tóquio, sobre a pureza do ar, sobre a gentileza do monge a quem lhe haviam recomendado, sobre a comida ruim, e ainda sobre a falta de asseio da roupa de cama, com o que logo encheu quase um metro do rolo de papel e largou a pena. A respeito de como sofria com o *koan*, de como lhe doíam as juntas dos joelhos com a meditação *zazen*, de como parecia que sua fraqueza de nervos agravar-se-ia ainda mais em consequência de tanto pensar, não anotou sequer um bocejo. Buscando o pretexto de que era preciso colar um selo na carta e colocá-la na caixa do correio, Sosuke desceu a montanha sem demora. Assaltado por imagens do tempo antes de nascerem-lhe os pais, bem como de Oyone e de Yasui, ocupou-se de dar voltas pelo povoado antes de retornar.

Ao meio-dia, encontrou-se com o leigo sobre o qual Gido havia falado. Quando o leigo estendia a tigela para que Gido lhe servisse de arroz, não lhe pedia por favor ou o que fosse, apenas expressava sua gratidão juntando as mãos em forma de prece ou por meio de algum outro sinal. Dizia que fazer tudo assim, em silêncio, era respeitar o Caminho. Segundo ele, se não usava da palavra nem fazia som nenhum, era pelo princípio de não querer estorvar o pensamento. Diante de alguém dedicado a tal ponto, Sosuke sentiu vergonha de si mesmo pelo modo como vinha se portando desde a noite anterior.

Após a refeição, os três conversaram por algum tempo junto ao *irori*. O leigo então provocou o riso de Sosuke contando sobre como havia vezes em que, sem se dar conta, acabava cochilando durante a meditação *zazen* e, ao recuperar de súbito a consciência, alegrava-se por crer que havia atingido a iluminação, mas bastava abrir os olhos para ver que continuava o mesmo homem de antes e se desesperar. Ao refletir que inclusive pessoas descontraídas assim praticavam a ascese, Sosuke sentiu-se um tanto aliviado. Não obstante, quando cada um se retirou para seus próprios aposentos, Gido reavivou em si o senso de responsabilidade ao recomendar sério:

— Esta noite vou chamar-te para ver o mestre, então, de agora até o entardecer, não relaxes na meditação.

Sosuke voltou para o quarto abraçado a um sentimento de insegurança, como se houvesse preso em seu estômago um *dango*[86] impossível de digerir. Uma vez mais queimou um incenso e sentou-se para meditar. Não foi capaz, entretanto, de se manter sentado até

---

86. Bolinho de farinha de arroz.

o entardecer. A despeito de refletir que precisava elaborar ao menos uma resposta que fosse, independentemente de que tipo, terminou por ver esgotada sua força de vontade e preocupou-se apenas com que Gido viesse logo atravessar o saguão principal para avisá-lo de que estava pronto o jantar.

O sol se pôs em meio a sua angústia e à fadiga. A sombra do tempo projetada sobre o *shoji* afastava-se cada vez mais para longe, e o ar do templo começou a congelar, a principiar pelo chão. Desde a manhã o vento não soprava os galhos. Sosuke saiu para a varanda e ergueu o olhar para o alto beiral, onde as bordas das telhas negras alinhavam-se em uma linha comprida, além do que se podia ver apenas o céu plácido, no momento em que já rarefazia naturalmente sua luz azul e com ela submergia para as profundezas dos pensamentos.

XIX

— Cuidado — Gido desceu um passo à frente pela escura escada de pedra. Sosuke o seguiu logo atrás. Posto que, ao contrário da cidade, era difícil andar por ali durante a noite, Gido acendeu um lampião de papel, com o qual iluminava não mais que uns cem metros do caminho. Ao terminarem de descer a escadaria, os galhos das grandes árvores lhes cobriam a cabeça por ambos os lados, bloqueando a vista do céu. Apesar da escuridão, a cor verdejante das folhas causava um frio em Sosuke como se lhe penetrasse a costura das roupas. Teve a sensação de que o verde refletia-se um pouco também na chama do lampião. Este parecia extremamente pequeno, talvez porque o imaginasse em contraste com os troncos imensos das árvores. A extensão de luz que chegava ao solo era do mesmo modo ínfima. Os trechos iluminados tornavam-se fragmentos de cinza que caíam cálidos sobre o caminho negro. Acompanhavam então em movimento as sombras dos dois.

No ponto em que subiam pela esquerda, após deixar para trás a lagoa de lótus, a caminhada não foi tão simples para Sosuke, que saía por ali pela primeira vez à noite. Em uma ou duas ocasiões, prendeu a plataforma dos seus *geta* nas pedras, embaraçadas com as raízes dentro da terra. Havia outro caminho oculto que cortava lateralmente a frente da lagoa, mas, como o terreno era muito irregular, mesmo sendo mais curto não seria prático para alguém desacostumado como Sosuke, de modo que Gido fez questão de conduzi-lo pelo trajeto mais longo.

Ao chegarem ao vestíbulo, encontraram um bom número de *geta* disposto sobre o chão negro de terra batida. Sosuke curvou-se e entrou ligeiro, buscando não pisar sobre os calçados alheios. O quarto tinha uma área de cerca de oito tatames. Em um dos cantos, seis ou sete homens formavam uma linha junto à parede. Dentre eles havia também um monge, reluzindo sua cabeça raspada e trajando as vestes religiosas negras. Os demais vestiam *hakama*, em geral. Esses seis ou sete homens enfileiravam-se tesos, na forma de um gancho, para deixar aberta a passagem de noventa centímetros que conduzia da antessala ao fundo do templo. Não diziam uma só palavra. Lançando um olhar sobre o rosto dessas pessoas, Sosuke em primeiro lugar se deixou enlevar por sua austeridade. Todos mantinham a boca firmemente selada. Forçavam no cenho um ar expressivo. Sequer viravam os olhos para descobrir quem tinham ao lado. Não prestavam a menor atenção a quem quer que viesse de fora. Portavam-se como estátuas vivas, sentados em silêncio absoluto naquela sala sem indícios de calor. A percepção de Sosuke foi acrescida de uma peculiar sensação de gravidade, mais intensa que o frio do templo montês.

Momentos depois se ouviram passos de gente em meio à quietude. A princípio ecoaram sutis, mas pisavam o solo cada vez com mais força, aproximando-se do local onde Sosuke estava sentado. Por fim, surgiu de súbito um monge na pequena passagem. Ele passou ao lado de Sosuke e saiu calado em direção à outra escuridão. Do fundo distante emitiu-se então o som de uma sineta sendo balançada.

Nesse instante, dentre os homens que se alinhavam rígidos próximo a Sosuke ergueu-se um que trajava um *hakama* grosso de algodão e, sem abrir a boca, é evidente, caminhou até a pequena passagem no canto da sala e ali se sentou. Naquele local via-se dependurado, em um quadro de madeira de cerca de sessenta centímetros de altura por trinta de comprimento, algo que haveria de ser um gongo, porém muito mais espesso e de aparência muito mais pesada. Sua cor reluzia como um negro azulado sob a parca iluminação. O homem do *hakama* apanhou uma baqueta e fez soar duas vezes o sino em forma de gongo, batendo-lhe bem no centro. Levantou-se em seguida, deixou a portinhola e prosseguiu rumo ao fundo do templo. Ao contrário de havia pouco, dessa vez os passos se tornavam mais sutis, à medida que se afastavam para longe. No final, estancaram por completo em algum ponto. Sosuke, ainda sentado, sentiu-se despertar. Ele imaginava que nesse momento algo haveria de acontecer com o homem de *hakama*. O fundo da sala voltou, todavia, a cair em silêncio profundo. As demais pessoas sentadas ao lado de Sosuke, todas sem exceção, não moviam sequer um músculo do rosto. Em seu íntimo, ele apenas aguardava algo qualquer que haveria de vir do fundo do templo. Então o eco da sineta vibrando reverberou de súbito em seus ouvidos. Ao mesmo tempo, ele ouviu o som de alguém pisando pelo comprido corredor, em seu caminho para cá. O homem de *hakama* surgiu uma vez mais à portinhola, desceu ao vestíbulo sem nada dizer e desapareceu em meio à geada. Ainda foi substituído por outro homem que se levantou do mesmo modo para tocar o referido sino. Feito isso, ele também ecoou seus passos no corredor e se dirigiu para o fundo do templo. Enquanto observava a sequência que se repetia nos intervalos do silêncio, Sosuke aguardava com as mãos sobre os joelhos para que viesse a sua vez.

Quando se levantou o homem ao lado de seu vizinho, não passou muito tempo até que se ouviu um breve grito no fundo do templo. Uma vez que a distância era grande, não ecoou com força suficiente a ponto de retumbar violento nos tímpanos de Sosuke, mas não havia dúvida de que o grito fora expelido com todas as forças de alguém. Possuía ademais um tom particular, que indicava haver saído da garganta de uma única pessoa. Quando foi o homem ao seu lado quem levantou, Sosuke viu-se tomado pela consciência de que enfim havia chegado sua vez, perdendo ainda mais a calma.

Sosuke havia preparado uma resposta, ao menos para si mesmo, ao *koan* de que fora recentemente incumbido. Não passava, todavia, de algo assaz vago e incerto. Conquanto não devesse haver se contentado com tão pouco, trouxe-a como uma escusa a ser oferecida apenas nessa ocasião — afinal, uma vez que lá estava, não podia deixar de apresentar um *kenge* de qualquer sorte. Sequer em sonhos ele esperava atravessar a difícil barreira que lhe puseram em frente com uma resposta dúbia como a sua. É claro que tampouco tinha a pretensão de ludibriar o mestre. O Sosuke de então era um pouco mais sério que isso. Entrar agora para uma audiência, poder-se-ia dizer até que por formalidade, como se levasse a alguém com fome a mera pintura de um *mochi*, retirada à revelia de sua cabeça, acusava uma frivolidade que o fazia envergonhado.

Sosuke fez soar o sino, tal como o fizeram todos. Ao executar a ação, entretanto, teve consciência de que não lhe cabia como os demais o direito de bater com aquela baqueta naquele sino. Sentiu profundo asco de seu eu simiesco, a tocar o sino como se fosse membro do mesmo grupo.

Abraçado à insegurança oriunda de sua debilidade, passou pela portinhola e começou a caminhar pelo corredor gélido. O corredor estendia-se comprido. Os quartos que havia à direita estavam escuros sem exceção. Ao dobrar pela segunda vez, avistou a sombra de uma chama acesa por detrás do *shoji* no lado oposto. Sosuke dirigiu-se até a divisória da porta e estancou.

Era regra de cortesia reverenciar o mestre três vezes antes de adentrar o seu quarto. O modo de reverenciá-lo consistia em baixar a cabeça até próximo do tatame, como nas saudações usuais, e, concomitantemente, abrir ambas as palmas das mãos voltadas para cima, mantendo-as alinhadas em cada lado da cabeça, para então as erguer de leve até a altura das orelhas como se estivesse levantando algo. Sosuke ajoelhou-se junto à entrada e realizou a reverência da forma requerida. Feito isso, veio-lhe o cumprimento de dentro do quarto: "Uma vez basta." Sosuke abreviou o resto e entrou.

O interior do quarto iluminava-se apenas por uma parca chama. A luz era tênue de tal modo que seria impossível ler qualquer escrito, não importando quão grandes fossem as letras. Era impossível para Sosuke, confiando nas experiências que tivera até então, imaginar que haveria alguém capaz de lucubrar noite adentro sob uma chama assim tão fraca. É evidente que a luz era ao menos mais forte que o luar. E sua cor não era de um branco azulado como este. Não obstante, era de tal modo que não faltava muito para ultrapassar o limiar da mera vaguidão visual.

Pela força da chama difusa e pacífica Sosuke reconheceu, afastado cerca de um metro e meio à sua frente, o mestre de que Gido tanto falara. Seu rosto, sem fugir da regra, estava imóvel como uma peça fundida. Sua cor era de bronze. O corpo todo estava coberto pelas vestes budistas, cuja cor não se saberia afirmar ser marrom, caqui ou caramelo. Não se podia ver-lhe nem as mãos nem os pés.

Aparecia apenas do pescoço para cima. Esse pescoço destacado estava sossegado em um nível extremo de tensão e gravidade, que não sugeria nenhum risco de modificar-se, a despeito de quanto tempo transcorresse, o que havia de atrair o interesse de quem o visse. Para completar sua descrição, não tinha um só fio de cabelo na cabeça.

As palavras que saíram da boca de Sosuke, sentado sem determinação em frente ao mestre, esgotaram-se na primeira frase.

— Tu precisas trazer-me algo mais perspicaz que isso — foi a resposta que Sosuke recebeu de pronto. — Algo assim como o que me disseras, qualquer indivíduo com o mínimo de educação seria capaz de pensar.

Sosuke se retirou do quarto tal qual um cachorro de mendigo. Atrás de si reverberou com ímpeto o som da sineta sendo agitada.

XX

Duas vezes fez-se ouvir a voz de alguém chamando do lado de fora do *shoji*: "Senhor Nonaka, senhor Nonaka." Sosuke fez menção de enunciar um "sim?" sem esconder que ainda estava meio adormecido, contudo, antes que pudesse responder ao chamado, faltaram-lhe logo os sentidos e ele caiu outra vez no sono.

Quando abriu os olhos pela segunda vez, pulou da cama sobressaltado. Ao sair para a varanda deparou-se com Gido, o qual trazia as mangas cinzas do quimono de algodão presas com um cordão, para não lhe atrapalharem enquanto esfregava o chão de forma diligente. Torcendo o pano molhado com as mãos avermelhadas pelo frio, cumprimentou Sosuke com o mesmo sorriso dócil de sempre: "Bom dia." Também nessa manhã ele havia desde cedo encerrado sua meditação matinal e voltara à cabana para trabalhar. Refletindo sobre a própria indolência, por não conseguir levantar-se mesmo quando alguém se dava ao trabalho de despertá-lo, Sosuke sentiu-se sobremaneira envergonhado.

— Desculpe por haver dormido demais outra vez.

Ele saiu sorrateiro da cozinha em direção ao poço. Apanhou água fria e lavou o rosto o mais rápido que pôde. A barba por fazer lhe espetou as mãos quando as passou pelas bochechas, mas Sosuke não tinha tempo agora para incomodar-se com isso. Ele pensava sem descanso no contraste entre si próprio e Gido.

Consoante o que ouvira em Tóquio quando recebera a carta de recomendação, o tal monge chamado Gido era um homem de muito boa natureza, o qual já lograra progressos notórios em sua ascese; ao encontrá-lo de fato, porém, descobriu-o humilde como um reles servo iletrado. Ao vê-lo trabalhar desse modo, com as mangas do quimono arregaçadas, não havia como imaginá-lo o senhor de sua própria morada no monastério. Poderia achar-lhe mesmo um novato ou um *nassho*.[87]

Esse jovem monge mirrado, antes de devotar-se à religião, quando ali chegara para praticar a ascese, ainda como um leigo permanecera por sete dias na posição de lótus, sem mover-se nem um pouco sequer. Por fim doíam-lhe as pernas e ele não conseguia mais se levantar, de modo que, quando precisou ir ao banheiro, teve de se arrastar apoiado à parede. Àquela época, ele era um escultor. No dia em que logrou o *kensho*[88], não se contendo de felicidade, subiu correndo a montanha de trás do monastério e gritou a plenos pulmões: "Tudo que existe pode virar Buda!"[89] Depois disso, finalmente raspou a cabeça para ingressar com efeito na vida religiosa.

Embora já houvesse dois anos desde que tomara para si a cabana, contava ele, ainda não havia propriamente estendido ali um futon para esticar as pernas e deitar-se relaxado. Inclusive no inverno dormia ainda de quimono, sentado, com as costas apoiadas contra a parede. Na época em que ainda servia como criado do mestre, faziam-no lavar até a roupa íntima deste. E, caso ele viesse a furtar algum intervalo para sentar-se um pouco, dizia, era frequente que viesse alguém por trás para importuná-lo ou repreendê-lo, o que o fazia se lamentar — por que haveria tido a infeliz ideia de raspar a cabeça e virar monge?

— Foi recentemente que as coisas ficaram mais fáceis. Mas ainda há o porvir. A ascese é algo de fato sofrível. Bem, fosse algo que se pudesse realizar sem esforço, por mais estúpido que eu fosse não haveria de precisar sofrer desse modo por dez ou vinte anos a fio.

Sosuke permaneceu alheado apenas. Além de se sentir inconformado pela própria falta de perseverança e força de vontade, se era necessário despender tanto tempo assim para atingir resultado, que diabos afinal de contas ele viera fazer nesta montanha? — foi a principal inconsistência a que atentou.

---

87. Monge encarregado de assuntos burocráticos menores do templo.
88. Compreensão que o asceta atinge de sua natureza intrínseca.
89. Pensamento budista por vezes tomado como sutra, originado possivelmente no Japão.

— Não existe em absoluto nenhuma reflexão que seja malevolente. Se meditares dez minutos, obterás o sucesso que cabe em dez minutos; se meditares vinte minutos, ganharás a sabedoria desses vinte minutos — isso é evidente. Ademais, caso te empenhes em superar ao menos essa fase inicial com destreza, depois não precisarás ficar aqui desse modo para sempre.

Sosuke viu-se obrigado, mesmo que por mera formalidade, a retornar para seu quarto e meditar.

Quando Gido veio para o interromper — "Senhor Nonaka, é hora do *teisho*" —, Sosuke sentiu brotar-lhe uma alegria do fundo do coração. Atormentado por não ter por onde agarrar a difícil questão, tal como o escalpo de uma careca, seu estado era demasiado insuportável. Sentiu que queria fazer o corpo trabalhar mais, em qualquer tarefa que fosse capaz de consumir o seu vigor.

O local onde se realizava o *teisho* estava afastado mais de cem metros da Issoan. Quem passasse pela lagoa de lótus e, em vez de dobrar à esquerda, seguisse em linha reta até o fim do caminho, haveria de encontrar uma construção de alto beiral e telhas sobrepostas de modo solene erguendo-se em meio aos pinheiros. Gido trazia no peito do quimono um livro de capa preta. Sosuke, é claro, veio de mãos abanando. Foi após vir ao monastério que ele descobriu pela primeira vez o significado do termo *teisho*: era algo similar a uma aula de escola.

A sala era ampla e fria, na proporção do alto pé-direito. A cor dos tatames, já sem sua tonalidade original, consoava com as velhas pilastras para exacerbar a sensação de que o local guardava muitas histórias do passado. As pessoas sentadas ali dentro, do mesmo modo, tinham todas a aparência sóbria. Conquanto os assentos fossem escolhidos à revelia, não havia ninguém a contar algo em voz alta ou a dar risada. Os monges todos trajavam vestes azul-escuras de cânhamo, e alinhavam-se em duas fileiras voltadas uma para a outra, à esquerda e à direita dos *kyokuroku*[90] que se encontravam mais à frente. Os *kyokuroku* eram pintados de vermelho-cinabre.

---

90.   Cadeirinha utilizada pelos monges durante as reuniões no templo.

Logo o mestre apareceu. Sosuke, que mantivera os olhos fixos no tatame, não fazia ideia de que caminho ele teria feito para chegar até ali. Viu sua figura grave somente quando já se sentava sobre o *kyokuroku*. Viu também um jovem monge se erguer, abrir um lenço de seda e extrair de dentro dele um livro, o qual colocou sobre uma mesa. Por fim o viu reverenciar Buda e se retirar.

Nesse momento, todos os monges do salão uniram as palmas em frente ao peito em forma de prece e começaram a entoar os ensinamentos de Kokushi Muso.[91] Todos os leigos à volta de Sosuke, que também haviam tomado seus assentos à revelia, contribuíram com suas vozes no mesmo ritmo. Atentou para o que diziam, e pareceu-lhe que o que liam seria um sutra, ou, ao mesmo tempo, apenas palavras normais entoadas de modo especial. Não era nada muito comprido, algo como: "Há para mim três classes de discípulos. Àqueles que com ímpeto se desprendem de seus elos mundanos e dedicam-se com exclusividade à busca das questões que lhes são mais graves, a estes chamo de superiores. Aos que não se concentram apenas na ascese, mas preferem os estudos diversos, a estes chamo de intermediários...", e tal. A princípio, Sosuke sequer sabia quem era o sujeito chamado Kokushi Muso. Foi Gido quem lhe ensinou que monges como Kokushi Muso e Kokushi Daito[92] foram os pais da reestruturação do budismo. Ainda na mesma ocasião, Gido contara-lhe também sobre como Kokushi Daito, inconformado por ser coxo e normalmente não conseguir cruzar as pernas o bastante para a posição de lótus, no momento de sua morte decidiu que iria fazer valer seu intento a qualquer custo: forçou a perna ruim a dobrar-se e conseguiu sentar do modo desejado; suas roupas, porém, ficaram molhadas por causa da hemorragia que se seguiu.

Enfim o *teisho* foi iniciado. Gido retirou do peito o livro de antes, abriu-o ao meio e o colocou à frente de Sosuke. Tratava-se de um

---

91. Soseki Muso (1275-1351), monge budista da seita Rinzai cujo destaque lhe garantiu o título de *Kokushi*, um "mestre da nação".
92. Shuho Myoto (1282-1338), também monge budista da seita Rinzai.

livro chamado *Shumon mujinto ron*.[93] Quando primeiro saíram para o sermão, Gido ensinara: "É uma obra sublime." Teria sido compilada pelo alto monge Torei, discípulo do alto monge Hakuin[94], e, de acordo com a explicação de Gido, trazia os ensinamentos organizados de modo que os ascetas do Zen pudessem percorrer um trajeto de aprendizado do ponto mais superficial até o mais profundo, além de discursar sobre como se modificam os sentimentos do asceta a cada nova etapa.

Embora tivesse sido difícil para Sosuke compreender o texto, posto que começara a leitura a meio, graças à loquacidade do ministrante, bastou manter-se atento para descobrir excertos de imenso interesse. Quiçá para incitar os leigos em ascese, era comum o mestre embelezar o discurso misturando a ele o histórico de pessoas que, desde tempos primordiais, sofreram para seguir o Caminho. O curso do sermão daquele dia não foi diferente, embora, ao atingir certo trecho, o mestre tenha alterado de súbito o tom da voz:

— Todavia, recentemente há aqueles que vêm até mim para se queixar de que não conseguem se concentrar devido a distrações da mente.

Como o mestre repreendera repentinamente a falta de seriedade daqueles que vinham fazendo o *nyushitsu*, Sosuke não pôde deixar de ficar surpreso. Quem entrara no quarto do mestre e se queixara desse modo não era outro senão ele mesmo.

Depois de passada uma hora, Gido e Sosuke retornaram à Issoan um ao lado do outro. Gido disse no caminho de volta:

— É comum o mestre fazer aquilo durante o *teisho*, satirizar a má conduta dos ascetas.

Sosuke nada respondeu.

---

93. "Teoria sobre a inexauribilidade do budismo", escrita por Enji Torei (1721-1792), monge budista da seita Rinzai.
94. Ekaku Hakuin (1686-1769), monge responsável pela revitalização da seita Rinzai que, sem buscar renome, peregrinou por regiões diversas conquistando o carisma do povo, em especial dos agricultores.

XXI

Os dias no meio da montanha passavam um após o outro. Já haviam chegado duas cartas bastante longas de Oyone. É evidente que em quaisquer das duas não havia nada escrito que pudesse causar nova preocupação ou alvoroço em Sosuke. A despeito do carinho que tinha sempre pela esposa, ele acabou por negligenciar uma resposta. Antes de partir da montanha, era preciso de alguma forma resolver a questão que, havia alguns dias, lhe fora proposta, caso contrário sua vinda lhe pareceria haver sido em vão — além de que sentiria estar sendo descortês para com Gido. Sempre que estava desperto, continuava a sofrer com uma pressão difícil de substantivar. Em consequência, com o pôr de cada dia e o início de cada noite, conforme se acumulava o número de sóis que via nascer dentro do templo, acometia-lhe a aflição de estar sendo perseguido pelo paradoxo. Não obstante, desconhecia por completo qual técnica empregar para chegar a outra resposta que não a pensada inicialmente, aproximando-se desse modo um passo mais rumo à solução. Acresce que, por mais que continuasse a pensar, não deixava de acreditar, em seu íntimo, que sua resposta inicial era de fato correta. Como ela fora fruto do raciocínio lógico, contudo, não servia de modo nenhum para lhe saciar a fome do espírito. Ele estava disposto a jogar fora sua resposta certa e ir em busca de outra, ainda mais acertada que a primeira. Tal solução, no entanto, não lhe ocorria em absoluto.

Sosuke meditava solitário, recolhido ao próprio quarto. Quando ficava cansado, saía pela porta da cozinha e ia até o horto dos fundos. Entrava então no buraco escavado na lateral do paredão e ali se quedava inerte. Gido lhe advertira de que não deveria fazê-lo, pois com isso distraía a mente. Deveria antes se concentrar sempre mais em manter-se imóvel, até que se tornasse tal qual um bastão de ferro. Quanto mais ouvia admonições dessa sorte, mais parecia a Sosuke uma maçada ter de se transformar no que o monge esperava.

— É porque já tens dentro de tua cabeça a ânsia por fazê-lo — repetiu-lhe Gido.

Sosuke tornou-se ainda mais vacilante. Em um átimo se lembrou de Yasui. Se porventura este passasse a frequentar assiduamente a casa de Sakai, sem retornar por ora para a Manchúria, o plano mais adequado seria abandonar já a casa alugada e transferir-se para outro lugar qualquer. Em vez de ficar de papo para o ar em um retiro como aquele, talvez fosse mais prático voltar de imediato para Tóquio e começar a tomar as devidas providências. Caso se demorasse muito, era possível que inclusive Oyone viesse a saber de tudo, o que apenas aumentaria suas próprias preocupações.

— No fim das contas, para alguém como eu não há chances de atingir a Iluminação — Sosuke tomou Gido pelo braço, falando como se houvesse pensado muito a respeito. Isso ocorreu dois ou três dias antes de regressar.

— Pelo contrário, basta ter fé e qualquer um pode atingi-la — respondeu Gido sem hesitar. — Procure lançar-te ao lótus sutra como alguém que bate um tambor em êxtase. Quando tornares teu corpo todo repleto pelo *koan*, do topo da cabeça à ponta dos pés, súbito um novo mundo se desvelará perante teus olhos.

Sosuke lamentou deveras porque suas condições e sua personalidade não o adequavam à lida de se obrigar cegamente a um esforço assim intenso. Desnecessário dizer, os dias em que ainda haveria de morar naquela montanha já estavam contados. Era como se ele fosse um tolo que, na esperança de cortar com um só golpe os problemas que estorvavam seu dia a dia, acabara se perdendo embrenhado no distanciamento recôndito de uma montanha.

Embora refletisse desse modo com seus botões, não lhe chegavam as forças para dizer, na frente de Gido, o que pensava. Do fundo de seu coração, ele expressava respeito pela coragem, pelo zelo, pela seriedade e pela simpatia do jovem monge.

— O Caminho está próximo, e no entanto longe o procuramos[95] — há verdade nessas palavras. Temo-lo logo à frente do nariz, mas não somos capazes de perceber — Gido parecia desconsolado. Sosuke voltou mais uma vez para seu quarto e acendeu outro incenso.

Até ser chegado o dia em que Sosuke deixaria a montanha, por infortúnio perpetrou a mesma situação, sem haver a oportunidade para ele de descobrir claramente diante dos olhos alguma nova direção. Chegada enfim a manhã de sua partida, Sosuke despojou-se, resoluto de quaisquer arrependimentos:

— Desculpe pelos longos dias em que lhe dei trabalho. Infelizmente, não há jeito. Creio que não o verei mais por um bom tempo, então, espero que passe bem — despediu-se de Gido.

O monge deixou notar sua tristeza:

— Não causaste incômodo nenhum — sou eu quem peço desculpas por não te haver dado mais atenção. De qualquer modo, pelo tempo que meditaste, já partes outro homem. Somente o fato de te haveres disposto a vir até aqui é o bastante.

Sosuke tinha claro na consciência, todavia, que sua vinda servira tão somente para matar o tempo. Ouvir o monge elogiá-lo desse modo, relevando-lhe as faltas, fê-lo envergonhar-se em silêncio ante a própria pusilanimidade.

— Atingir a Iluminação mais rápido ou mais lentamente não depende em absoluto de se possuir uma personalidade melhor ou pior que os outros. Há aqueles que, se a atingem com facilidade, depois estancam e não conseguem mais se mover; outros, por mais que demorem no princípio, em um dado momento enfim logram um estado de êxtase. Não há por que se desesperar. O importante é somente a determinação. Mesmo o já falecido alto monge Kosen[96], que originalmente estudava o Confucionismo, iniciou a ascese budista já no meio de sua vida e, ao longo de três anos, não conseguiu progredir nem um passo sequer. Afirmando então que, por serem muitos os seus peca-

---

95. Citação de Confúcio.
96. Kosen Imakita (1816-1892), monge budista da seita Rinzai e estudioso confucionista.

dos, era impossível para si atingir a Iluminação, chegara ao ponto de louvar a Buda todas as manhãs até voltado para o banheiro, mas por fim ainda se tornou um sábio de considerável distinção. É claro que deves tomar este e outros casos senão como bons exemplos.

 Falando desse modo, dir-se-ia que Gido estava implicitamente advertindo Sosuke de antemão sobre a necessidade de, mesmo após retornar para Tóquio, não desistir de seu treinamento espiritual. Sosuke prestou atenção às palavras do monge com reverência. Não obstante, em seu íntimo sentia como se metade de seu arroubo já houvesse se arrefecido. Ele fora até o monastério esperando que lhe abrissem um portão. Por mais que houvesse batido, no entanto, a sentinela do outro lado terminou por não lhe mostrar sequer o rosto. Pôde ouvir somente uma voz a lhe dizer: "Não adianta bater. Abra tu mesmo o portão para entrar." Ele havia tentado pensar no que poderia fazer para destrancar a barra daquele portão. Elaborara com clareza dentro de sua cabeça os meios e a solução para abri-lo. Todavia, não conseguira desenvolver minimamente a força necessária para fazê-lo de fato. Em consequência, a situação em que terminou não diferia em absoluto da anterior, quando nem sequer pensava sobre tal questão. Permaneceu abandonado, inválido e impotente em frente ao portal selado. Ele levara a vida em geral confiando em seu próprio julgamento. Que esse julgamento agora lhe houvesse faltado deixava-o decepcionado. Invejou a perseverança e a obstinação dos tolos que jamais precisariam fazer escolhas ou inferências. Ainda reverenciou respeitoso o modo como os crentes de muita fé dedicavam-se à ascese budista, esquecendo-se de seus próprios conhecimentos e sem se deixar persuadir por presunções. A julgar pelo resultado que ele mesmo obteve, já coubera a ele desde o nascimento o destino de prostrar-se por tempo indefinido do lado de fora do portão. Quanto a isso não havia o que fazer. No entanto, caso se tratasse com efeito de um portão pelo qual ele não poderia passar de modo nenhum, havia de se perguntar por que se dera ao trabalho de ir até ele, afinal de contas. Olhou para trás. Reconheceu então que não possuía a menor coragem para trilhar o mesmo caminho de volta. Voltou-se para a frente. O portal teimoso bloqueava para sempre sua visão. Ele não era um dos capazes de passar pelo portão. Por outro lado, também não era um dos que se contentariam em não passar. Em suma, era um sujeito desafortunado que, paralisado junto ao portão, não tinha o que fazer senão aguardar pelo fim do dia.

 Antes de partir, Sosuke foi acompanhado de Gido até o mestre para uma breve despedida. O monge ancião os fez passar para uma sala de tatames cuja varanda, com corrimões, se erguia sobre a lagoa de lótus. Gido dirigiu-se por conta própria ao cômodo adjacente, de onde voltou com o chá.

 — Ainda estará frio em Tóquio, não? — perguntou o mestre. — Creio que teria sido mais fácil para ti regressar após haver conseguido ao menos algum vestígio do que procuras. É uma lástima.

 Sosuke agradeceu educadamente a preocupação do mestre e saiu pelo mesmo portão principal pelo qual cruzara dez dias antes. A cor dos pinheiros que incidia contra o topo das telhas selava o inverno e se erguia como uma sombra negra às suas costas.

XXII

A aparência de Sosuke ao passar pela entrada da própria casa se pintava digna de pena até para ele próprio. Nos últimos dez dias, em todas as manhãs ele apenas lavara o rosto com água fria, sem nunca passar um pente nos cabelos. Tampouco tivera alguma oportunidade para fazer a barba, é desnecessário dizer. É verdade que até três vezes ao dia pudera comer arroz branco, pelas boas graças de Gido; como acompanhamento, porém, contava com não mais que algumas verduras ou rabanete cozidos. Trazia o rosto naturalmente pálido. As faces estavam ainda mais descarnadas do que antes de partir. Ademais, ele ainda não havia superado nem um pouco sequer o costume de se manter fixo na Issoan, pensando por longos intervalos. Restava-lhe em algum lugar do coração um sentimento de galinha choca, que não lhe deixava a cabeça funcionar com a liberdade de sempre. Há de se acrescentar que, em parte, estava ainda consternado com a questão de Sakai. Ou melhor, antes que com Sakai, preocupava-se com o irmão mais novo deste — cujo título de "adventurer", como dizia o senhorio, ainda reverberava nos ouvidos de Sosuke — e com o estado de seu amigo, Yasui — o homem que lhe afligia o peito. Não obstante, ele não possuía a coragem para ir até a casa do senhorio indagar a respeito dos dois. Era mais incapaz ainda de inteirar-se indiretamente por meio de Oyone. Tanto que, durante o tempo em que estivera na montanha, não houve um dia sequer em que não se afligia pensando como seria melhor se a esposa pudesse passar sem ouvir nada sobre o caso. Ora sentado na sala da casa com a qual já se acostumara pelos anos de morada, Sosuke perguntou:

— Quando se anda de trem, mesmo que o caminho seja curto a gente acaba cansando, talvez por imaginação nossa. Mas diga, aconteceu algo de diferente enquanto eu estive fora? — sua expressão era de quem, com efeito, não suportara nem sequer a curta viagem de trem.

Oyone não conseguiu nem mesmo fazer a expressão sorridente da qual nunca se esquecia quando em frente ao marido. Afinal, ao vê-lo recém-chegado de uma viagem cujo fim específico era o de repousar, aparentando não obstante estar com aspecto pior do que de antes de sair de casa, não era fácil para ela, devido ao próprio desconsolo, conversar francamente com o marido. Esforçou-se por se mostrar animada:

— Por mais que se repouse, quando se volta para casa a gente fica mesmo um pouco cansado. Mas você mais parece um mendigo. Faça o favor, depois de descansar um pouco vá ao banho público, corte o cabelo e faça a barba — fez questão ainda de retirar um espelho da gaveta da escrivaninha para mostrar ao marido.

Ouvindo as palavras de Oyone, Sosuke teve a sensação de haver passado por ele um vento, o qual o livrou pela primeira vez do ar que carregava consigo desde a Issoan. Uma vez saído da montanha e encontrando-se novamente em casa, como poderia esperar, voltou a ser o mesmo Sosuke de antes.

— Sakai não veio dizer mais nada depois daquele dia?
— Não, nada, nada.
— Nem sobre Koroku?
— Não.

Koroku não estava em casa, havia ido à biblioteca. Sosuke apanhou toalha e sabonete e foi à rua.

No dia seguinte, ao aparecer na repartição, foi indagado por todos sobre como estava da doença. Houve quem lhe dissesse que havia emagrecido um pouco. Sosuke interpretava-os como comentários frios e mecânicos. O homem que costumava ler o *Caigentan* perguntou apenas que tal fora, se havia dado tudo certo. Nesse momento, também Sosuke sentiu uma dor dentro de si.

Na noite do mesmo dia, Sosuke foi outra vez interrogado sobre a viagem a Kamakura, por Oyone e Koroku, que o assaltavam em turnos.

— É bem sossegado, não é? Para se poder sair de casa assim, deixando a porta aberta.

— E quanto dinheiro se gasta por dia? — perguntou Koroku. — Caso se saia com uma arma no ombro, ao menos, acho que seria possível se entreter com uma caçada — disse ainda.

— Mas deve ser um tédio um lugar assim tão inóspito. Também não se pode ficar de manhã até a noite só dormindo — voltou a falar Oyone.

— Não é bom para o corpo ficar sem comer algo um pouco mais nutritivo, não acha? — continuou Koroku.

Após se recolher para debaixo das cobertas, Sosuke pensou que no dia seguinte sem falta iria resoluto até a casa de Sakai perguntar por alto sobre a situação de Yasui, pois, caso acontecesse de ele ainda estar em Tóquio, e sobretudo se viesse a frequentar a casa de Sakai com alguma assiduidade, ele decidiria por se mudar para um local distante dali.

O sol do dia seguinte iluminou a cabeça de Sosuke do mesmo modo de sempre, e enfim caiu com sua luz para o oeste sem grandes eventos. Chegando a noite, ele saiu pelo portão dizendo apenas:

— Vou só passar rapidamente por Sakai.

Subiu o aclive sem luar e, fazendo soar o cascalho iluminado pela luz a gás, enquanto se agachava para passar pelo pequeno portão, encorajou-se imaginando que não haveria de encontrar por acaso com Yasui ali naquela noite, que as chances eram mínimas. Não obstante, não se esqueceu de dar a volta pelos fundos e, da porta da cozinha, perguntar se tinham visita.

— Que bom que veio. O frio segue como de praxe, não acha?

Com a mesma animação costumeira, o senhorio havia enfileirado suas muitas crianças diante de si, com uma das quais ora altercava enquanto jogava pedra, papel e tesoura. Essa menina que se lhe opunha aparentava apenas uns 6 anos de idade. Trazendo à cabeça uma larga fita vermelha, que mais lembrava uma borboleta ali colada, ela fechou o punho com toda a força necessária para não perder para o pai e lançou-o para a frente. A figura determinada e a pequenez de seu punho cerrado contrastavam com a mão exageradamente grande do pai, o que serviu para provocar o riso de todos. A esposa do senhorio, que observava a partir do braseiro, revelou os belos dentes ao dizer deleitada:

— Isso, Yukiko, agora sim você ganhou! — à volta da menina ajoelhada no chão havia um sem-número de bolinhas de gude brancas, vermelhas e azul-escuras.

— Enfim perdi para Yukiko — Sakai saiu do lugar e voltou-se para Sosuke, dizendo antes de levantar: — Que tal, vamos nos recolher de novo à minha caverna?

No pilar da alcova do escritório ainda se encontrava dependurada, tal como antes, a espada mongol dentro do saco de brocado. O arranjo floral da saleta exibia uma flor amarela de brócolis — já haveriam desabrochado sabe-se lá onde. Sosuke mirou o saco que coloria alegre o centro do pilar e disse:

— Vejo que o senhor ainda mantém o enfeite — averiguou desde o fundo dos pensamentos a reação do senhorio.

— Pois é, é um pouco excêntrico demais, não é, a espada mongol? — foi a resposta de Sakai. — Não é um problema, quando o imbecil do irmão da gente tenta nos persuadir trazendo um brinquedo desses de presente?

— O que foi de seu irmão, depois daquele dia? — Sosuke demonstrou um ar dissimulado.

— Enfim retornou, quatro ou cinco dias atrás. Aquele lá é mesmo um mongol. "Um bárbaro como você não harmoniza com Tóquio, que tal ir embora de uma vez?", eu disse a ele, e ele respondeu: "Pois eu também penso assim", e se foi mesmo. Não há jeito, ele é o tipo de sujeito que pertence ao lado de lá da Grande Muralha. Ele bem que poderia procurar diamantes no deserto de Gobi.

— E o acompanhante dele?

— Yasui? Foi junto, é claro. Esse parece que não consegue ficar sossegado em lugar nenhum. Mas ele me contou uma história de que no passado estudava na Universidade de Kyoto. Como será que pode haver mudado tanto assim?

O suor brotou das axilas de Sosuke. Ele não sentia a menor vontade de ouvir sobre como Yasui estava mudado ou sobre como não conseguia ficar sossegado. Apenas agradeceu como se fosse uma graça divina o fato de que ainda não havia sido descoberto pelo senhorio que ele e Yasui frequentaram a mesma universidade. Todavia, fora Sakai quem, na ocasião em que convidara o próprio irmão e o amigo para jantarem em sua casa, fez menção de apresentar Sosuke aos dois. Conquanto Sosuke tenha se escusado de comparecer e com isso se safado enfim da vergonha da reunião, não havia como afirmar que, naquela noite, por algum motivo qualquer, Sakai não mencionara seu nome às visitas. Sosuke sentiu como seria assaz conveniente passar pelo mundo se ao menos pudesse trocar de nome, como o fazem aqueles que têm algo de obscuro em seu passado. "O senhor, por acaso, não teria dito o meu nome em frente de Yasui?" — é o que ele ansiava por perguntar ao senhorio. Entretanto, essa era a única ação que lhe sabia de todo impossível.

 A criada veio trazer-lhes um grande prato achatado com uma porção de doces peculiares. Tratava-se de *kingyokuto*[97] do tamanho de um pedaço de tofu, dentro dos quais era possível ver dois enfeites de peixinhos dourados — ela cortara os doces sem destruir-lhes a forma original, e os transferira para o prato. Ao vê-los de relance, Sosuke achou-os somente incomuns. Em sua cabeça, os pensamentos estavam presos a outra ideia.

 — Aceita um? — Sakai, a exemplo da outra vez, começou por comer ele mesmo. — Veja só, eu fui convidado ontem a umas bodas de prata, e me deram doces para trazer para casa; um presente deveras auspicioso. Creio que não há problema em dividir com você ao menos uma dessas fatias de bom agouro, não é mesmo?

 Sob o pretexto de que os doces eram de bom agouro, Sakai estufou as bochechas com algumas fatias do *kingyokuto*, adocicado ao extremo. Era um homem prático e saudável, feito de fato para beber tanto saquê quanto chá, para comer tanto arroz quanto iguarias.

 — Bem, para ser franco, pode ser que não haja nada de muito auspicioso em um casal que vive junto por mais de duas décadas e já está cheio de rugas, mas tudo é relativo. Certa vez, eu me assustei ao passar em frente ao parque Shimizudani... — ele levou a conversa em uma direção inusitada. Conduzir o diálogo assim, saltando de um

---

97. Doce preparado com ágar, água, açúcar e xarope de amido. Sólido e transparente, é geralmente coberto com açúcar granulado.

tópico a outro de modo a nunca deixar o convidado se aborrecer, fazia parte da natureza do senhorio, acostumado que estava a se sociabilizar.

De acordo com o que lhe disse Sakai, chegando o início da primavera se via nascer um sem-número de rãs no estreito córrego — ou seria uma vala — que saía de Shimizudani até a ponte Benkeibashi. Conforme as rãs iam ali coaxando e se desenvolvendo em conjunto, centenas, aliás, milhares de paixões nasciam dentro da vala. Os animaizinhos que viviam nesses amores se estendiam como um lençol, de Shimizudani até Kenbeibashi, quase se sobrepondo uns aos outros. Ao que os casais compartilhavam um momento de maior intimidade, no entanto, pivetes ou desocupados que passavam pelo local costumavam lançar pedras contra eles, matando sem remorso as rãs apaixonadas, e com tanta frequência que era praticamente impossível calcular o número de casais apedrejados.

— É o que chamam de "pilha de corpos". E porque são todos casais, é de fato lastimável. Em suma, caminhando por duzentos ou trezentos metros por ali, não há como saber com quantas tragédias nos deparamos. Se pensarmos sobre isso, aquele casal é mesmo abençoado. Afinal, não correm o risco de irritar alguém só por ser um casal, e ter então a cabeça partida por uma pedra. Ademais, se ambos se sentem seguros no relacionamento há quase trinta anos, não há dúvida de que as bodas são, sim, auspiciosas. Por isso mesmo insisto em compartilhar ao menos uma fatia da boa sorte com você — Sakai fez questão de agarrar um *kingyokuto* com seus pauzinhos e colocá-lo diante de Sosuke. O convidado aceitou com um sorriso desconcertado.

Visto que o senhorio não cessava com histórias de fundo jocoso como essa, Sosuke não pôde evitar, de certo modo, deixar-se ir levando pela conversa. Em seu íntimo, entretanto, ele não se sentia de modo nenhum descontraído como Sakai. Quando se escusou e saiu para a rua, onde contemplou outra vez o céu sem luar, descobriu sob o negro profundo do firmamento um sentimento indefinido de angústia e terror.

Tudo que Sosuke desejava era escapar da casa de Sakai. Para conseguir fazê-lo logo, suportou vergonha e desconforto para se lançar a uma conversa tática com o senhorio, um homem repleto de simpatia e franqueza. Mesmo assim não fora capaz de se inteirar sobre tudo o que intencionava saber. Sosuke não reconhecia em si a coragem, tampouco via a necessidade de confessar uma palavra sequer sobre os próprios pontos fracos perante Sakai.

As nuvens de chuva que lhe espreitavam o alto da cabeça, no fim de tudo, pareciam haver passado sem o tocar. Em algum recôndito de seus pensamentos, todavia, ele era remoído por um verme que o avisava: de agora em diante seria preciso passar ainda muitas vezes, em diversos graus, por inseguranças como aquela. Eram os céus que haviam de garantir essa repetição. E a Sosuke caberia fugir tantas vezes quanto necessário.

XXIII

Após a passagem do mês, o frio em grande parte se amenizou. Até o fim do mês resolveu-se também quase por completo a questão, envolta em não poucos boatos, do corte de pessoal que se faria necessário, visando o aumento de salário para o funcionalismo público. Entrementes, Sosuke, que ouvia sem parar o nome de conhecidos e desconhecidos a perderem seus postos aqui e ali, por vezes dizia a Oyone quando chegava em casa: "Talvez na próxima seja a minha vez." Oyone ouvia essas palavras em parte como brincadeira, em parte como sérias. Em raras ocasiões interpretava-as ainda como um mau agouro, a invocar um futuro ora ignoto. No peito de Sosuke, o qual enunciava o presságio, iam e vinham nuvens não diferentes das que assombravam sua esposa.

Com a virada do mês, as incertezas que oscilaram pela repartição por ora se haviam dado por encerradas, e Sosuke, como sobrevivente, enfim contemplou o próprio destino e achou natural a sua permanência. Por outro lado, achou também uma mera casualidade. De pé, voltou os olhos para Oyone, sentada no chão, e disse a ela com um quê de gravidade:

— Bem, me safei — sua aparência, nem contente nem triste, transmitiu a Oyone uma comicidade espontânea, caída dos céus.

Passados mais dois ou três dias, o salário mensal de Sosuke foi aumentado em cinco ienes.

— Podem não ter dado um aumento de 25% como estava estipulado, mas agora não há nada que se fazer. Afinal, são muitos os que tiveram de deixar o cargo ou ainda continuam com o mesmo salário.

Ao dizer isso, Sosuke deixou ver em seu rosto o tom da satisfação, como se os cinco ienes representassem mais do que ele próprio valia. Oyone, evidentemente, não encontrou espaço em seu coração para se queixar do aumento insuficiente.

Na noite do dia seguinte, Sosuke fitava a cauda do peixe inteiro que tinha em frente, a jogar-se para fora do prato. Sentiu o aroma do arroz, colorido com um tom de feijão. Oyone fizera questão de enviar Kiyo até a casa de Sakai para que convidasse Koroku, o qual havia se mudado para lá. "Que banquete", o rapaz disse ao entrar pela cozinha.

As flores de ameixeira agora se mostravam aos olhos aqui e ali. As mais precoces já haviam mesmo perdido a cor e despencado das árvores. Nessa época a chuva caía como se fosse fumaça. Quando o tempo estiava e o sol começava a cozinhar, do solo e dos telhados se levantava uma umidade capaz de reavivar as memórias da primavera. Havia ainda dias pacatos, em que a sombrinha posta a secar nos fundos, com a qual gostava de brincar um cachorrinho, queimava como uma miragem na parte mais brilhante do padrão olho de cobra.[98]

— Parece que enfim passou o inverno. Querido, no próximo sábado vá até a casa da tia Saeki para decidir sobre Koroku. Se você ficar deixando sempre para mais tarde, Yasu vai acabar esquecendo outra vez — Oyone urgiu o marido.

— Sim, estou resolvido a ir — respondeu Sosuke. Koroku havia se tornado inquilino de Sakai, pelas graças deste. Fora o próprio Sosuke quem lhe dissera então que agora bastaria ele e Yasunosuke arcarem com o que faltava. Sem esperar pelo irmão, Koroku fora logo em pessoa tratar com Yasunosuke. Na ocasião da conferência, este resolveu que aceitaria ajudar, sob a única condição de que houvesse um pedido formal por parte de Sosuke.

Foi desse modo que a questão caiu outra vez sobre o colo do sossegado casal. Ao meio-dia de certo domingo, algum tempo após ter ido lá, Sosuke retornou ao banho público em Yokomachi para lavar o sebo do corpo acumulado por quatro dias, onde encontrou um homem na casa dos 30 anos, com jeito de comerciante, a trocar saudações sobre o clima, dizendo que "finalmente o tempo estava com ares de primavera". Um jovem contou sobre como naquela ma-

---

98. Padrão típico em sombrinhas japonesas, com um círculo branco sobre um fundo de cor sólida.

nhã havia ouvido pela primeira vez o canto primaveril dos rouxinóis japoneses, ao que um monge respondeu haver ele também, dois ou três dias antes, ouvido o mesmo canto.

— Ainda estão desafinados, pois acabaram de recomeçar o canto.
— É, ainda não estão com a língua solta.

Ao voltar para casa, Sosuke repetiu para Oyone a discussão a respeito dos pássaros. Oyone olhou pelo vidro da porta corrediça, sobre a qual se refletia trigueira a luz do sol, e disse com o cenho frouxo de alegria:

— É mesmo uma dádiva, não é? Que enfim tenha chegado a primavera.

Sosuke saiu até a varanda e, cortando as unhas que haviam crescido em demasia, respondeu:

— É, mas logo o inverno estará aí de novo — continuou a manejar a tesoura, sem erguer os olhos.

ESTE LIVRO FOI COMPOSTO EM GATINEAU 11
POR 15 E IMPRESSO SOBRE PAPEL OFF-SET 90 g/m^2
NAS OFICINAS DA ASSAHI GRÁFICA, SÃO BERNARDO DO
CAMPO - SP, EM AGOSTO DE 2014